VIDA QUERIDA

ALICE MUNRO

Vida querida
Contos

Tradução
Caetano W. Galindo

5ª *reimpressão*

Copyright © 2012 by Alice Munro

Grafia atualizada segundo o Acordo Ortográfico da Língua Portuguesa de 1990, que entrou em vigor no Brasil em 2009.

Título original
Dear Life

Capa
Elisa von Randow

Foto de capa
Keystone/ Corbis/ Latinstock

Preparação
Ana Cecília Agua de Melo

Revisão
Marina Nogueira
Jane Pessoa

Dados Internacionais de Catalogação na Publicação (CIP)
(Câmara Brasileira do Livro, SP, Brasil)

Munro, Alice
    Vida querida / Alice Munro; tradução Caetano W. Galindo.
— 1ª ed. — São Paulo: Companhia das Letras, 2013.

    Título original: Dear Life
    ISBN 978-85-359-2367-4

    1. Ficção canadense I. Título.

13-12523   CDD - 813

Índice para catálogo sistemático:
1. Ficção: Literatura canadense   813

Todos os direitos desta edição reservados à
EDITORA SCHWARCZ S.A.
Rua Bandeira Paulista, 702, cj. 32
04532-002 — São Paulo — SP
Telefone: (11) 3707-3500
www.companhiadasletras.com.br
www.blogdacompanhia.com.br
facebook.com/companhiadasletras
instagram.com/companhiadasletras
twitter.com/cialetras

Sumário

Que chegue ao Japão, 7
Amundsen, 34
Deixando Maverley, 70
Cascalho, 93
Recanto, 111
Orgulho, 134
Corrie, 156
Trem, 177
Com vista para o lago, 218
Dolly, 234

FINALE
O olho, 257
Noite, 271
Vozes, 285
Vida querida, 297

Que chegue ao Japão

Quando Peter pôs a mala dela no trem ele pareceu querer sumir logo de vista. Mas não ir embora. Ele explicou a ela que simplesmente receava que o trem fosse começar a se mover. Da plataforma, olhando para a janela delas lá em cima, ele ficou acenando. Sorrindo, acenando. O sorriso para Katy era aberto, ensolarado, sem uma única sombra de dúvida, como se ele acreditasse que ela continuaria sendo um encanto para ele, e ele para ela, para sempre. O sorriso para sua mulher parecia esperançoso e confiante, e havia nele algum tipo de determinação. Alguma coisa que não podia facilmente ser posta em palavras e que na verdade talvez nunca pudesse. Se Greta tivesse mencionado uma coisa dessas, ele teria dito, Não seja ridícula. E ela teria concordado com ele, achando que não era normal que pessoas que se viam todo dia, o tempo todo, tivessem que ficar se dando qualquer tipo de explicações.

Quando Peter era bebê, a mãe dele o carregou através de umas montanhas cujo nome Greta vivia esquecendo, para sair da Tchecoslováquia soviética e entrar na Europa Ocidental. Tinha mais gente, claro. O pai de Peter queria ter ido com eles, mas tinha sido mandado para um sanatório logo antes da data da partida secreta. A ideia era que ele fosse atrás deles quando pudesse, mas acabou morrendo.

"Eu li umas histórias assim", Greta disse, quando Peter falou nisso pela primeira vez. Ela explicou como nas histórias o bebê começava a chorar e invariavelmente tinha que ser sufocado ou estrangulado para o barulho não pôr todo o grupo de ilegais em risco.

Peter disse que nunca tinha ouvido uma história dessas e não saberia dizer o que sua mãe faria em tais circunstâncias.

Mas o que ela fez mesmo foi chegar à Colúmbia Britânica, onde melhorou o inglês e conseguiu um emprego de professora do que então se chamava Práticas Comerciais para alunos do colegial. Ela criou Peter sozinha e o mandou para a universidade, e agora ele era engenheiro. Quando ela ia ao apartamento deles, e mais tarde à casa deles, sempre ficava sentada na sala de entrada, sem nunca entrar na cozinha, a menos que Greta a convidasse. Era o jeito dela. Ela levava o não prestar atenção ao extremo. Não prestar atenção, não se meter, não dar palpite, muito embora deixasse a nora muito para trás em toda e qualquer arte ou ofício do lar.

Além disso, ela se livrou do apartamento onde Peter havia crescido e se mudou para um menor, sem quarto, que só tinha espaço para um sofá-cama. Então Peter não pode vir ficar na casa da mamãe? Greta provocou, mas ela fez cara de espantada. Piadas a faziam sofrer. Talvez fosse um problema de língua. Mas o inglês agora era a língua habitual dela, e na verdade era a única língua que Peter sabia. Ele tinha estudado Práticas Comerciais — embora não com a mãe — quando Greta estava estudando o *Paraíso perdido*. Ela evitava tudo que era útil como se fosse uma doença contagiosa. Aparentemente ele fazia o contrário.

Com o vidro entre eles, e sem que Katy deixasse os acenos diminuírem de velocidade, eles se permitiram trocar expressões de uma boa vontade cômica ou até insana. Ela pensou em como ele era bonito, e como parecia não ter consciência disso. Ele estava com o cabelo cortado à escovinha, na moda na época — sobretudo se você era alguma coisa parecida com um engenheiro —, e a pele clara dele nunca corava como a dela, nunca ficava com manchinhas de sol, mas estava sempre uniformemente bronzeada, em qualquer estação do ano.

As opiniões dele eram algo parecidas com sua compleição. Quando eles iam ao cinema, ele nunca queria falar do filme depois. Dizia que tinha sido bacana, ou bem bacana, ou legal. Não via sentido em ir além. Via televisão, lia um livro mais ou menos do mesmo jeito. Ele tinha paciência com coisas do gênero. As pessoas que arranjavam aquilo tudo provavelmente estavam fazendo o melhor que podiam. Greta discutia, perguntando rispidamente se ele diria a mesma coisa de uma ponte. As pessoas que a construíram fizeram o melhor que podiam, mas o melhor que podiam não era bom o suficiente, então a ponte desmoronou.

Em vez de discutir, ele só ria.

Não era a mesma coisa, ele dizia.

Não?

Não.

Greta devia ter percebido que essa atitude — desligada, tolerante — era uma bênção para ela, porque ela era poeta, e havia coisas nos poemas dela que de maneira alguma eram alegres ou fáceis de explicar.

(A mãe de Peter e o pessoal do trabalho dele — os que sabiam desse fato — ainda diziam poetisa. Ela tinha treinado Peter para não fazer isso. De resto, nenhum treinamento foi necessário. Os parentes que ela tinha deixado para trás na vida, e as pessoas que ela hoje conhecia enquanto desempenhava seu papel de dona de casa e mãe, não tinham que ser treinadas porque nada sabiam a respeito dessa peculiaridade.)

Ia ficar cada vez mais difícil de explicar, conforme os anos fossem passando, o que exatamente era o.k. naquele período e o que não era. Dava para dizer, enfim, o feminismo não era. Mas aí você ia ter que explicar que feminismo não era nem uma palavra que as pessoas usavam. Aí você ia ficar toda enrolada dizendo que ter qualquer ideia séria, quem dirá uma ambição, ou quem sabe até ler um livro de verdade, podia parecer uma coisa suspeita, com alguma relação com o fato de seu filho ter pegado pneumonia, e um comentário sobre política numa festa do escritório podia custar a promoção do seu marido. Independente do partido político. O problema era uma mulher abrir a matraca.

As pessoas iam rir e dizer Ah, claro que você está brincando, e você teria que dizer, Bom, mas não tanto assim. Aí ela ia dizer, Mas uma coisa, por outro lado, era que se você estivesse escrevendo poesia ser mulher era de certa forma mais seguro que ser homem. Era aí que a palavra poetisa vinha a calhar, como uma rede de fios de algodão-doce. Peter não pensaria assim, ela disse, mas lembre-se que ele nasceu na Europa. Ele teria entendido, de todo modo, o que os homens que trabalhavam com ele achariam dessas coisas.

No verão daquele ano, Peter ia passar um mês ou quem sabe mais se ocupando de um trabalho que estavam fazendo em Lund, bem longe, na verdade o ponto mais ao norte que dava para atingir no continente. Não havia acomodações para Katy e Greta.

Mas Greta mantivera-se em contato com uma moça que tinha trabalhado com ela na biblioteca de Vancouver, que agora estava casada e morando em Toronto. Ela e o marido iam passar um mês na Europa naquele verão — ele era professor — e ela havia escrito para Greta perguntando se Greta e família poderiam lhe fazer o favor — ela era muito educada — de ocupar a casa de Toronto por um tempo, para não deixá-la vazia. E Greta tinha respondido contando do trabalho de Peter, mas aceitando a oferta para ela e para Katy.

Era por isso que agora eles estavam acenando sem parar na plataforma e no trem.

Havia uma revista naquele tempo chamada *The Echo Answers*, publicada sem regularidade em Toronto. Greta tinha achado a revista na biblioteca e mandado uns poemas. Dois deles tinham sido publicados, e o resultado foi que quando o editor da revista viajou a Vancouver, no outono anterior, ela foi convidada para uma festa, com outros escritores, para conhecê-lo. A festa foi na casa de um escritor cujo nome lhe era familiar, parecia, desde que ela se conhecia por gente. Foi no fim da tarde, quando Peter ainda estava no trabalho, então ela contratou uma baby-sitter e pegou o ônibus North Vancouver passando pela ponte Lions Gate e pelo Stanley Park. Aí ela teve que ficar esperando na frente da Hudson's Bay por um trajeto longo até o campus da universidade, que era onde o escritor morava. Descendo no ponto final, achou a rua e foi andando enquanto espiava os números das casas. Ela estava de salto alto, o que a deixava consideravelmente mais lenta. E também estava com o vestido preto mais sofisticado que tinha, de zíper nas costas e agarrado na cintura e sempre meio apertado demais no quadril. Ela ficava meio ridícula com aquele vestido, pensou, enquanto seguia meio tropeçando pelas ruas curvas sem calçadas, a única pessoa por ali na tarde que morria. Casas modernas, janelas imensas, como em qualquer subúrbio endinheirado, nem de longe o tipo de vizinhança que ela tinha imaginado. Ela estava começando a se perguntar se não havia anotado errado o nome da rua, e esse pensamento não a deixou infeliz. Ela podia voltar para o ponto de ônibus, que tinha um banquinho. Podia tirar os sapatos e se preparar para o longo trajeto solitário de volta para casa.

Mas quando viu os carros estacionados, viu o número, era tarde demais para voltar atrás. Vazava barulho pela porta fechada e ela teve que tocar a campainha duas vezes.

Foi recebida por uma mulher que parecia estar esperando outra pessoa. Recebida era a palavra errada — a mulher abriu a porta e Greta disse que devia ser ali o lugar da festa.

"O que parece?", a mulher disse, e se apoiou no umbral. A entrada ficou barrada até que ela — Greta — disse: "Posso entrar?" e veio um movimento que pareceu causar uma dor considerável. Ela não pediu a Greta para segui-la, mas Greta a seguiu mesmo assim.

Ninguém falou com ela nem prestou atenção nela, mas dali a pouco uma adolescente enfiou na cara dela uma bandeja com copos do que parecia ser uma limonada cor-de-rosa. Greta pegou um copo, e bebeu inteiro de um só gole, sedenta, aí pegou outro. Ela agradeceu a menina, e tentou começar uma conversa sobre a longa caminhada no calor, mas a menina não estava interessada e lhe deu as costas, continuando o seu trabalho.

Greta seguiu em frente. Ela continuava sorrindo. Ninguém olhou para ela com qualquer mostra de reconhecimento ou de prazer, e por que deveriam fazê-lo? Os olhos das pessoas escorregavam a sua volta e aí elas seguiam com suas conversas. Riam. Todo mundo menos Greta estava equipado de amigos, piadas, meios segredos, todo mundo parecia ter encontrado alguém que lhe desse as boas-vindas. A não ser os adolescentes, que ficavam passando macambúzios com suas bebidinhas cor-de-rosa.

Mas ela não desistiu não. A bebida estava ajudando e ela decidiu que tomaria outra assim que a bandeja aparecesse. Procurou uma roda que parecesse estar com um buraco, onde ela pudesse se inserir. Parecia ter encontrado uma quando ouviu nomes de filmes sendo mencionados. Filmes europeus, como os que estavam começando a passar em Vancouver naquela época. Ela ouviu o nome de um que ela e Peter tinham ido ver. *Os incompreendidos.* "Ah, eu vi esse aí." Ela disse isso em voz alta e entusiástica, e todas do grupo olharam para ela e um deles, evidentemente um porta-voz do grupo, disse: "*É mesmo?*".

Greta estava bêbada, claro. Licor Nº 1 da Pimm's e suco rosa de grapefruit engolido às pressas. Ela não se incomodou com essa esnobada como poderia ter se incomodado numa situação normal. Só foi em frente, sabendo que de alguma maneira tinha perdido o norte mas sentindo que naquela sala havia uma atmosfera algo inebriada de permissividade, e dava na mesma não fazer amigos, ela podia simplesmente ficar andando à toa e criar seus próprios juízos.

Embaixo de uma arcada havia um punhado de gente que era importante. Ela viu no meio de todo mundo o anfitrião, o escritor cujo nome e rosto ela conhecia havia tanto tempo. Ele falava em voz alta e acelerada e parecia haver um perigo em torno dele e de uns outros homens, como se eles estivessem tão prontos a cuspir um xingamento quanto a olhar para você. As mulheres deles, ela concluiu, compunham o círculo em que ela tinha tentado se encaixar.

A mulher que tinha atendido a porta não estava em nenhum desses grupos, por ser ela mesma escritora. Greta viu que ela se virou quando a chamaram pelo nome. Era o nome de uma colaboradora da revista em que ela também tinha sido publicada. Com esses precedentes, será que não era possível ela ir até lá e se apresentar? Uma igual, apesar da frieza à porta?

Mas agora a mulher estava com a cabeça apoiada no ombro do homem que a tinha chamado pelo nome, e eles não iam receber bem uma interrupção.

Essa ideia fez Greta sentar, e como não havia cadeiras, ela sentou no chão. Ela pensou uma coisa. Pensou que quando ia com Peter a uma festa de engenheiros, a atmosfera era agradável apesar de o papo ser chato. Isso era porque todo mundo tinha uma importância determinada e aceita pelo menos por um tempo. Aqui ninguém estava seguro. Podiam falar de você pelas costas, mesmo que você fosse conhecido e publicado. Pairava sempre um ar de esperteza ou de nervosismo, não importa onde você estivesse.

E ela já estava ficando desesperada por alguém que começasse uma conversinha qualquer.

Quando desenvolveu a teoria da atmosfera desagradável ela se sentiu aliviada e não deu mais muita bola se alguém falava ou não com ela. Tirou os sapatos e o alívio foi imenso. Sentou com as costas apoiadas na parede e as pernas esticadas numa das vias menos transitadas da festa. Ela não queria correr o risco de derramar o drinque no tapete, então virou o copo.

Um homem parou e a olhou de cima. Ele perguntou: "Como foi que você chegou aqui?".

Davam pena dos pés pesados e chatos dele. Dava pena de qualquer um que tivesse que ficar de pé.

Ela disse que tinha sido convidada.

"Claro. Mas você veio de carro?"

"A pé." Mas isso não foi o bastante, e logo ela conseguiu dar um jeito de entregar o que faltava.

"Eu vim de ônibus, e aí andei."

Um dos homens do círculo especial agora estava atrás do cara dos sapatos. Ele disse "Ideia excelente". Ele de fato parecia disposto a conversar com ela.

O primeiro homem não dava muita bola para o outro. Ele tinha pegado os sapatos de Greta para ela, mas ela recusou, explicando que eles eram muito apertados.

"Leve na mão. Ou eu levo. Você consegue se levantar?"

Ela procurou o homem mais importante, para ajudá-la, mas ele não estava ali. Agora ela lembrava o que ele tinha escrito. Uma peça sobre os Doukhobors* que havia causado um grande falatório porque os Doukhobors teriam que estar nus. Claro que não eram Doukhobors de verdade, eram atores. E no final não os deixaram ficar nus.

Ela tentou explicar isso para o homem que a ajudou a se levantar, mas ele definitivamente não estava interessado. Ela perguntou o que ele escrevia. Ele disse que não era esse tipo de escritor, era jornalista. Ele estava de visita na casa, com o filho e a filha, netos dos anfitriões. Eram eles — as crianças — que passavam com os drinques.

"Letal", ele disse, se referindo à bebida. "Criminoso."

Agora eles estavam do lado de fora. Ela andava só de meias pela grama, quase pisando numa poça.

"Alguém vomitou aqui", ela disse ao seu acompanhante.

"É mesmo", ele disse, e a acomodou num carro. O ar lá de fora tinha alterado o humor dela, de um êxtase intranquilo para algo que quase chegava ao constrangimento, ou até mesmo à vergonha.

"Norte de Vancouver", ele disse. Ela devia ter lhe dito isso. "Tudo bem? Vamos indo. Lions Gate."

Ela torcia para ele não perguntar o que ela estava fazendo na festa. Se tivesse que dizer que era poeta, a situação atual dela, aquele excesso todo, seria considerada horrendamente típica. Não estava escuro lá fora, mas já era noite. Aparentemente eles estavam seguindo na direção certa, acompanhando a água e depois pegando uma ponte. A ponte de Burrard Street. Aí mais trânsito, ela via árvores passando cada vez que abria os olhos, que

---

* Grupo de dissidentes religiosos russos estabelecido no Canadá. (N. T.)

aí fechava de novo sem querer. Ela soube quando o carro parou que era cedo demais para eles estarem em casa. Quer dizer, na casa dela.

Aquelas arvorezonas folhudas em cima deles. Não dava para ver nenhuma estrela. Mas um brilhozinho na água, entre aquele lugar onde eles estavam e as luzes da cidade.

"Só pare um pouco e pondere", ele disse.

Ela ficou enlevada com a palavra.

"Pondere."

"Como você vai entrar em casa, por exemplo. Você consegue fazer um ar digno? Não exagere. Indiferente? Presumo que você tenha um marido."

"Primeiro vou ter que te agradecer por me trazer em casa", ela disse. "E aí você vai ter que me dizer seu nome."

Ele disse que já tinha dito. Possivelmente duas vezes. Mas de novo, tudo bem. Harris Bennett. Bennett. Ele era genro do pessoal que tinha dado a festa. Eram os filhos dele, passando com as bebidas. Ele e eles estavam de visita, eram de Toronto. Satisfeita?

"Eles têm mãe?"

"Têm sim. Mas ela está no hospital."

"Sinto muito."

"Não se preocupe. É um hospital muito simpático. Para problemas mentais. Ou talvez você prefira dizer problemas emocionais."

Ela se apressou em lhe dizer que seu marido se chamava Peter e que ele era engenheiro e que eles tinham uma filha chamada Katy.

"Puxa, que bom", ele disse, e se afastou um pouco.

Na ponte Lions Gate ele disse: "Me desculpe por agir daquele jeito. Eu estava pensando se ia ou não te beijar e decidi que não".

Ela achou que ele estava dizendo que algo nela não estava exatamente à altura de um beijo. A humilhação foi como ficar sóbria com um tapa.

"Agora quando a gente passar pela ponte a gente segue à direita na Marine Drive?", ele continuou. "Vou confiar no que você disser."

Durante o outono e o inverno e a primavera seguintes não passou um dia sem pensar nele. Era como ter o mesmíssimo sonho assim que você pega no sono. Ela apoiava a cabeça na almofada do encosto do sofá, pensando que estava deitando nos braços dele. Não se esperaria que ela lembrasse como era o rosto dele, mas ele aparecia em detalhes, o rosto de um homem enrugado e com uma aparência algo cansada, satírica, um sujeito que não sai muito de casa. E nem o corpo dele faltava, apresentava-se um tanto gasto mas competente, e singularmente desejável.

Ela quase chorava de desejo. E no entanto toda essa fantasia sumia, entrava em hibernação quando Peter voltava. Os afetos cotidianos saltavam para a boca de cena, confiáveis como sempre.

O sonho na verdade lembrava muito o clima de Vancouver — um tipo de desejo funesto, uma tristeza lírica e chuvosa, um peso que cercava o coração.

Mas e a recusa do beijo, que podia parecer um golpe nada cavalheiresco?

Ela simplesmente apagou essa parte. Esqueceu completamente.

E a poesia dela? Nem um verso, nem uma palavra. Nem um sinal de que ela um dia tivesse dado importância àquilo.

Claro que ela dava espaço para esses surtos, basicamente quando Katy estava dormindo. Às vezes ela dizia o nome dele em voz alta, entregava-se à imbecilidade. Isso seguido de uma vergonha abrasadora em que ela se desprezava. Imbecilidade mesmo. Imbecil.

Aí veio um baque, a perspectiva e depois a certeza do trabalho em Lund, a oferta da casa em Toronto. Um nítido raio de sol naquele clima, um acesso de coragem.

Ela se viu escrevendo uma carta. Não começava de nenhum jeito convencional. Nada de Caro Harris. Nada de Lembra de mim.

Escrever esta carta é como colocar um bilhete numa garrafa —
E torcer
Que chegue ao Japão.

A coisa mais próxima de um poema em algum tempo.

Ela não tinha ideia do endereço. Teve a coragem e a tolice de ligar para o pessoal que tinha dado a festa. Mas quando a mulher atendeu sua boca ficou seca e parecia ter o tamanho de uma tundra e ela teve que desligar. Aí ela arrastou Katy até a biblioteca e encontrou uma lista telefônica de Toronto. Havia vários Bennett, mas nenhunzinho Harris ou H. Bennett.

Ela então teve uma ideia repulsiva, olhar nos obituários. Não conseguiu se deter. Esperou até que o homem que estava lendo o exemplar da biblioteca terminasse. Ela não via normalmente o jornal de Toronto porque era preciso passar pela ponte para comprar, e Peter sempre trazia o *Vancouver Sun* para casa. Farfalhando as páginas ela finalmente encontrou o nome dele no alto de uma coluna. Então ele não estava morto. Colunista de jornal. Lógico que ele não ia querer ser incomodado por pessoas ao telefone o procurando pelo nome, em casa.

Ele escrevia sobre política. O texto dele parecia inteligente, mas ela não deu a menor importância para aquilo.

Ela endereçou a carta que havia escrito para lá, para o jornal. Não tinha como se assegurar de que ele abria a sua correspondência pessoalmente e achou que escrever PARTICULAR no envelope era pedir para dar errado, então escreveu só o dia em que chegaria e o horário do trem, depois daquilo da garrafa. Sem nome. Ela achou que a pessoa que abrisse o envelope podia pensar num parente mais velho dado a fraseados lúdicos. Nada que o comprometesse, mesmo supondo que uma carta tão peculiar acabasse sendo mandada para a casa dele e que a esposa abrisse, já de volta do hospital.

Katy evidentemente não tinha entendido que o fato de Peter estar lá fora na plataforma significava que ele não ia viajar com elas. Quando elas começaram a andar e ele ficou, e quando com velocidade cada vez maior elas o deixaram de vez para trás, ela não gostou nada dessa deserção. Mas logo se aquietou, dizendo a Greta que ele ia chegar de manhãzinha.

Quando aquela hora chegou Greta ficou apreensiva, mas Katy nem sequer mencionou a ausência. Greta lhe perguntou se ela estava com fome e ela disse que sim, e aí explicou para a mãe — como Greta tinha explicado a ela antes até de elas entrarem no trem — que elas agora iam ter que tirar o pijama e ir tomar o café da manhã em outro lugar.

"O que você quer de café?"

"Suco de ilhos." Isso queria dizer Sucrilhos.

"Vamos ver se tem."

Tinha.

"Agora a gente vai atrás do papai?"

* * *

Havia uma área de recreação para as crianças, mas era bem pequena. Um menino e uma menina — irmãos, a julgar pelas roupinhas de coelho que os dois usavam — tinham tomado conta do espaço. A brincadeira deles consistia em empurrar uns carrinhos um contra o outro e aí desviar no último momento. BUM CREC BUM.

"Essa é a Katy", Greta disse. "Eu sou a mãe dela. Como é que vocês se chamam?"

As colisões ganharam mais veemência, mas eles não ergueram os olhos.

"O papai não está aqui", disse Katy.

Greta decidiu que era melhor elas voltarem para pegar o livro do Christopher Robin, e levá-lo para ler no vagão panorâmico. Provavelmente elas não iam incomodar ninguém porque o café da manhã não tinha acabado e as paisagens montanhosas importantes nem tinham começado.

O problema era que assim que ela acabava o Christopher Robin, Katy queria que começasse tudo de novo, imediatamente. Durante a primeira leitura ela ficou quieta, mas agora começava a contribuir com os finais das frases. Na vez seguinte ela cantarolou palavra por palavra, ainda que não estivesse pronta para tentar sozinha. Greta podia imaginar que isso iria incomodar as pessoas quando o vagão panorâmico estivesse cheio. As crianças da idade de Katy não viam problema na monotonia. Na verdade elas se entregavam a ela, mergulhando nela e enrolando as palavras já conhecidas na língua como uma bala que fosse durar para sempre.

Um rapaz e uma moça subiram as escadas e sentaram na frente de Greta e de Katy. Eles disseram bom dia com bastante animação e Greta respondeu. Katy não gostou muito de a mãe ter retribuído e continuou a recitar baixinho com os olhos no livro.

Do outro lado do corredor veio a voz do rapaz, quase tão baixa quanto a dela:

Eles estão trocando a guarda no Palácio de Buckingham — Christopher Robin desceu com Alice.

Depois de terminar aquele ele começou outro. "'Não gosto deles, Sam-eu-sou.'"

Greta riu mas Katy não. Greta podia ver que ela estava meio chocada. Ela entendia quando palavras bobas saíam de um livro, mas não quando saíam da boca de alguém que não estava com um livro.

"Desculpa", disse o rapaz para Greta. "A gente está na pré--escola. É isso que a gente lê." Ele se curvou para a frente e falou sério e baixinho com Katy.

"Esse livro é legal, né?"

"Ele quer dizer que a gente trabalha com crianças de pré-escola", a moça disse para Greta. "Se bem que às vezes a gente se confunde."

O rapaz continuou falando com Katy.

"De repente eu posso tentar adivinhar o seu nome agora. Qual é? É Rufus? É Rover?"

Katy mordeu os lábios mas aí não conseguiu resistir a uma resposta severa.

"Eu não sou um cachorro", ela disse.

"Não. Eu não devia ter sido tão estúpido. Eu sou menino e o meu nome é Greg. O nome dessa menina aqui é Laurie."

"Ele estava te provocando", disse Laurie. "Dou um peteleco nele?"

Katy ponderou, então disse: "Não".

"'Alice vai casar com um membro da guarda'", Greg continuou, "'É muito dura a vida de alguém que usa farda, diz Alice.'"

Katy falou baixinho junto com ele na segunda Alice.

Laurie disse a Greta que eles estavam rodando escolinhas, com uma espécie de espetáculo. Isso se chamava trabalho de preparação para a leitura. Eles eram atores, na verdade. Ela ia descer em Jasper, onde tinha um emprego de verão como garçonete e também fazia uns números cômicos. Não exatamente preparação para a leitura. Entretenimento adulto, era como chamavam.

"Jesus", ela disse. Riu. "Cada um se vira como pode."

Greg estava livre, e ia descer em Saskatoon. A família dele estava lá.

Eram muito lindos, os dois, Greta pensou. Altos, esguios, quase sobrenaturalmente magros, ele com um cabelo escuro duro, ela de cabelo preto e liso como o de uma Madonna. Quando ela mencionou a semelhança entre os dois um pouco mais tarde, eles disseram que tinham tirado vantagem disso umas vezes, no que se referia a lugares para dormir. Deixava tudo bem mais fácil, mas eles tinham que lembrar de pedir duas camas e não esquecer de bagunçar as duas durante a noite.

E agora, eles lhe disseram, agora eles não tinham com que se preocupar. Nada mais para gerar escândalos. Eles estavam se separando, depois de três anos juntos. Eles estavam castos havia meses, pelo menos um com o outro.

"Agora chega de Palácio de Buckingham", disse Greg a Katy. "Tenho que fazer meus exercícios."

Greta achou que isso queria dizer que ele tinha que descer ou pelo menos ir para o corredor para fazer exercícios calistênicos, mas em vez disso ele e Laurie jogaram a cabeça para trás, esticaram a garganta e começaram a trilar e grasnar e soltar uns cantarolados esquisitos. Katy estava encantada, recebendo aquilo tudo como um presente, um espetáculo só para ela. Ela se comportou como uma plateia de verdade, também — bem quietinha até o fim, para então cair na risada.

Umas pessoas que queriam subir pararam no pé da escada, menos encantadas que Katy e sem saber o que achar daquilo tudo.

"Desculpa", disse Greg, sem dar explicações mas com um tom de intimidade amistosa. Ele estendeu uma mão para Katy.

"Vamos ver se tem uma sala de brinquedos."

Laurie e Greta foram atrás deles. Greta estava torcendo para que ele não fosse um desses adultos que ficam amigos das crianças basicamente para testar seus encantos, e aí ficam de saco cheio e mal-humorados quando percebem o quanto os afetos de uma criança podem ser incansáveis.

Na hora do almoço ou antes disso, ela soube que não havia com que se preocupar. O que tinha acontecido não era que as atenções de Katy estivessem extenuando Greg, mas que várias outras crianças tinham entrado na competição e ele não estava dando nenhum sinal de estar extenuado.

Ele não organizou uma competição. Conduziu tudo de maneira a voltar as atenções que de início se dirigiam a ele para a consciência que as crianças tinham umas da presença das outras, e aí para jogos que eram animados e até frenéticos, mas não agressivos. Ninguém deu chilique. Nem fez birra. Simplesmente não havia tempo — tinha tanta coisa mais interessante acontecendo. Era um milagre, a facilidade com que se lidou com tanto frenesi num lugar tão apertado. E a energia gasta prometia soneeuinhas à tarde.

"Ele é impressionante", Greta disse a Laurie.

"É que quem está ali é ele mesmo", Laurie disse. "Ele não se poupa. Sabe como? Tem muito ator que se poupa. Sobretudo os homens. Mortos fora do palco."

Greta pensou, É isso que eu faço. Eu me poupo, quase sempre. Tomo cuidado com a Katy, tomo cuidado com o Peter.

Na década em que eles já haviam entrado mas da qual ela pelo menos ainda não tinha tomado muito conhecimento, iam prestar muita atenção nesse tipo de coisa. Estar ali ia passar a significar algo que não significava antes. Seguir com a maré. Se entregar. Tinha gente que se entregava, outros não se entregavam muito. Iam derrubar as barreiras entre o lado de dentro e o de fora da sua cabeça. A autenticidade exigia. Coisas como os poemas de Greta, coisas que não fluíam abertamente, eram suspeitas, e até ridicularizadas. Claro que ela continuou fazendo exatamente o que fazia, remexendo e sondando, secretamente a mais dura das resistentes na contracultura. Mas naquele momento, com a filha fascinada por Greg, e por tudo que ele quisesse inventar, ela estava completamente agradecida.

À tarde, como Greta tinha previsto, as crianças foram dormir. As mães também, em certos casos. Outras jogavam baralho. Greg e Greta acenaram para Laurie quando ela desceu em Jasper. Ela mandou beijinhos da plataforma. Um homem mais velho apareceu, pegou a mala dela, beijou-a carinhosamente, olhou para o trem e acenou para Greg. Greg acenou para ele.

"O namoradinho atual dela", ele disse.

Mais acenos à medida que o trem ia ganhando velocidade, aí ele e Greta levaram Katy de volta para a cabine, onde ela caiu no sono entre os dois, caiu no sono bem no meio de um solavanco. Eles abriram a cortina da cabine para tomar mais ar, agora que não havia mais perigo de a criança cair para fora.

"Massa ter filho", Greg disse. Era outra palavra nova na época, ou pelo menos nova para Greta.

"Acontece", ela disse.

"Você é tão calma. Daqui a pouco você vai dizer: 'É a vida'."

"Não vou", Greta disse, e segurou o olhar dele até ele sacudir a cabeça e rir.

Ele lhe disse que tinha começado a atuar por causa da religião. A família dele era de alguma seita cristã de que Greta nunca tinha ouvido falar. A seita não era numerosa mas era muito rica, ou pelo menos alguns deles. Eles ergueram uma igreja com um teatro dentro, numa cidade do interior. Foi onde ele começou a atuar antes dos dez anos de idade. Eles montavam parábolas da Bíblia, mas também dos dias de hoje, sobre as coisas horrorosas que aconteciam com as pessoas que não acreditavam naquilo em que eles acreditavam. A família de Greg tinha muito orgulho dele, e claro que ele também tinha. Ele nem pensava em lhes contar tudo que rolava quando os convertidos ricos vinham renovar os votos e revitalizar sua santidade. O negócio era que ele gostava mesmo de ser motivo de orgulho e gostava de atuar.

Até que um dia ele simplesmente ficou pensando que podia atuar sem ter que encarar aquela coisa toda da igreja. Ele tentou ser educado, mas eles lhe disseram que era o Diabo pondo as mãos nele. Ele disse Ha-ha, eu sei quem é que põe a mão em quem aqui.

Tchauzinho.

"Não quero que você fique pensando que era tudo ruim. Eu ainda acredito em oração e tal. Mas eu nunca consegui contar pra minha família o que estava rolando. Qualquer meia verdade ia simplesmente acabar com eles. Você não conhece gente assim?"

Ela disse que quando ela e Peter foram para Vancouver a avó dela, que morava em Ontário, entrou em contato com um pastor de uma igreja de lá. Ele veio visitá-los e ela, Greta, foi bem mal-educada com ele. Ele disse que ia rezar por ela, e ela só faltou dizer, nem se dê ao trabalho. A avó dela estava morrendo nessa época. Greta ficava envergonhada e com raiva de ficar envergonhada toda vez que pensava nisso.

Peter não entendeu isso tudo. A mãe dele nunca ia à igreja, apesar de um dos motivos de ela o ter levado pelas montanhas ter sido presumivelmente a possibilidade de eles continuarem católicos. Ele dizia que os católicos provavelmente tinham uma vantagem, você não precisava fazer nada até bem na horinha da morte.

Foi a primeira vez em um tempão que ela pensou em Peter.

O fato era que ela e Greg estavam bebendo enquanto toda essa conversa angustiada mas também algo reconfortante ia acontecendo. Ele tinha aparecido com uma garrafa de ouzo. Ela tomou bastante cuidado com aquilo, como vinha tomando com toda bebida alcoólica que ingeria desde a festa dos escritores, mas algum efeito havia. O bastante para eles começarem a fazer carinho um na mão do outro e aí a trocar beijos e carícias. Tudo isso tendo que acontecer ao lado do corpo da criança adormecida.

"É melhor a gente parar com isso", Greta disse. "Senão vai ficar lastimável."

"Não é a gente", disse Greg. "São outras pessoas."

"Então manda eles pararem. Você sabe o nome deles?"

"Espera um minutinho. Reg. Reg e Dorothy."

Greta disse: "Corta essa, Reg. E a minha filhinha inocente?".

"A gente podia ir para o meu leito. Não é tão longe."

"Eu não tenho nenhuma..."

"Eu tenho."

"Aqui com você?"

"Claro que não. Que tipo de animal você acha que eu sou?"

Então eles ajeitaram a roupa, escaparam da cabine, prenderam cuidadosamente todos os botões do leito em que Katy estava dormindo, e com certa indiferença seguiram do vagão de Greta para o dele. Isso nem foi necessário — não passaram por ninguém. Quem não estava no vagão panorâmico tirando fotos das montanhas sempiternas estava no vagão do bar, ou dormindo.

No leito desorganizado de Greg eles retomaram o que tinham interrompido. Não cabiam duas pessoas deitadas normalmente, mas eles deram um jeito de rolar um por cima do outro. Primeiro não paravam de abafar o riso, aí vieram os grandes choques de prazer, sem ter para onde olhar a não ser um para os olhos arregalados do outro. Mordendo um ao outro para conter algum ruído feroz.

"Legal", disse Greg. "Ótimo."

"Eu tenho que voltar."

"Já?"

"A Katy pode acordar e eu não vou estar lá."

"Beleza. Beleza. É melhor eu me ajeitar para a chegada em Saskatoon mesmo. E se a gente tivesse chegado lá bem no meio do ato? Oi, mãe. Oi, pai. Só me dá uma licencinha aqui que eu tenho que — uô — uuh!"

Ela se fez apresentável e o deixou ali. A bem da verdade ela nem estava dando bola para quem passasse. Estava fraca, chocada, mas flutuava, como um gladiador — ela chegou mesmo a pensar isso e sorriu com a ideia — depois de uma sessão na arena.

Enfim, não passou por vivalma.

O fecho de baixo da cortina estava aberto. Ela tinha certeza de tê-lo fechado. Se bem que mesmo com aquela nesga aberta a Katy mal podia sair e certeza que ela nem ia tentar. Uma vez, quando Greta saiu um minuto para ir ao banheiro, ela explicou direitinho que Katy nunca devia tentar ir atrás dela, e Katy disse "Eu não ia fazer uma coisa dessas", como que para sugerir que ela estava sendo tratada como um bebê.

Greta segurou as cortinas para abri-las por inteiro, e então viu que Katy não estava lá.

Ela surtou. Arrancou o travesseiro, como se uma criança do tamanho de Katy pudesse ter dado um jeito de se cobrir com ele. Apalpou o cobertor como se Katy pudesse estar escondida ali embaixo. Controlou-se e tentou pensar onde o trem tinha parado, se é que tinha parado, durante o tempo que passou com Greg. Enquanto ele estava parado, se é que tinha parado, será que um sequestrador podia ter entrado no trem e dado algum jeito de sair com a Katy?

Ficou parada no corredor, tentando pensar no que tinha que fazer para parar o trem.

Aí ela pensou, forçou-se a pensar, que nada assim podia ter acontecido. Não seja ridícula. A Katy deve ter acordado e vendo que ela não estava ali foi procurar por ela. Sozinha, ela tinha ido procurá-la.

Bem por aqui, ela tem que estar bem por aqui. As portas dos dois lados do vagão eram pesadas demais para que ela conseguisse abri-las.

Greta mal conseguia se mover. Seu corpo todo, sua mente, estavam ocos. Isso não podia ter acontecido. Volte, volte ao momento antes de ter saído com Greg. Pare ali. Pare.

Do outro lado do corredor estava um assento desocupado naquele momento. Uma blusa feminina e uma revista qualquer indicavam que aquele era o lugar de alguém. Mais para a frente, um assento com os fechos todos cerrados, como o dela — delas — estava. Ela abriu as cortinas de um só puxão. O velho que estava dormindo ali virou de costas mas nem chegou a acordar. Não tinha como ele estar escondendo alguém.

Que imbecilidade.

Um medo novo então. Supondo que Katy tivesse ido para uma ou outra extremidade do vagão e tivesse mesmo dado um jeito de abrir uma das portas. Ou seguido uma pessoa que tinha aberto a porta na frente dela. Entre os vagões havia uma passarelinha curta em que na verdade você andava sobre o lugar onde os vagões se juntavam. Ali dava para você sentir o movimento do trem de um jeito súbito e alarmante. Uma porta pesada atrás de você e outra na frente, e dos dois lados da passarela placas estridentes de metal. Elas cobriam os degraus que eram baixados quando o trem parava.

Você sempre passava correndo por essas passarelas, onde os solavancos e os estrondos te lembravam de como as coisas estavam encaixadas de um jeito que afinal não parecia assim tão inevitável. Quase casual, e no entanto com uma pressa tão grande, aqueles solavancos e estrondos.

A porta da ponta era pesada até para Greta. Ou ela estava esgotada pelo medo. Deu um empurrão com o ombro, tremendo.

E ali, entre os vagões, numa daquelas folhas de metal continuamente ruidosas — ali estava a Katy. De olhos bem abertos e boca entreaberta, espantada e só. Não estava nem chorando, mas quando viu a mãe começou.

Greta a agarrou e a apoiou no quadril e voltou cambaleante para a porta que tinha acabado de abrir.

Todos os vagões tinham nomes, que evocavam batalhas ou explorações ou canadenses famosos. O nome do carro delas era Connaught. Ela nunca ia esquecer isso.

Katy não estava nada machucada. As roupas dela não tinham ficado presas como poderiam ter ficado nas pontas agudas das placas de metal.

"Eu fui te procurar", ela disse.

Quando? Agorinha mesmo, ou logo depois que Greta tinha deixado ela sozinha?

Claro que não. Alguém teria visto a menina ali, tirado ela dali, tocado algum alarme.

O dia estava ensolarado mas não quente de verdade. O rosto e as mãos dela estavam bem frios.

"Achei que você estava na escada", ela disse.

Greta a cobriu com o cobertor do leito delas, e foi aí que ela mesma começou a tremer, como se estivesse com febre. Sentiu-se nauseada, e chegou até a notar um gosto de vômito na garganta. Katy disse: "Não me empurre", e se afastou.

"Você está cheirando um cheiro ruim", ela disse.

Greta encolheu os braços e deitou de costas.

Isso era tão terrível, as ideias que ela tinha do que podia ter acontecido eram tão terríveis. A criança ainda estava dura, em protesto, mantendo-se longe dela.

Alguém teria encontrado a Katy, claro. Uma pessoa boa, não uma pessoa malvada, teria visto a menina ali e a levaria para um lugar seguro. Greta teria ouvido o anúncio assombroso, a notícia de que uma criança tinha sido encontrada sozinha no trem. Uma criança que dizia que seu nome era Katy. Ela teria saído correndo de onde estava na hora, depois de se fazer o mais apresentável possível, teria saído correndo para buscar a filha e teria mentido, dizendo que só tinha ido ao banheiro. Ela teria ficado com medo, mas teria sido poupada da imagem que via agora, de Katy sentada naquele vão barulhento, indefesa entre os vagões. Sem chorar, sem reclamar, como se tivesse que ficar ali sentada para sempre e não houvesse explicação a ser dada, nem esperança. Os olhos dela estavam curiosamente inexpressivos e a boca simplesmente aberta, no momento anterior ao fato do resgate atingi-la e ela poder começar a chorar. Só então ela conseguiu recuperar seu mundo, seu direito de sofrer e reclamar.

Agora ela dizia que não estava com sono, que queria se levantar. Ela perguntou onde Greg estava. Greta disse que ele estava tirando uma soneca, estava cansado.

Ela e Greta foram para o vagão panorâmico passar o resto da tarde. Ficaram praticamente sozinhas. As pessoas que tiravam fotos deviam ter se cansado das Montanhas Rochosas. E como Greg tinha comentado, as planícies eram meio chatas.

O trem parou rapidinho em Saskatoon e várias pessoas desceram. Greg estava entre elas. Greta o viu ser recebido por um casal, deviam ser seus pais. E também por uma mulher de cadeira de rodas, provavelmente uma avó, e aí por várias outras pessoas mais novas que estavam em volta, à toa, animadas e sem graça. Nenhum deles parecia membro de alguma seita, ou pessoas rigorosas e desagradáveis, de jeito nenhum.

Mas como é que você podia ver isso com certeza em alguém?

Greg deu as costas para eles e correu os olhos pelas janelas do trem. Ela acenou do vagão panorâmico, ele a viu e acenou de volta.

"Olha o Greg", ela disse para Katy. "Olha ali embaixo. Ele está dando tchau. Você não quer dar tchau também?"

Mas Katy achou difícil demais procurar por ele. Nem tentou. Ela virou o rosto com um ar polido e levemente ofendido, e Greg, depois de mais um aceno exagerado, virou-se também. Greta ficou pensando se a menina podia estar castigando o rapaz pela deserção, se recusando a ficar com saudade dele, ou até mesmo a pensar nele.

Tudo bem, se é para ser assim, que seja.

"O Greg deu tchau pra você", Greta disse, enquanto o trem se afastava.

"Eu sei."

* * *

Naquela noite, enquanto Katy dormia ao lado dela no beliche, Greta escreveu uma carta para Peter. Uma carta comprida que ela queria que fosse engraçada, sobre todos os tipos de gente que apareciam nesses trens. A preferência que quase todos tinham por ver as coisas através da câmera, em vez de olhar para a coisa de verdade, e assim por diante. O comportamento geralmente agradável da Katy. Nada sobre o desaparecimento, claro, ou sobre o medo. Ela postou a carta quando as planícies já estavam bem longe e os abetos negros não tinham mais fim, e o trem ficou parado por algum motivo na cidadezinha perdida de Hornepayne.

Cada momento desperto dela, durante aquelas centenas de quilômetros, foi devotado a Katy. Ela sabia que esse tipo de devoção de sua parte nunca tinha aparecido antes. Era verdade que ela tinha feito tudo direito, havia vestido e alimentado a criança, tinha conversado com ela durante o tempo em que elas ficavam juntas e Peter estava trabalhando. Mas nessas horas Greta tinha outras coisas para fazer na casa, e sua atenção era espasmódica, sua ternura muitas vezes tática.

E não só por causa das tarefas da casa. Outros pensamentos expulsavam a criança. Até antes dessa obsessão inútil, exaustiva e imbecil com o cara de Toronto, havia o outro trabalho, o trabalho da poesia que parecia que ela tinha passado quase a vida inteira realizando mentalmente. Isso agora lhe parecia outra maneira de trair — Katy, Peter, a vida. E agora, por causa da imagem na sua cabeça de Katy sozinha, Katy ali sentada entre o alarido metálico no meio dos vagões — era mais uma coisa de que ela, a mãe de Katy, ia ter que desistir.

Um pecado. Ela tinha posto sua atenção em outro lugar. Determinada, dando atenção a uma coisa que não era a filha. Um pecado.

* * *

Elas chegaram a Toronto no meio da manhã. O dia estava escuro. Havia trovões de verão e relâmpagos. Katy nunca tinha visto tanta agitação na costa oeste, mas Greta lhe disse que não havia do que ter medo, e pareceu que ela não teve. Ou da escuridão ainda maior, eletricamente iluminada, que encontraram no túnel onde o trem parou.

Ela disse: "Noite".

Greta disse: Não, não, elas só tinham que andar até o fim do túnel, agora que haviam descido do trem. Aí subir uma escadinha, ou talvez tivesse uma escada rolante, e aí elas iam estar num prédio grande e aí lá fora, onde pegariam um táxi. Táxi era um carro, só isso, que ia levar as duas para casa. A casa nova delas, onde iam morar um tempinho. Elas iam morar ali um tempinho e aí voltar para o papai.

Subiram uma rampa, e lá estava a escada rolante. Katy se deteve, então Greta se deteve também, até as pessoas passarem por elas. Aí Greta pegou Katy no colo e a ajeitou no quadril, e deu um jeito com a mala no outro braço, se abaixando para largá-la nos degraus que se moviam. Quando chegaram ao alto ela pôs a criança no chão e elas conseguiram ficar de novo de mãos dadas, sob a luz branca e imponente da Union Station.

Ali as pessoas que vinham andando na frente delas começavam a se separar, a ser chamadas por aqueles que estavam esperando, e que chamavam seus nomes, ou que simplesmente iam até elas e pegavam suas malas.

Como alguém agora pegou a delas. Pegou a mala, pegou Greta, e a beijou pela primeira vez, de uma maneira determinada e festiva.

Harris.

Primeiro um susto, depois uma reviravolta nas entranhas de Greta, um imenso acomodar-se.

Ela estava tentando se manter ligada à Katy, mas nesse momento a criança se afastou e soltou a mão dela.

Ela não tentou fugir. Só ficou ali parada à espera do que quer que estivesse por vir.

Amundsen

No banquinho em frente à estação eu sentei e esperei. A estação estava aberta quando o trem chegou, mas agora estava trancada. Outra mulher estava sentada na ponta do banquinho, segurando entre as pernas uma sacola de redinha cheia de pacotes embrulhados com papel impermeável. Carne — carne crua. Dava para sentir o cheiro.

Do outro lado dos trilhos estava o trem elétrico, vazio, à espera.

Não apareceram outros passageiros e depois de um tempinho o chefe de estação meteu a cabeça para fora e gritou: "San". De início eu pensei que ele estava gritando o nome de alguém, Sam. E outro homem com algum uniforme oficial de fato apareceu do outro lado do prédio. Ele atravessou os trilhos e embarcou no trem elétrico. A mulher com os pacotes levantou e foi atrás dele, então eu fiz o mesmo. Vieram uns gritos do outro lado da rua e as portas de uma construção de teto plano e telhas escuras se abriram, liberando vários homens que enfiavam bonés na cabeça e batiam marmitas contra a coxa. Pelo barulho que estavam fazendo, dava para imaginar que o vagão ia sair correndo deles a qualquer minuto. Mas quando eles se acomodaram a bordo nada aconteceu. O vagão ficou parado enquanto eles contavam quantos eram e diziam quem era que estava faltando e gritavam para o condutor que ele ainda não podia sair. Aí alguém lembrou que era o dia de folga do homem que estava faltando. O vagão partiu, embora não desse para saber se o condutor estava ouvindo aquela conversa, ou se ele dava a mínima.

Todos os homens desceram numa serraria no meio das árvores — aquilo não ia ter dado mais de dez minutos a pé — e logo depois o lago apareceu, coberto de neve. Uma longa construção branca de madeira à sua frente. A mulher reacomodou os embrulhos de carne e levantou, e eu fui atrás. O condutor gritou de novo "San" e as portas se abriram. Umas mulheres estavam esperando para entrar. Elas cumprimentaram a mulher da carne e ela disse que era um dia meio morto.

Todas evitaram olhar para mim quando eu desci atrás da mulher da carne.

Ali não havia ninguém para esperar, aparentemente. As portas se fecharam com um baque e o trem voltou.

Aí restou o silêncio, o ar como gelo. Bétulas de aparência quebradiça com marcas negras na casca branca, e algum tipo de sempre-viva pequena e bagunçada, enrolada como um urso sonolento. O lago congelado não estava liso, mas encrespado pelas margens, como se as ondas tivessem virado gelo no momento de quebrar. E a construção do outro lado com suas deliberadas fileiras de janelas, e suas varandas envidraçadas nas duas extremidades. Tudo austero e setentrional, preto e branco sob a alta abóbada das nuvens.

Mas a casca das bétulas não era nada branca quando você ia chegando perto. Um amarelo-acinzentado, azul-acinzentado, cinza.

Tão quieto, tão imenso o encanto.

"Indo pra onde?", a mulher da carne me perguntou. "A hora de visita lá é às três."

"Não sou visitante", eu disse. "Sou a professora."

"Bom, mas eles não vão te deixar entrar pela porta da frente", disse a mulher um tanto satisfeita. "Melhor você vir comigo. Você não trouxe mala?"

"O chefe de estação disse que ia trazer depois."

"Do jeito que você estava ali parada parecia que estava perdida."

Eu disse que tinha parado porque era tudo tão lindo.

"Tem quem ache. A não ser que esteja doente ou ocupado demais."

Nada mais foi dito até entrarmos na cozinha que ficava numa das extremidades do prédio. Eu já estava precisando daquele calor. Não tive chance de olhar em volta porque chamaram a atenção para as minhas botas.

"Melhor você se livrar disso aí antes delas marcarem o piso."

Eu lutei para tirar as botas — não havia cadeira — e as larguei no capacho em que a mulher tinha posto as dela.

"Pegue e traga com você, eu não sei onde é que vão te colocar. Melhor ficar de casaco, também, que não tem aquecimento no vestiário."

Sem aquecimento, sem iluminação, a não ser pela que entrava por uma janelinha que eu não alcançava. Era como um castigo no tempo da escola. Mandada-para-o-vestiário. É. O mesmo cheiro de roupas de inverno que nunca secavam de verdade, de botas empapadas até as meias sujas e os pés sem banho.

Subi num banquinho, mas ainda não conseguia enxergar lá fora. Na prateleira em que bonés e cachecóis estavam jogados encontrei uma sacola com figos e tâmaras. Alguém devia tê-la roubado e guardado ali para levar para casa. De repente eu me vi com fome. Nada para comer desde cedo, fora um sanduíche seco de queijo na Ontario Northland. Pensei na ética de roubar um ladrão. Mas os figos iam grudar nos meus dentes, para me trair.

Desci dali bem na horinha. Alguém estava entrando no vestiário. Não algum dos funcionários da cozinha, mas uma aluna metida num casaco grandalhão de inverno, com uma echarpe atada por cima do cabelo. Ela entrou apressada — livros jogados no banquinho de modo que se esparramaram pelo chão, echarpe arrancada de modo que o cabelo saltou como um arbusto eriçado e ao mesmo tempo, parecia, botas chutadas uma depois da outra e lançadas quicando para o outro lado do vestiário. Ninguém tinha se metido com ela, aparentemente, para fazê-la tirar as botas na porta da cozinha.

"Ai, eu não estava tentando te acertar", a menina disse. "É tão escuro aqui pra quem chega lá de fora que você não sabe o que está fazendo. Você não está gelada? Você está esperando o turno de alguém acabar?"

"Eu estou esperando para ver o dr. Fox."

"Bom, não vai precisar esperar muito, acabei de vir da cidade de carona com ele. Mas você não está doente, né? Se você está doente não pode vir aqui, tem que falar com ele na cidade."

"Eu sou a professora."

"É mesmo? Você é de Toronto?"

"Sou."

Veio uma certa pausa, talvez de respeito.

Mas não. Uma avaliação do meu casaco.

"Bem bacana mesmo. Isso aí na gola é pele?"

"Astracã. Na verdade é imitação."

"Podia me enganar. Não sei por que te deixaram aqui, você vai ficar com a periquita congelada. Desculpa. Você quer falar com o doutor, eu te levo lá. Eu sei onde fica tudo aqui, eu moro aqui praticamente desde que nasci. A minha mãe cuida da cozinha. Eu sou a Mary. Como é que você se chama?"

"Vivi. Vivien."

"Se você é professora não devia ser senhorita? Senhorita o quê?"

"Srta. Hyde."

"Dr. Fox e srta. Hyde", ela disse. "Desculpa, foi só uma coisa que me passou pela cabeça agora. Eu ia gostar de ser sua aluna, mas eu tenho que estudar na cidade. Essas regras idiotas. Só porque eu não tenho TV."

Ela estava me conduzindo enquanto falava, pela porta na extremidade do vestiário, aí por um corredor normal de hospital. Linóleo encerado. Tinta verde fosca, um cheiro antisséptico.

"Agora que tem você aqui, quem sabe eu consigo fazer o Raposão me deixar trocar de turma."

"Quem é o Raposão?"

"Fox, o Raposão. É de um livro. Eu e a Anabel um dia começamos a chamar ele assim."

"Quem é Anabel?"

"Ninguém agora. Ela morreu."

"Ah, sinto muito."

"Não tem problema. Acontece por aqui. Eu estou no colegial esse ano. A Anabel nunca chegou a ir pra escola de verdade. Quando eu estava só na escolinha o Raposão fez a professora da cidade me deixar ficar bastante tempo em casa, para eu poder fazer companhia pra ela."

Ela parou diante de uma porta entreaberta e assobiou.

"Olha. Trouxe a professora."

Uma voz de homem disse: "Ótimo, Mary. Chega de você por hoje".

"Ótimo. Entendi."

Ela saiu saltitante e me deixou diante de um homem magro de estatura mediana, cujo cabelo claro, um pouco avermelhado, estava cortado bem curto e brilhava sob a luz artificial do corredor.

"A senhorita já conheceu a Mary", ele disse. "Ela sempre tem muito a dizer. Ela não vai estar na sua turma, então a senhorita não vai ter que aguentar isso todo dia. As pessoas aqui ou se apegam a ela ou não."

Ele me pareceu ser entre dez e quinze anos mais velho que eu e de início falou comigo exatamente como um homem mais velho falaria. Um futuro empregador ocupadíssimo. Perguntou da minha viagem, do que tinha sido combinado quanto à minha mala. Ele queria saber o que eu ia achar de morar aqui no mato, depois de Toronto, se eu ia me entediar.

Nem um pouco, eu disse, e acrescentei que era lindo.

"Parece — parece que a gente está dentro de um romance russo."

Ele olhou para mim com atenção pela primeira vez.

"Sério? Qual romance russo?"

Os olhos dele eram de um azul-claro, luminoso e acinzentado. Uma sobrancelha tinha subido, como um gorrinho pontudo.

Não era que eu não tivesse lido romances russos. Eu tinha lido uns até o fim e outros só em parte. Mas por causa daquela sobrancelha, e da expressão divertida mas contestadora dele, eu não lembrava título algum além de *Guerra e Paz*. Eu não queria dizer esse porque era o que qualquer um lembraria.

"*Guerra e Paz.*"

"Bom, é só Paz que a gente tem aqui, eu diria. Mas se fosse Guerra que a senhorita estivesse querendo ver eu imagino que a sua escolha teria sido se juntar a um desses grupos femininos que vão para fora do país."

Eu fiquei brava e humilhada porque realmente não estava me exibindo. Ou não só me exibindo. Eu tinha tentado exprimir o efeito maravilhoso que aquele cenário tinha sobre mim.

Ele era evidentemente o tipo de pessoa que fazia perguntas que eram armadilhas para você cair.

"Acho que no fundo eu estava esperando que alguma professora das antigas aparecesse", ele disse, meio pedindo desculpas. "Como se qualquer pessoa com uma idade e uma qualificação decentes já tivesse voltado para o sistema hoje em dia. A senhorita não estudou para ser professora, não é? O que exatamente a senhorita estava pensando em fazer depois de terminar a graduação?"

"Em fazer um mestrado", eu disse, seca.

"Então o que mudou a sua opinião?"

"Eu achei que devia ganhar dinheiro."

"Uma ideia razoável. Se bem que eu acho que a senhorita não vai ganhar muito aqui. Desculpa eu me intrometer. Eu só quero garantir que a senhorita não desapareça e deixe a gente na mão. Nenhum plano de casamento, então?"

"Não."

"Certo. Certo. Chega de interrogatório. Não desencorajei a senhorita, não é?"

Eu tinha desviado os olhos.

"Não."

"Vá até o escritório da Governanta no fim do corredor que ela vai lhe dizer tudo que for preciso saber. A senhorita vai fazer as suas refeições com as enfermeiras. Ela vai lhe dizer onde dormir. Só tente não se resfriar. Imagino que a senhorita não tenha alguma experiência com a tuberculose?"

"Bom, eu li..."

"Sei. Sei. Leu *A montanha mágica*." Outra armadilha tinha se fechado com um estalo, e ele parecia revigorado. "As coisas mudaram um pouco desde aquela época, espero eu. Toma, eu escrevi umas coisas aqui sobre as crianças e o que eu andava pensando que a senhorita podia tentar fazer com elas. Às vezes eu prefiro me expressar por escrito. A Governanta vai lhe passar a ficha corrida."

* * *

Antes de eu completar uma semana ali todos os eventos do primeiro dia pareciam únicos e improváveis. A cozinha, o vestiário da cozinha onde as funcionárias deixavam as roupas e escondiam o que roubavam, eram cômodos que eu não tinha mais visto e provavelmente não veria. O escritório do médico era igualmente inacessível, sendo a sala da Governanta o lugar certo para todas as demandas, queixas e reorganizações comuns. A própria Governanta era baixa e gorducha, de rosto rosa, com óculos sem aro e uma respiração pesada. Tudo que você pedia parecia espantá-la, e gerar dificuldades, mas finalmente era tudo resolvido ou providenciado. Às vezes ela comia no refeitório das enfermeiras, onde lhe serviam um cardápio especial, e deixava o ar mais pesado. Em geral ela ficava no seu território.

Além da Governanta havia três enfermeiras, nem uma delas com menos de trinta anos a mais que eu. Tinham saído da aposentadoria para servir, cumprindo com seu dever de tempos de guerra. E aí havia as auxiliares de enfermagem, que eram da minha idade ou até mais novas, quase todas casadas ou noivas ou se esforçando para ficar noivas, geralmente de homens das Forças Armadas. Elas falavam o tempo todo se a Governanta e as enfermeiras não estivessem por perto. Não tinham o menor interesse em mim. Não queriam saber como era Toronto, apesar de algumas delas conhecerem pessoas que haviam passado a lua de mel lá, e não davam a menor bola para o andamento das minhas aulas ou para o que eu tinha feito antes de ir trabalhar no San. Não que fossem grosseiras — elas me passavam a manteiga (chamavam de manteiga, mas na verdade era margarina com umas linhas laranjas, colorida na cozinha, o único jeito legal de fazer isso na época) e me avisaram para evitar a torta de carne, porque levava marmota. Era só que tudo que acontecia em lugares que elas não conheciam ou com pessoas que elas não conheciam ou em épocas que elas não conheciam tinha que ser desconsiderado. Só atrapalhava e só irritava. Elas desligavam o rádio na hora do noticiário sempre que podiam e tentavam pegar momentos de música.

"*Dance with a dolly with a hole in her stockin'*..."*

Tanto as enfermeiras quanto as auxiliares não gostavam da CBC, sobre a qual eu ouvia dizer, desde que me entendia por gente, que levava cultura ao interior. E no entanto elas admiravam o dr. Fox, em parte por ele ter lido tantos livros.

Elas também diziam que ninguém era como ele para tirar uma lasca de alguém quando estivesse a fim.

Eu não consegui entender se elas achavam que havia uma ligação entre ler muitos livros e tirar lascas dos outros.

Noções pedagógicas comuns não cabem aqui. Algumas dessas crianças vão reentrar no mundo ou no sistema e algumas delas não vão. Melhor não haver muita tensão. Ou seja, provas memorizações notas essas bobagens.

Desconsidere toda a questão da avaliação. Quem precisar pode se recuperar depois ou se virar sem saber. A bem da verdade coisas muito simples, conjuntos de fatos etc., necessários para se Entrar no Mundo. E as crianças chamadas de Superiores? Termo repulsivo. Se elas são inteligentes de um modo acadêmico questionável podem recuperar tudo com facilidade.

Esqueça os rios da América do Sul, e a Magna Carta também. Desenhos Músicas Histórias são melhores.

Brincadeiras tudo bem mas cuidado com os ânimos exaltados ou com o excesso de competitividade.

---

* "[Vou] dançar com uma bonequinha com um furo na meia..." Canção famosa com Bill Haley e com as Andrews Sisters. (N. T.)

Desafio se manter entre tensão e tédio. Tédio a praga da hospitalização.
Se a Governanta não tiver o que a senhorita necessita, às vezes o Zelador pode tê-lo guardado em algum lugar.
Bon Voyage.

O número de crianças que apareciam variava. Quinze, ou até meia dúzia. Só de manhã, das nove ao meio-dia, incluindo os intervalos. As crianças não eram liberadas para a aula se a temperatura delas subia ou se estavam sendo submetidas a exames. Quando estavam presentes eram tranquilas e fáceis, mas não particularmente interessadas. Tinham entendido rapidinho que aquilo era um faz de conta de escola onde elas não eram obrigadas a aprender nada, assim como estavam livres de grades de horários e de trabalhos de memorização. Essa liberdade não as deixava insolentes, não as deixava entediadas de algum jeito que causasse problemas, só dóceis e desligadas. Elas cantavam em coro, bem baixinho. Brincavam de jogo da velha. Havia uma sombra de derrota sobre a sala de aula improvisada.

Decidi levar a sério as palavras do médico. Ou algumas delas, como as que diziam que o tédio era o inimigo.

No cubículo do zelador eu tinha visto um globo terrestre. Pedi para levarem para a sala. Comecei com geografia simples. Os oceanos, os continentes, os climas. Por que não os ventos e as correntes? Os países e as cidades? O Trópico de Câncer e o Trópico de Capricórnio? E por que não, afinal, os rios da América do Sul?

Algumas das crianças haviam aprendido essas coisas antes, mas tinham esquecido quase tudo. O mundo além do lago e da floresta tinha desaparecido. Achei que elas se animaram, como quem retoma amizades, com o que sabiam antes. Claro que não larguei tudo de uma vez em cima delas. E tinha que ir devagar com as que nunca tinham aprendido essas coisas na vida por terem ficado doentes muito cedo.

Mas tudo bem. Podia ser uma brincadeira. Separei as crianças em equipes, e botei todo mundo para dar respostas enquanto eu espetava minha vareta aqui e ali. Tomava cuidado para não deixar a empolgação se prolongar demais. Mas um dia o doutor entrou, recém-saído de uma cirurgia matinal, e me pegou em flagrante. Eu não podia parar tudo de repente, mas tentei diluir a competição. Ele sentou, com uma cara meio cansada e ensimesmada. Não levantou objeções. Depois de uns momentos ele começou a entrar na brincadeira, soltando uns nomes bem ridículos, nomes não apenas errados mas inventados. Aí gradualmente ele deixou sua voz morrer. Sumir, sumir, primeiro virando resmungo, depois sussurro, até que não se pudesse ouvir mais nada. Nada. Assim, com esse absurdo, ele assumiu o controle da sala. A classe toda começou a só mover os lábios, para imitá-lo. Os olhos de todas estavam fixos na boca dele.

De repente ele soltou um grunhido baixo que fez as crianças rirem.

"Mas por que é que todo mundo está olhando para mim? É isso que essa professora de vocês ensina? Ficar encarando alguém que não está incomodando ninguém?"

Quase todas riram, mas algumas delas não conseguiam parar de olhar para ele nem assim. Estavam sedentas por mais bizarrices.

"Vamos. Sumam daqui e vão ser malcomportadas em outro lugar."

Ele me pediu desculpas por interromper a aula. Eu comecei a lhe explicar meus motivos para fazer aquilo se parecer mais com uma escola de verdade.

"Apesar de eu concordar com o senhor quanto à questão da tensão...", eu disse com franqueza. "Concordo com o que o senhor disse nas suas instruções. Só que eu achei..."

"Que instruções? Ah, aquilo eram só umas coisas que me passaram pela cabeça. Eu nunca quis que aquilo virasse lei."

"Pensei que pelo menos enquanto elas não estiverem doentes demais..."

"Tenho certeza que a senhorita tem razão, acho que nem faz diferença."

"Antes elas ficavam meio inertes."

"Não precisa fazer uma tempestade em copo d'água", ele disse, e se afastou.

Aí se virou para pedir desculpas sinceras apenas em parte.

"Nós podemos conversar sobre isso outra hora."

Essa hora, eu pensei, nunca chegaria. Era evidente que ele me achava uma chata e uma tola.

Descobri no almoço, com as auxiliares, que alguém não tinha sobrevivido a uma operação naquela manhã. Então minha raiva no fim não era justificada, e eu só podia me sentir ainda mais tola.

Todas as tardes eram livres. As minhas pupilas desciam para longos cochilos e eu às vezes ficava com vontade de fazer a mesma coisa. O meu quarto era frio — todas as partes do prédio pareciam frias, bem mais frias que o apartamento da Avenue Road, muito embora lá os meus avós deixassem o termostato bem baixo, para serem patrióticos. E os cobertores eram finos — alguém com tuberculose certamente precisaria de coisa mais acolhedora.

Lógico que eu não tinha tuberculose. Talvez eles fossem mais econômicos no que providenciavam para gente como eu.

Eu ficava sonolenta mas não conseguia dormir. Acima de mim havia o estrondo das camas de rodinhas sendo levadas para as varandas abertas onde eram expostas à gélida tarde.

O prédio, as árvores, o lago, nunca mais iam conseguir ser iguais, para mim, ao que tinham sido naquele primeiro dia, quando me deixei levar por seu mistério e sua autoridade. Naquele dia eu me acreditava invisível. Agora parecia que isso nunca tinha sido verdade.

Olha ali a professora. O que ela está aprontando?
Está olhando para o lago.
Para quê?
Não tem mais o que fazer.
Tem gente sortuda nesse mundo.

* * *

De vez em quando eu pulava o almoço, apesar de ele ser parte do meu salário. Eu ia até Amundsen, onde comia num café. O café era Postum* e a melhor aposta entre os sanduíches era salmão enlatado, quando eles tinham. A salada de frango merecia uma boa vistoria em busca de pedacinhos de pele e cartilagem. Mesmo assim eu me sentia mais à vontade lá, como se ninguém soubesse quem eu era.

Provavelmente eu estava enganada a esse respeito.

O café não tinha banheiro feminino, então você tinha que ir até o hotel ao lado, aí passar pela porta aberta do salão de cerveja, sempre escuro e barulhento e deixando escapar um cheiro de cerveja e uísque, uma rajada de fumaça de cigarro e charuto capaz de derrubar alguém. Mesmo assim eu me sentia bem à vontade ali. Os madeireiros, os empregados da serraria, nunca ficavam gritando para as pessoas como os soldados e os pilotos de Toronto faziam. Eles estavam atolados em um mundo de homens, urrando suas próprias histórias, não estavam ali em busca de mulheres. Era possível que estivessem mais dispostos a dar o fora dali imediatamente ou para sempre.

O doutor tinha um consultório na rua principal. Era só uma casinha pequena de um andar, de modo que ele devia mo-

---

* Bebida à base de trigo e melaço, usada como substituto do café. (N. T.)

rar em outro lugar. Eu tinha ouvido das auxiliares que ele não era casado. Na única rua lateral eu achei a casa que tinha chances de ser a dele — uma casa coberta de estuque com uma janelinha tipo lucarna em cima da porta da frente, livros empilhados na soleira dessa janela. Aquele lugar tinha uma aparência desolada mas organizada, passava a ideia de um conforto mínimo mas preciso, que um homem sozinho — um homem sozinho e metódico — podia criar.

A escola na ponta daquela única rua residencial tinha dois andares. O térreo atendia os alunos até a oitava série, o primeiro andar, até a décima segunda. Numa tarde eu vi Mary ali, participando de uma guerra de bolas de neve. Parecia que eram meninas contra meninos. Quando me viu, Mary gritou bem alto: "Oi, profe", e jogou as bolas que tinha nas mãos para qualquer lado, então foi andando a passo lento pela rua. "A gente se vê amanhã", ela gritou por cima do ombro, mais ou menos como um aviso de que ninguém deveria segui-la.

"Você está voltando para casa?", ela perguntou. "Eu também. Eu ia de carona com o Raposão, mas ele está demorando demais para sair. Como é que você faz, pega o bonde?"

Eu disse que sim, e Mary disse: "Ah, eu posso te mostrar o outro caminho e você pode economizar um dinheiro. A trilha do mato".

Ela me levou por um caminho estreito mas transitável que se erguia atrás da cidade e aí cruzava a mata e passava pela serraria.

"É por aqui que o Raposão vai", ela disse. É mais alto mas mais curto quando você desce para o San."

Nós passamos pela serraria, e abaixo de nós, umas entradas feias na mata e algumas cabanas, aparentemente habitadas porque havia pilhas de lenha e varais e soltavam fumaça. Um cachorro grande com jeito de lobo saiu de uma delas correndo, latindo e rosnando muito.

"Você cale essa boca", berrou Mary. Em questão de segundos ela tinha formado e arremessado uma bola de neve que pegou o animal no meio dos olhos. Ele rodopiou e ela estava com outra bola pronta para acertá-lo nos quadris. Uma mulher de avental apareceu e berrou: "Cê podia ter matado ele".

"Que vá pro diabo, esse traste."

"Eu vou mandar o meu véio atrás docê."

"Até parece. O teu véio não consegue bater nem em bêbado."

O cachorro seguia de longe, com algumas ameaças insinceras.

"Eu me viro com qualquer cachorro, não se preocupe", Mary disse. "Aposto que eu me virava com um urso se a gente topasse com um."

"Os ursos não tendem a hibernar nessa época do ano?"

Eu tinha ficado bem assustada com o cachorro, mas fingia não ligar.

"É, mas nunca se sabe. Um saiu cedo da toca e entrou na lixeira lá no San. A minha mãe se virou e lá estava ele. O Raposão pegou a espingarda e atirou."

"O Raposão levava eu e a Anabel para passear de trenó, e às vezes outras crianças também, e ele tinha um apito especial que espantava os ursos. Era agudo demais pros humanos ouvirem."

"Sei. Você chegou a ver esse apito?"

"Não era um apito desse tipo. Era um assobio que ele dava com a boca."

Fiquei pensando na participação dele na aula.

"Não sei, talvez fosse só para não deixar a Anabel com medo que ele dizia isso. Ela não sabia andar de trenó, ele tinha que puxar ela de tobogã. Eu ia bem atrás dela e às vezes pulava no tobogã e ele dizia Mas o que é que tem esse negócio que está tão pesado. Aí ele tentava virar bem rápido e me pegar ali, mas nunca conseguia. E ele perguntava para a Anabel O que era que estava deixando aquilo tão pesado, o que foi que você comeu no café, mas ela nunca contava. Se tinha outras crianças eu não fazia isso. Era melhor quando só eu e a Anabel íamos. Ela foi a melhor amiga que eu vou ter na vida."

"E aquelas meninas da escola? Elas não são suas amigas?"

"Eu só fico com elas quando não tem mais ninguém. Elas não são nada.

"A Anabel e eu, a gente fazia aniversário no mesmo mês. Junho. No nosso aniversário de onze anos o Raposão levou a gente pra passear de bote no lago. Ele ensinou a gente a nadar. Bom, eu. Mas ele sempre tinha que ficar segurando a Anabel, ela não conseguia aprender direito. Uma vez ele foi nadando bem longe sozinho e a gente encheu os sapatos dele de areia. E aí no nosso aniversário de doze anos não dava para a gente ir a um lugar desses, mas a gente foi na casa dele e comeu bolo. Ela não conseguiu comer nem um pedacinho, então ele levou a gente pra andar de carro e a gente ficou jogando migalhinha pela janela para dar para as gaivotas. Elas ficavam brigando e gritando que nem loucas. A gente estava tendo ataques de riso e ele teve que parar e segurar a Anabel para ela não ter uma hemorragia.

"E depois disso", ela disse, "depois disso não me deixaram mais ver ela. A minha mãe nunca quis mesmo que eu ficasse perto das crianças com TB. Mas o Raposão convenceu ela, ele disse que ia cortar aquilo quando tivesse que cortar. Foi o que ele fez, e eu fiquei louca. Mas ela não ia mais ser divertida de tão doente que estava. Eu podia te mostrar o túmulo dela, mas ainda não tem nenhuma marca. O Raposão e eu, a gente vai fazer alguma coisa quando ele tiver tempo. Se a gente tivesse ido direto pela estrada em vez de sair onde a gente saiu a gente ia ter chegado no cemitério dela. É só para as pessoas que não têm ninguém que venha pegar elas e levar para casa."

A essa altura nós estávamos de volta ao nível do solo, chegando no San.

Ela disse: "Ah, quase esqueci", e pegou um punhado de ingressos.

"Para o dia dos namorados. A gente vai montar uma peça na escola que se chama *Pinafore*.* Eu estou com isso tudo para vender e você pode ser a minha primeira compradora. Eu estou na peça."

Eu tinha razão de achar que a casa de Amundsen era onde o médico morava. Ele me levou para jantar lá. Aparentemente o convite veio meio de improviso quando nos encontramos no saguão. Talvez ele estivesse incomodado com a lembrança de ter dito que nós íamos nos encontrar para falar de ideias pedagógicas.

A noite que ele sugeriu era aquela para a qual eu tinha comprado o ingresso de *Pinafore*. Eu lhe disse isso e ele falou: "Bom, eu também comprei. Não quer dizer que a gente precise aparecer por lá".

"Eu fico meio achando que prometi para ela."

"Bom. Agora você pode meio achar que despromete. Vai ser um horror, acredite em mim."

Eu fiz como ele falou, apesar de não ter visto Mary, para avisá-la. Eu estava esperando onde ele me disse para estar, na varanda aberta diante da porta da frente. Estava com o meu melhor vestido, de crepe verde-escuro com os botõezinhos de pérola e gola de renda verdadeira, e tinha enfiado os pés nuns sapatos de camurça de salto alto dentro das galochas de neve. Fiquei esperando além da hora mencionada — com medo, primeiro, de que a Governanta pudesse sair do escritório e me ver ali e, segundo, de que ele tivesse esquecido a coisa toda.

---

* Uma das mais conhecidas operetas de Gilbert e Sullivan. (N. T.)

Mas aí ele apareceu, abotoando o sobretudo, e pediu desculpas.

"Sempre tem uma coisinha ou outra para resolver", ele disse, e me levou sob as estrelas brilhantes até o carro dele atrás do prédio. "Você está firme?", ele disse, e quando eu disse sim — apesar de me preocupar com os sapatos de camurça — ele não me ofereceu o braço.

O carro dele era velho e maltratado como quase todos os carros naquela época. Não tinha aquecedor. Quando ele disse que nós íamos para a casa dele, fiquei aliviada. Eu não via como lidar com o amontoado de gente do hotel e estava torcendo para não ter que encarar os sanduíches do café.

Chegando lá, ele me disse para não tirar o casaco enquanto o ambiente não estivesse um pouco mais aquecido. Ele imediatamente se ocupou de acender o fogo na estufa.

"Sou seu zelador e seu cozinheiro e seu garçom", ele disse. "Logo vai estar confortável e a comida não vai demorar muito. Não ofereça ajuda, eu prefiro trabalhar sozinho. Onde é que a senhorita prefere esperar? Se quiser, a senhorita pode dar uma olhada nos livros da sala de entrada. Ali não deve estar insuportável demais de casaco. A casa é toda aquecida com estufas e eu não aqueço um cômodo se ele não está em uso. O interruptor fica logo ao lado da porta. Posso ouvir o noticiário? É um costume que eu criei."

Fui para a sala, com a vaga impressão de que isso tinha sido uma ordem, deixando aberta a porta da cozinha. Ele veio para fechá-la, dizendo: "Só até a gente dar uma esquentada na cozinha", e voltou para a voz tenebrosa e dramática, quase religiosa, da CBC, dando as notícias do último ano da guerra. Eu não tinha conseguido ouvir aquela voz depois de sair do apartamento dos meus avós e fiquei com vontade de ter ficado na cozinha. Mas havia uma enormidade de livros para olhar. Não só nas estantes mas em cima de mesas e cadeiras e soleiras e empilhados no chão. Depois de ter examinado vários deles eu concluí que ele preferia comprar livros em pacotes e provavelmente fazia parte de vários clubes de leitura. Os Clássicos Harvard. Os livros de história de Will e Ariel Durant — exatamente os mesmos que estavam nas prateleiras do meu avô. Ficção e poesia pareciam não ter grande presença, embora houvesse alguns surpreendentes clássicos infantis.

Livros sobre a Guerra Civil Americana, a Guerra da África do Sul, as Guerras Napoleônicas, as Guerras do Peloponeso, as campanhas de Júlio César. *Explorações do Amazonas e do Ártico, Schackleton preso no gelo, A catástrofe de Franklin, O grupo Donner, As tribos perdidas: cidades soterradas da África Central, Newton e a alquimia, Segredos do Hindu Kush*. Livros que sugeriam alguém ansioso para saber, para dominar grandes nacos esparsos de conhecimento. Talvez não alguém cujos gostos fossem firmes e obstinados.

Então quando ele perguntara "Que romance russo?" era possível que não tivesse uma plataforma tão firme quanto eu tinha pensado.

Quando ele gritou "Pronto" e eu abri a porta, estava armada desse novo ceticismo.

Eu disse: "Com quem o senhor concorda, Naphta ou Settembrini?".

"Como?"

"Em *A montanha mágica*. O senhor gosta mais de Naphta ou de Settembrini?"

"Para ser sincero, eu sempre achei que eles eram dois falastrões. A senhorita?"

"Settembrini é mais humano, mas Naphta é mais interessante."

"Eles lhe disseram isso na escola?"

"Eu não li o livro na escola", eu disse friamente.

Ele me deu uma rápida olhada, sobrancelha erguida.

"Me desculpe. Se tiver alguma coisa que lhe interesse, sinta-se à vontade. Sinta-se à vontade para descer até aqui e ler nas suas horas de folga. Tem um aquecedor elétrico que eu podia deixar pronto, já que eu imagino que a senhorita não tenha experiência com estufas a lenha. Vamos pensar nisso? Eu posso lhe arrumar uma chave extra."

"Obrigada."

Costeletas de porco no jantar, purê de batatas, ervilhas em lata. A sobremesa era uma torta de maçã da padaria, que teria ficado melhor se ele tivesse pensado em aquecê-la.

Ele me perguntou da minha vida em Toronto, das minhas disciplinas na universidade, dos meus avós. Disse que imaginava que eu tivesse sido criada com regras estritas.

"O meu avô é um pastor liberal meio que à Paul Tillich."

"E a senhorita? Netinha cristã liberal?"

"Não."

"*Touché*. A senhorita está me achando rude?"

"Depende. Se o senhor está me entrevistando como empregador, não."

"Então vou continuar. A senhorita tem namorado?"

"Tenho."

"Nas Forças Armadas, suponho."

Eu disse: Na Marinha. O que me pareceu uma boa escolha, que explicava o fato de eu nunca saber onde ele estava e de não receber cartas regulares. Eu podia acrescentar que ele não conseguiu licença em terra.

O médico levantou e pegou o chá.

"Em que tipo de barco ele está?"

"Corveta." Outra boa escolha. Depois de um tempo eu podia fazer com que ele fosse torpedeado, como vivia acontecendo com as corvetas.

"Sujeitinho corajoso. Leite ou açúcar no seu chá?"
"Nada, obrigada."
"Que bom, porque eu não tenho mesmo. A senhorita sabe que demonstra quando está mentindo, fica com o rosto quente."
Se eu não tinha ficado quente antes, agora fiquei. Enrubesci dos pés à cabeça e o suor correu sob meus braços. Torci para não estragar o vestido.
"Eu sempre fico quente quando tomo chá."
"Ah, sei."
Não havia como as coisas piorarem, então resolvi enfrentá-lo. Mudei o assunto da conversa para ele, perguntando como operava as pessoas. Era verdade que ele removia pulmões, como eu tinha ouvido?

Ele podia ter respondido com mais provocações, mais superioridade — possivelmente a ideia que ele tinha de flerte —, e eu achei que se ele tivesse feito isso eu ia ter posto o casaco e saído no frio. E talvez ele soubesse disso. Começou a falar de toracoplastia, e a explicar que ela, no entanto, não era tão tranquila para o paciente quanto colabar e desinflar um pulmão. E o mais interessante era que até Hipócrates já sabia disso. Claro que a retirada do lobo também tinha ganhado popularidade recentemente.

"Mas o senhor não perde alguns dos pacientes?", eu disse.
Ele deve ter achado que era hora de soltar outra piadinha.
"Mas é claro. Saem correndo e se escondem no mato, a gente não sabe aonde eles vão se enfiar — Pulam no lago — Ou por acaso a senhorita quer saber se eles morrem? Há casos em que não funciona. Sim."

Mas grandes novidades estavam por vir, ele disse. A cirurgia que ele praticava ia se tornar tão obsoleta quanto a sangria. Uma nova droga estava a caminho. Estreptomicina. Já estava sendo usada em testes. Alguns problemas, claro que haveria problemas. Toxicidade para o sistema nervoso. Mas iam achar um jeito de lidar com isso.

"Os bisturis, como eu, vão ficar todos desempregados."
Ele lavou a louça, eu sequei. Ele colocou um pano de prato na minha cintura para proteger o vestido. Quando as pontas estavam eficientemente atadas ele pousou a mão na parte de cima das minhas costas. Uma pressão tão firme, dedos separados — ele quase podia estar avaliando meu corpo de uma maneira profissional. Quando fui deitar naquela noite ainda podia sentir aquela pressão. Eu a sentia desenvolver sua intensidade do dedo mínimo ao rígido polegar. Gostei. Foi mais importante na verdade que o beijo dado na minha testa depois, logo antes de eu descer do carro dele. Um beijo de lábios secos, breve e formal, depositado em mim com uma autoridade apressada.

* * *

A chave da casa dele apareceu no chão do meu quarto, enfiada por sob a porta quando eu não estava lá. Mas afinal eu não poderia usar a chave. Se qualquer outra pessoa tivesse me feito essa oferta eu teria me agarrado à oportunidade. Especialmente se incluísse um aquecedor. Mas nesse caso a presença passada e futura dele retiraria todo o conforto normal da situação e em seu lugar traria um prazer que era tenso e enervante em vez de expansivo. Eu não conseguiria parar de tremer nem quando não estivesse frio, e eu duvidava muito que conseguiria ler uma só palavra.

Achei que provavelmente a Mary ia aparecer, para me censurar por ter perdido *Pinafore*. Pensei em dizer que não tinha me sentido bem. Tinha tido um resfriado. Mas aí lembrei que resfriados ali eram coisa séria, que envolvia máscaras e desinfetantes, ostracismo. E logo entendi que não havia esperança de esconder minha visita à casa do médico, de modo algum. Não era segredo para ninguém, nem mesmo, lógico, para as enfermeiras, que não disseram nada, ou porque eram sérias e discretas demais ou porque esse tipo de coisa tinha deixado de lhes interessar. Mas as auxiliares me provocavam.

"Gostou do jantar ontem à noite?"

O tom delas era amistoso, elas pareciam aprovar. Parecia que a minha esquisitice particular tinha se unido com a conhecida e respeitada esquisitice do médico, e tanto melhor assim. Minha cotação tinha melhorado. Agora, fosse eu o que fosse, pelo menos eu podia me revelar uma mulher com um homem.

Mary não deu as caras a semana inteira.

* * *

"Sábado que vem", foram as palavras ditas logo antes de ele administrar o beijo. Então eu fiquei esperando de novo na varanda da frente e dessa vez ele não se atrasou. Nós fomos para a casa dele e eu fui para a sala enquanto ele acendia o fogo. Lá eu notei o empoeirado aquecedor elétrico.

"Não aceitou a minha oferta", ele disse. "Você achou que eu não estava falando sério? Eu sempre falo sério."

Eu disse que não tinha vindo para a cidade por medo de encontrar a Mary.

"Por ter perdido o concerto dela."

"Isso se você for organizar a sua vida para agradar a Mary", ele disse.

O cardápio era quase o mesmo da outra vez. Costeletas de porco, purê de batatas, milho verde em vez de ervilha. Dessa vez ele me deixou ajudar na cozinha, e até pediu para eu pôr a mesa.

"É bom você aprender onde ficam as coisas. É tudo bem lógico, eu acho."

Isso significava que eu podia vê-lo trabalhar no fogão. Sua concentração fácil, seus movimentos econômicos, iam criando em mim uma procissão de fagulhas e arrepios.

Nós mal tínhamos começado a comer quando bateram na porta. Ele levantou e puxou a tranca e Mary irrompeu casa adentro.

Trazia uma caixa de papelão que pôs na mesa. Aí ela se livrou do casaco e se exibiu com um figurino vermelho e amarelo.

"Feliz dia dos namorados atrasado", ela disse. "Vocês não foram me ver no concerto, então eu trouxe o concerto para vocês. E trouxe um presente na caixa."

O equilíbrio excelente de Mary permitiu que ela ficasse num pé só enquanto chutava primeiro uma bota, depois a outra. Ela as tirou do caminho e começou a desfilar em volta da mesa, enquanto cantava com uma voz jovem e lamuriosa, mas forte.

Me chamam de Florzinha,
Coitada da Florzinha,
Mas eu não sei por quê.
Mas sempre sou Florzinha
Coitada da Florzinha
Florzinha pobrezinha...

O médico tinha levantado ainda antes de ela começar a cantar. Ele estava de pé diante do fogão, ocupado em esfregar a frigideira onde tinha feito as costeletas.

Eu aplaudi. Disse: "Que figurino mais lindo".

E era mesmo. Saia vermelha, anágua de um amarelo bem vivo, avental branco flutuante, corpete bordado.

"Minha mãe que fez."

"Até o bordado?"

"Claro. Ela ficou acordada até as quatro para deixar pronto na véspera."

Vieram mais rodopios e saltitos para exibir a roupa. Os pratos tiniram nas prateleiras. Aplaudi mais. Nós duas queríamos apenas uma coisa. Nós queríamos que o médico virasse e parasse de nos ignorar. Que ele dissesse, mesmo que de má vontade, uma palavrinha educada.

"E olha só o que mais", Mary disse. "De presente de dia dos namorados." Ela rasgou a caixa de papelão e lá havia biscoitos de dia dos namorados, todos cortados em formato de coração e emplastrados com uma grossa cobertura vermelha.

"Que maravilha", eu disse, e Mary recomeçou a desfilar.

Eu sou o capitão do Pinafore.
E um competente capitão!
Vocês são bons, e não é sem razão,
Que eu elogio essa tripulação.

O médico finalmente se virou e ela o cumprimentou.
"Tudo bem", ele disse. "Agora chega."
Ela o ignorou.

E vai ser bom, e vai ficar melhor,
Viva o capitão do Pinafore...

"Eu disse agora chega."
"'O bravo capitão do *Pinafore*...'"
"Mary. Nós estamos jantando. E você não foi convidada. Você está entendendo? Não foi convidada."
Ela finalmente ficou quieta. Mas só por um momento.
"Então azar o seu mesmo. Você não é muito educado."
"E você também podia passar sem esses biscoitos. Você podia parar de vez de comer biscoitos. Assim você vai ficar gorda como um leitão."

O rosto de Mary estava inchado como se ela fosse começar a chorar, mas em vez disso ela disse: "Olha quem está falando. Você tem um olho virado para o outro."

"Agora chega."

"Mas tem mesmo."

O médico apanhou as botas dela e as colocou à sua frente.

"Calce isso aqui."

Ela se calçou, com os olhos cheios de lágrimas e o nariz escorrendo. Fungou poderosamente. Ele trouxe o casaco dela e não a ajudou enquanto ela entrava se contorcendo na roupa e encontrava os botões.

"Muito bem. Agora — como foi que você veio parar aqui?"

Ela se negou a responder.

"Andando, foi? Cadê a sua mãe?"

"Baralho."

"Bom, eu posso te levar para casa. Para você não ter qualquer chance de se jogar num banco de neve e morrer congelada de peninha de você mesma."

Eu não abri a boca. Mary não me olhou nem uma vez. O momento tinha espanto demais para despedidas.

Quando ouvi o carro partir, comecei a limpar a mesa. Nós não tínhamos chegado à sobremesa, que era torta de maçã de novo. Talvez ele não conhecesse outro tipo, ou talvez fosse tudo o que a padaria fazia.

Peguei um dos biscoitos e comi. A cobertura estava horrendamente doce. Nada de sabor de framboesa ou de cereja, só açúcar e corante alimentício vermelho. Comi mais um e mais um.

Eu sabia que devia ter dito tchau pelo menos. Devia ter dito obrigada. Mas não teria feito diferença. Eu disse para mim mesma que não teria feito diferença. O espetáculo não tinha sido para mim. Ou talvez só uma pequena parte dele tinha sido para mim.

Ele tinha sido rude. Fiquei chocada por ele ter sido tão rude. Com alguém tão carente. Mas ele tinha feito aquilo por mim, de certa forma. Para o tempo dele comigo não ser comprometido. Essa ideia me lisonjeava e eu fiquei com vergonha de ela me lisonjear. Eu não sabia o que lhe diria quando ele voltasse.

Ele não quis que eu dissesse nada. Ele me levou para a cama. Será que isso já eram cartas marcadas o tempo todo, ou será que foi quase uma surpresa tão grande para ele quanto foi para mim? Meu estado de virgindade pelo menos não pareceu ser uma surpresa — ele providenciou uma toalha e também um preservativo — e persistiu, indo com toda a calma que pôde. Minha passionalidade pode ter sido a surpresa para os dois. A imaginação, afinal, podia ser um preparo tão bom quanto a experiência.

"Eu pretendo de fato casar com você", ele disse.

Antes de me levar para casa ele jogou todos os biscoitos, todos aqueles corações vermelhos, na neve para alimentar as aves de inverno.

Então estava decidido. Nosso súbito noivado — ele ficava meio incomodado com a palavra — era um fato decidido e confidencial. Eu não devia escrever uma só palavra aos meus avós. O casamento aconteceria quando ele conseguisse uns dias de folga consecutivos. Um casamento pele e osso, como ele disse. Eu tinha que entender que a ideia de uma cerimônia, conduzida na presença de outros, cujas ideias ele não respeitava, e que nos impingiriam todos aqueles risinhos e gracinhas, era mais do que ele estava preparado para aguentar.

E ele também não era a favor de anéis de diamante. Eu disse a ele que nunca quis um, o que era verdade, porque eu nunca tinha pensado no assunto. Ele disse que isso era bom, que ele sabia que eu não era uma menina desse tipo idiota e convencional.

Era melhor pararmos de jantar juntos, não apenas por causa do falatório, mas porque era difícil conseguir carne para dois só com um cartão de racionamento. O meu cartão não estava disponível, tendo sido entregue às autoridades da cozinha — à mãe de Mary — assim que eu comecei a comer no San.
Melhor não chamar a atenção.

* * *

Claro que todo mundo suspeitava de alguma coisa. As enfermeiras mais velhas se tornaram cordiais e até a Governanta me deu um sorriso, a muito custo. Eu de fato me exibia um pouco, de um jeito contido, quase sem querer. Passei a me ensimesmar, com uma imobilidade de veludo, olhos bem baixos. Não chegou a me ocorrer propriamente que essas mulheres mais velhas estivessem de olho para ver onde podia dar essa intimidade e que elas estavam prontas a virar moralizadoras se o médico decidisse me abandonar.

Eram as auxiliares que estavam de coração do meu lado, e ficavam provocando, dizendo que viam sinos de casamento nas folhas do meu chá.

O mês de março foi lúgubre e conturbado por trás das portas do hospital. Era sempre o pior dos meses para as coisas darem errado, as auxiliares diziam. Por alguma razão as pessoas metiam na cabeça que era hora de morrer, depois de enfrentarem os ataques do inverno. Se uma criança não aparecia na aula não dava para saber se tinha acontecido uma piora grave ou se ela só estava de cama com uma suspeita de resfriado. Eu tinha conseguido um quadro-negro móvel e havia escrito os nomes das crianças nas bordas. Agora eu nem tinha que apagar os nomes daquelas cujas ausências seriam prolongadas. Outras crianças faziam isso por mim, sem comentários. Elas entendiam a etiqueta que eu ainda tinha que aprender.

Mas achou-se tempo, mesmo assim, para o doutor preparar as coisas. Ele passou um bilhete por baixo da porta do meu quarto, dizendo que eu me preparasse para a primeira semana de abril. A não ser que houvesse uma crise séria, ele conseguiria uns dias.

Nós vamos a Huntsville.
Ir para Huntsville — nosso código para se casar.
Nós entramos no dia que eu tenho certeza que vou lembrar enquanto estiver viva. Estou com o meu vestido verde recém-chegado da lavanderia e enrolado cuidadosamente na minha bolsa. A minha avó um dia me ensinou o truque de enrolar bem apertado, bem melhor que dobrar, para evitar amassados. Acho que vou ter que trocar de roupa no banheiro feminino de algum lugar. Fico atenta para ver se há flores silvestres precoces pela estrada, que eu possa pegar para fazer um buquê. Será que ele concordaria com um buquê para mim? Mas está cedo demais até para margaridas. Ao lado da estrada curva e vazia não se vê nada além dos abetos negros e magrelos e de ilhas de zimbro selvagem e alagadiços. E na estrada só o caos das pedras com que me acostumei quando vim para cá — ferro manchado de sangue e prateleiras diagonais de granito.

O rádio do carro está ligado e tocando uma música triunfal, porque os aliados estão chegando cada vez mais perto de Berlim. O médico — Alister — diz que estão negociando para deixar os russos entrarem primeiro. E diz que eles vão se arrepender.

Agora que estamos longe de Amundsen eu me dou conta de que posso chamá-lo de Alister. Esse é o maior trajeto que nós já fizemos de carro e eu me excito com a desatenção masculina à minha presença — que agora eu sei que pode rapidamente se transformar em seu oposto — e com sua habilidade despreocupada como motorista. Acho empolgante o fato de ele ser cirurgião, embora nunca fosse admitir uma coisa dessas. Neste exato momento, acho que poderia me deitar para ele em qualquer alagadiço ou buraco enlameado, ou sentir a minha espinha esmagada contra qualquer rochedo de beira de estrada, caso ele demandasse um encontro vertical. Sei também que devo guardar esses sentimentos para mim.

Começo a pensar no futuro. Assim que chegarmos a Huntsville imagino que vamos procurar um pastor e ficar lado a lado numa sala de estar que vai ter um pouco da distinção modesta do apartamento dos meus avós, das salas de estar que eu conheci a vida toda. Lembro das vezes em que o meu avô era chamado para casamentos mesmo depois de estar aposentado. A minha avó passava um pouco de ruge nas bochechas e tirava do armário o casaquinho de renda azul-escura que ela guardava para ser testemunha nessas ocasiões.

Mas descubro que há outras maneiras de se casar, e outra aversão do meu noivo que eu não tinha captado. Ele não quer nem saber de pastores. Na prefeitura de Huntsville preenchemos formulários que atestam nossa condição de solteiros e marcamos uma hora para sermos casados por um juiz de paz naquele mesmo dia.

Hora do almoço. Alister para na frente de um restaurante que podia ser primo-irmão do café de Amundsen.

"Aqui está bom?"

Mas ao olhar para o meu rosto ele muda de ideia.

"Não?", ele diz. "Tudo bem."

Nós acabamos almoçando no salão gélido de uma das casas distintas que anunciam pratos à base de frango. Os pratos estão gelados, não há outros restaurantes, não há música de rádio, mas apenas o tinir dos nossos talheres enquanto tentamos separar pedaços do frango filamentoso. Tenho certeza de que ele está pensando que nós podíamos ter passado melhor no restaurante que ele sugeriu de saída.

Mesmo assim eu tenho a coragem de perguntar sobre o banheiro feminino, e ali, no ar frio ainda menos encorajador que o do salão, eu sacudo o vestido verde e o visto, repinto a boca e ajeito o cabelo.

Quando eu saio Alister levanta para me receber e aperta a minha mão e diz que eu estou bonita.

Nós vamos com certa solenidade até o carro, de mãos dadas. Ele abre a porta do carro para mim, dá a volta e entra, se acomoda e gira a chave na ignição, e aí desliga o carro.

O carro está estacionado na frente de uma loja de ferramentas. Pás de remoção de neve estão em liquidação pela metade do preço. Há, ainda, uma placa na vitrine que diz que lá dentro eles afiam patins.

Do outro lado da rua há uma casa de madeira pintada de um amarelo oleoso. Os degraus da frente ficaram instáveis e duas tábuas formando um X foram pregadas entre eles.

A caminhonete estacionada na frente do carro de Alister é um modelo do pré-guerra, com um estribo lateral e uma franja de ferrugem nos para-lamas. Um homem de macacão sai da loja de ferramentas e entra na caminhonete. Depois de uma certa reclamação do motor, e depois de o carro se sacudir e saltitar no mesmo lugar, ele sai. Agora uma caminhonete de entregas com o nome da loja pintado tenta estacionar na vaga que ficou livre. Não há espaço suficiente. O motorista desce e vem bater na janela de Alister. Alister fica surpreso — se não estivesse falando com tanto empenho ele teria percebido o problema. Ele abaixa a janela e o homem pergunta se nós estamos estacionados ali porque pretendemos comprar alguma coisa na loja. Caso contrário, será que dava para a gente sair por favor?

"Estamos saindo", diz Alister, o homem sentado ao meu lado que ia se casar comigo mas que agora não vai se casar comigo. "Nós já estamos de saída."

Nós. Ele disse nós. Por um momento eu me agarro a essa palavra. Aí penso que é a última vez. A última vez em que eu vou estar incluída nesse nós.

Não é o "nós" que importa, não é isso que me diz a verdade. É o seu tom de-homem-para-homem com o motorista, sua calma e suas desculpas tranquilas. Eu podia querer agora voltar ao que ele estava dizendo antes, quando nem percebeu a caminhonete tentando estacionar. O que ele estava dizendo então era terrível, mas o jeito como ele apertava o volante, aquele aperto e a abstração e a voz dele continham uma dor. Não importava o que ele dizia e o que ele tinha em mente, ele falava coisas que vinham do mesmo ponto lá no fundo de onde ele falou quando estava na cama comigo. Mas agora não é mais assim, depois de ele ter falado com outro homem. Ele fecha o vidro e concentra sua atenção no carro, em dar a ré para sair da vaga apertada e mover o carro de modo a não colidir com a caminhonete.

E um momento depois eu me veria feliz até de voltar para aquela hora, quando ele esticou o pescoço para olhar para trás. Melhor que dirigir — como ele está dirigindo agora — pela rua principal de Huntsville, como se não houvesse mais nada a ser dito ou resolvido.

Eu não consigo, ele disse.

Ele disse que não consegue levar isso até o fim.

Ele não consegue explicar.

Só que é um equívoco.

Acho que eu nunca mais vou conseguir olhar para um S enfeitadinho, como o do fim da palavra Patins naquela placa, sem ouvir a voz dele. Ou para tábuas grosseiras pregadas em X como as que estavam nos degraus da casa amarela na frente da loja.

"Eu vou te levar até a estação agora. Vou te comprar uma passagem para Toronto. Tenho quase certeza que tem um trem para Toronto no fim da tarde. Vou pensar em alguma história bem plausível e vou mandar alguém fazer as suas malas. Você vai precisar me dar o seu endereço em Toronto, acho que eu não guardei. Ah, e eu vou escrever uma carta de recomendação para você. Você fez um bom trabalho. Você não ia ter terminado o semestre mesmo — eu não tinha dito ainda, mas as crianças vão ser levadas para outro lugar. Estamos passando por grandes mudanças."

Um novo tom na voz dele, quase alegre. Um patético tom de alívio. Ele está tentando se conter, não deixar o alívio se manifestar antes de eu ir embora.

Fico olhando as ruas. É meio parecido com ser levada até o patíbulo. Ainda não. Ainda falta. Não é agora que estou ouvindo a voz dele pela última vez. Ainda não.

Ele não tem que pedir orientações. Penso em voz alta se ele já pôs outras meninas nesse trem.

"Não seja assim", ele diz.

Cada curva parece podar um pouco do que resta da minha vida.

Há um trem para Toronto às cinco horas. Ele me disse para ficar esperando no carro enquanto ele vai verificar. Ele aparece com uma passagem na mão e com o que me parece um passo mais leve. Ele deve ter percebido isso porque ao se aproximar do carro fica mais sereno.

"Está bem quentinho na estação. Tem uma sala de espera só para mulheres."

Ele abriu a porta do carro para mim.

"Ou você prefere que eu espere até você ir embora? Talvez tenha algum lugar onde a gente possa comer uma torta decente. O almoço foi horrível."

Isso faz com que eu me mexa. Saio e caminho passando por ele para dentro da estação. Ele aponta para a sala de espera feminina. Levanta uma sobrancelha para mim e tenta fazer uma última piada.

"Quem sabe um dia você vai considerar esse aqui um dos grandes dias de sorte da sua vida."

Escolho um banco na sala de espera feminina que dá vista para as portas da frente da estação. Isso é para poder vê-lo se ele voltar. Ele vai me dizer que é tudo uma piada. Ou um teste, como em alguma espécie de drama medieval.

Ou talvez ele tenha mudado de ideia. Seguindo de carro pela estrada e vendo a pálida luz do sol da primavera sobre as pedras que tão recentemente vimos juntos. Assolado pela percepção de sua tolice ele dá meia-volta em plena estrada e volta, a toda.

Falta pelo menos uma hora para o trem de Toronto chegar à estação, mas para mim é como se não fosse nada. E mesmo nesse momento me passam fantasias pela cabeça. Entro no trem como se houvesse correntes nos meus tornozelos. Aperto o rosto contra a janela para olhar para a plataforma enquanto o apito soa nossa partida. Mesmo nesse momento pode não ser tarde demais para eu saltar do trem. Saltar, me libertar e correr pela estação até a rua onde ele teria acabado de estacionar o carro e estaria correndo escada acima pensando tarde demais não, que não seja tarde demais.

Eu correndo para encontrá-lo, não é tarde demais.

E o que é esse estrondo, esses gritos, essa bagunça, não só um mas um bando de retardatários se espremendo entre os assentos. Alunas de colegial com roupas de atletismo, felizes com a confusão que causaram. O condutor contrafeito e apressando as meninas que procuram seus lugares.

Uma delas, e talvez a mais barulhenta, é Mary.

Viro a cabeça e não torno a olhar para elas.

Mas ei-la aqui, gritando o meu nome e querendo saber por onde eu andava.

Visitando uma amiga, eu lhe digo.

Ela se larga ao meu lado e me conta que elas estavam jogando basquete contra Huntsville. Foi uma loucura. Elas perderam.

"Perdemos, né?", ela grita com o que parece ser um grande prazer, e as outras resmungam e riem. Ela menciona o placar que de fato é bem vergonhoso.

"Você está toda elegante", ela diz. Mas ela não dá muita bola, parece receber a minha explicação sem grande interesse.

Ela nem sequer percebe quando eu digo que estou indo até Toronto para visitar os meus avós. A não ser para comentar que eles devem ser bem velhos. Nem uma palavra sobre Alister. Nem uma palavra de rancor. Ela não podia ter esquecido. Só amarrou direitinho a cena e a guardou num vestiário com os seus eus de tempos passados. Ou talvez ela realmente seja uma pessoa que consegue lidar levianamente com a humilhação.

Hoje sou grata a ela, mesmo que não tenha conseguido me sentir assim na época. Se tivesse ficado sozinha, que tipo de coisa eu poderia ter feito quando chegássemos a Amundsen? Como seria o salto do trem e a corrida até a casa dele e as súplicas para saber por quê, por quê. Como seria a minha vergonha para sempre. Naquelas circunstâncias, a parada mal deu tempo para o time se reunir e para bater nas janelas avisando as pessoas que tinham ido buscá-las, enquanto eram alertadas pelo condutor que se não se apressassem iam seguir até Toronto.

Durante anos eu achei que podia topar com ele. Eu morava, e ainda moro, em Toronto. Me parecia que todo mundo acaba em Toronto pelo menos durante algum tempo. Claro que isso está longe de querer dizer que você vai conseguir ver aquela pessoa, isso se você quiser vê-la.

E um dia aconteceu. Atravessando uma rua movimentada onde não dava nem para andar um pouco mais devagar. Indo em sentidos opostos. Encarando, ao mesmo tempo, o óbvio choque nos nossos rostos gastos pelo tempo.

Ele perguntou "Como vai?" e eu respondi "Bem". E aí acrescentei, só para garantir, "Feliz".

Naquele momento, isso só era verdade em termos gerais. Eu estava no meio de uma infinita discussão com meu marido sobre a ideia de pagarmos uma dívida de um dos filhos dele. Eu tinha ido naquela tarde a uma exposição numa galeria de arte, para ver se conseguia ficar num estado de espírito mais agradável.

Ele falou comigo de novo, olhando para trás:

"Que bom."

Ainda parecia que nós podíamos abrir caminho para sair daquela multidão, que logo estaríamos juntos. Mas era tão certo quanto isso que nós seguiríamos como estávamos. E foi assim. Nada de gritos ofegantes, nada de mãos no meu ombro quando eu cheguei à calçada. Só aquele relance, que eu captei num instante, quando um dos olhos dele se abriu um pouco mais. Era o olho esquerdo, sempre o esquerdo, do jeito que eu lembrava. E sempre parecia tão estranho, alerta e pensativo, como se toda uma impossibilidade lhe tivesse ocorrido, uma que quase o fazia rir.

Quanto a mim, eu estava sentindo quase o mesmo que sentira quando saí de Amundsen, o trem me levando ainda atordoada e cheia de descrença.

Nada muda de verdade no amor.

Deixando Maverley

Nos tempos antigos quando havia um cinema em toda cidade havia um cinema nessa cidade também, em Maverley, e ele se chamava Capital, como era comum se chamarem esses cinemas. Morgan Holly era o proprietário e o projecionista. Ele não gostava de lidar com o público — preferia sentar no seu cubículo lá no alto e cuidar da história na tela — então naturalmente ele ficou contrariado quando a menina que recolhia as entradas lhe disse que teria de pedir demissão, porque ia ter um bebê. Ele podia ter previsto isso — ela estava casada havia meio ano, e naquele tempo era costume sumir dos olhos do público antes de a barriga começar a aparecer — mas ele era tão avesso a mudanças e à ideia de que as pessoas tinham vidas particulares que foi tomado de surpresa.

Felizmente, ela sugeriu alguém que podia ficar no seu lugar. Uma moça que morava na rua dela havia mencionado que ia gostar de ter um emprego noturno. Ela não podia trabalhar durante o dia, porque tinha que ajudar a mãe a cuidar dos irmãos mais novos. Era inteligente o bastante para se virar no emprego, apesar de tímida.

Morgan disse que tudo bem — ele não pagava uma recolhedora de entradas para ficar batendo papo com os frequentadores. Então a moça veio. O nome dela era Leah, e a primeira e única pergunta de Morgan para ela foi para saber que nome era esse. Ela disse que vinha da Bíblia. Ele percebeu então que ela não estava maquiada e que o cabelo dela estava puxado sem elegância bem junto da cabeça e era mantido no lugar com grampinhos. Por um momento ele se perguntou se ela tinha mesmo dezesseis anos e se podia ser legalmente empregada, mas bem de perto viu que devia ser verdade. Ele lhe disse que ela teria que trabalhar em uma sessão, a partir das oito horas, nos dias de semana, e em duas sessões, a partir das sete, nas noites de sábado. Depois de fechar, ela seria responsável por contar a receita e trancar o caixa.

Só havia um problema. Ela disse que podia ir a pé sozinha para casa durante a semana, mas que não teria permissão para fazer isso nas noites de sábado e que o pai dela não podia vir pegá-la nesse dia porque ele também tinha um emprego noturno na serraria.

Morgan disse que não sabia o que havia a se temer num lugar como aquele, e estava prestes a lhe dizer para dar no pé, quando lembrou do guarda-noturno que vivia interrompendo a ronda para assistir a um pedacinho do filme. Talvez ele pudesse ficar com a incumbência de levar Leah para casa.

Ela disse que ia perguntar ao pai.

O pai dela consentiu, mas tinha que ser atendido quanto a outras questões. Leah não podia olhar para a tela nem ouvir pedaços dos diálogos. A religião a que a família pertencia não permitia. Morgan disse que não pagava suas recolhedoras de entradas para elas ficarem dando espiadelas nos filmes de graça. Quanto aos diálogos, ele mentiu e disse que o cinema tinha isolamento acústico.

* * *

Ray Elliot, o guarda-noturno, tinha pegado esse emprego para poder ajudar a esposa a cuidar da casa pelo menos durante um pedaço do dia. Ele podia dar conta com coisa de cinco horas de sono de manhã e aí um cochilo no fim da tarde. Muitas vezes, o cochilo não se materializava, por causa de alguma tarefa doméstica que tinha de ser cumprida ou porque ele e a mulher — o nome dela era Isabel — ficavam conversando. Eles não tinham filhos e podiam ficar conversando a qualquer hora sobre qualquer coisa. Ele lhe trazia notícias da cidade, que muitas vezes a faziam rir, e ela lhe falava dos livros que estava lendo.

Ray se alistara para a guerra assim que fez dezoito anos. Escolheu a Força Aérea, que prometia, como se dizia, as maiores aventuras e a morte mais rápida. Ele fora artilheiro de torre superior — uma posição que Isabel nunca conseguiu entender direito — e sobreviveu. Perto do fim da guerra ele fora transferido para uma tripulação diferente, e dentro de algumas semanas sua tripulação antiga, os homens com quem tinha voado tantas vezes, foi abatida e perdida. Ele voltou para casa com a vaga ideia de que tinha de fazer algo significativo com a vida que lhe havia tão inexplicavelmente restado, mas não sabia o quê.

Primeiro, ele tinha que terminar o colegial. Na cidade onde crescera, montaram uma escola especial para veteranos que estavam fazendo somente aquilo com esperanças de chegar à universidade, uma cortesia dos cidadãos agradecidos. A professora de língua e literatura inglesas era Isabel. Ela tinha trinta anos e era casada. O marido também era veterano, com uma patente consideravelmente superior à dos alunos da turma de inglês dela. Ela estava planejando dar aulas naquele ano em nome de um patriotismo genérico, e aí ia largar a profissão e começar uma família. Ela discutia isso abertamente com os alunos, que diziam, assim que ela se afastava, que certos caras tinham muita sorte.

Ray não gostava de ouvir essas conversas, porque estava apaixonado por ela. E ela por ele, o que parecia infinitamente mais surpreendente. Era absurdo para todos, menos para eles. Houve um divórcio — um escândalo para a família bem relacionada dela e um choque para o marido, que queria casar com ela desde que eles eram crianças. Ray não teve tanta dificuldade quanto ela, porque quase não tinha uma família, e os parentes que existiam tinham anunciado que não iam estar à altura dele agora que ele estava se casando com alguém tão acima do seu nível, e iam simplesmente ficar longe dele dali em diante. Se eles esperavam uma negativa ou uma garantia do contrário como resposta a isso, não ganharam. Por ele tudo bem, foi mais ou menos o que ele disse. Hora de recomeçar do zero. Isabel disse que podia continuar dando aula até que Ray terminasse a universidade e se estabelecesse no que quer que pretendesse fazer.

Mas os planos tinham mudado. Ela não estava bem. De início eles pensaram que eram os nervos. O transtorno. Aquela balbúrdia boba.

Aí vieram as dores. Dor toda vez que ela respirava fundo. Dor no meio do peito e no ombro esquerdo. Ela ignorava. Brincava que Deus a estava castigando por aquela aventura amorosa e dizia que ele, Deus, estava perdendo tempo já que ela nem acreditava nele.

Ela tinha uma coisa chamada pericardite. Era sério e ela havia ignorado por sua conta e risco. Era algo de que ela não seria curada, mas que podia administrar, com dificuldade. Ela nunca mais deveria dar aulas. Qualquer infecção seria perigosa, e onde haverá mais infecções que numa sala de aula? Era Ray quem agora tinha que sustentá-la, e ele pegou o emprego de policial nessa cidadezinha chamada Maverley, logo além da fronteira entre os condados de Grey e Bruce. Ele não se incomodava com o trabalho e ela não se incomodava, depois de um tempo, com sua semirreclusão.

Havia uma coisa de que eles não falavam. Cada um deles ficava pensando se o outro se importava com a impossibilidade de terem filhos. Ocorria a Ray que aquela decepção podia ter algo a ver com o fato de Isabel querer saber tudo da moça que ele tinha que levar para casa nos sábados à noite.

"Isso é deplorável", ela disse quando ficou sabendo do veto aos filmes, e ficou ainda mais transtornada quando ele lhe disse que a menina tinha sido proibida de entrar no colegial para ajudar em casa.

"E você disse que ela é inteligente."

Ray não se lembrava de ter dito isso. Ele tinha dito que ela era estranhamente tímida, tanto que durante aquelas caminhadas ele tinha que espremer os miolos para encontrar alguma coisa para falar. Algumas perguntas em que ele pensava não iam funcionar. Como Qual é a sua matéria favorita na escola? Essa ia ter que ser apresentada no pretérito e não ia mais fazer diferença agora se ela gostava de alguma coisa. Ou O que ela queria fazer quando crescesse? Ela estava crescida, para todos os efeitos, e tinha um trajeto traçado para si, querendo ou não. E também a pergunta sobre se ela gostava daquela cidade, e se sentia saudade do lugar onde morou antes — inútil. E eles já tinham passado, sem grandes comentários, pelos nomes e idades das crianças mais novas da família dela. Quando ele quis saber sobre algum cão ou gato, ela relatou que não tinha nenhum dos dois.

Mas ela acabou aparecendo com uma pergunta para ele. Perguntou do que era que as pessoas estavam rindo no filme daquela noite.

Ele não achou que fosse o caso de adverti-la de que ela não devia ter ouvido nada. Mas ele não lembrava o que podia ter sido

engraçado. Então disse que devia ter sido alguma coisa estúpida — nunca dava para saber o que faria a plateia rir. Ele disse que não mergulhava muito nos filmes, assistindo daquele jeito, aos pedaços. E raramente acompanhava a trama.
"Trama", ela disse.
Ele teve que lhe contar o que aquilo queria dizer — que histórias eram contadas. E daquele momento em diante não houve problemas para puxar conversa. E ele também nem precisou lembrar a ela que podia ser melhor não mencionar aquilo em casa. Ela entendeu. O que se pedia dele não era que contasse alguma história específica — o que ele mal poderia fazer mesmo —, mas que explicasse que as histórias normalmente eram sobre bandidos e gente inocente e que os bandidos geralmente se davam bem no começo, quando cometiam os seus crimes e engrupiam as pessoas que cantavam nas boates (que eram como salões de baile) ou às vezes, sabe Deus por quê, que cantavam no topo de uma montanha ou em algum outro improvável cenário a céu aberto, para segurar a ação. Às vezes os filmes eram em cores. Com figurinos magníficos se a história acontecia no passado. Atores fantasiados fazendo uma grande cena de se matar uns aos outros. Lágrimas de glicerina escorrendo pelo rosto das mocinhas. Animais selvagens trazidos do zoológico, provavelmente, e provocados para parecer ferozes. Pessoas se safando de ser assassinadas de inúmeras maneiras assim que a câmera as abandonava. Vivas e bem, apesar de você ter acabado de vê-las levando um tiro ou diante do carrasco, com a cabeça rolando para dentro de um cesto.
"Era melhor você ir devagar", Isabel disse. "Ela pode começar a ter pesadelos."
Ray disse que ficaria surpreso com isso. E a menina tinha cara de quem estava entendendo as coisas, e não de quem estava espantada ou confusa. Por exemplo, ela nunca perguntava o que

era um carrasco nem parecia surpresa com a ideia daquelas cabeças. Havia algo nela, ele contou a Isabel, algo que a fazia querer absorver tudo que você lhe dizia, em vez de simplesmente ficar arrepiada ou pasmada com aquilo tudo. De um jeito que ele achava que ela já havia se desprendido da família. Não que a desprezasse, ou fosse dura com ela. Era só que ela estava pensativa, da cabeça aos pés.

Mas então ele disse o que o deixava triste além do que esperava.

"Ela não tem muito com o que se animar, de um jeito ou de outro."

"Bom, a gente podia roubar ela para nós", Isabel disse.

Aí ele a alertou. Fale sério.

"Nem pense nisso."

Logo antes do Natal (embora o frio ainda não tivesse chegado de vez), Morgan foi à delegacia de polícia perto da meia-noite, num dia de semana, para dizer que Leah estava desaparecida.

Ela tinha vendido as entradas como sempre e fechado o guichê e colocado o dinheiro onde ele devia ficar e voltado para casa, até onde ele sabia. Ele mesmo tinha fechado tudo no fim da sessão, mas quando chegou lá fora apareceu uma mulher que ele não conhecia, perguntando o que havia acontecido com Leah. Era a mãe — a mãe de Leah. O pai ainda estava no trabalho na serraria, e Morgan tinha sugerido que a menina podia ter metido na cabeça que queria ir vê-lo no trabalho. A mãe não parecia saber do que ele estava falando, então ele disse que eles podiam ir até a serraria para ver se a menina estava lá, e ela — a mãe — gritou e implorou para ele não fazer uma coisa dessas. Então Morgan lhe deu uma carona para casa, pensando que a menina a essa hora já podia ter aparecido, mas não foi o caso, e aí ele achou que era melhor informar o Ray.

Ele não morria de amores pela ideia de ter que dar a notícia ao pai.

Ray disse que eles deviam ir imediatamente à serraria — havia uma pequena chance de ela estar lá. Mas claro que quando eles localizaram o pai ele nem tinha visto a menina, e ficou enfurecido com a sua mulher, que estava andando por aí e não tinha permissão para sair de casa.

Ray perguntou sobre os amigos dela e não ficou surpreso ao saber que Leah não tinha amigos. Aí ele deixou Morgan ir embora e também foi para a casa da família, onde a mãe estava basicamente naquele estado de desorientação que Morgan tinha descrito. As crianças ainda estavam acordadas, ou algumas delas estavam, e elas, também, ficaram mudas. Elas tremiam ou por causa do medo e da apreensão motivada pela presença de um estranho em casa ou por causa do frio, que Ray percebeu estar definitivamente piorando, mesmo dentro de casa. Talvez o pai também tivesse regras relativas ao aquecimento.

Leah estava com seu casaco de inverno — isso ele conseguiu arrancar da família. Ele conhecia aquela roupa marrom larga e axadrezada e pensou que ela ia demorar um pouco para ficar com frio, pelo menos. Entre o momento em que Morgan tinha aparecido e agora, a neve tinha começado a cair bem pesada.

Quando seu turno acabou, Ray foi para casa e contou o que havia acontecido a Isabel. Aí ele saiu de novo e ela não tentou impedi-lo.

Uma hora depois, ele estava de volta sem resultados, e com a notícia de que as estradas provavelmente seriam fechadas por causa da primeira grande nevasca do inverno.

De manhã, essa era de fato a situação; a cidade estava isolada pela primeira vez naquele ano e a rua principal era a única que as escavadeiras de neve tentavam manter aberta. Quase todas as lojas estavam fechadas, e na parte da cidade em que morava a família de Leah a eletricidade tinha caído e não havia o que se pudesse fazer a respeito, com o vento arqueando e curvando as árvores até que elas parecessem tentar varrer o chão.

O policial do turno do dia teve uma ideia que não tinha ocorrido a Ray. Ele era membro da Igreja Unida e sabia — ou sua esposa sabia — que Leah passava roupa toda semana para a mulher do pastor. Ele e Ray foram até o presbitério para ver se alguém sabia alguma coisa que pudesse explicar o desaparecimento da menina, mas não havia informações, e depois daquela breve fagulha de esperança a trilha parecia ainda mais desesperançosa do que antes.

Ray ficou um pouco surpreso que a menina tivesse pegado outro trabalho sem ter mencionado. Mesmo assim, em comparação com o cinema, aquilo não parecia lá uma grande incursão pelo mundo.

Ele tentou dormir de tarde e conseguiu pegar no sono por coisa de uma hora. Isabel tentou travar uma conversa na hora do jantar mas nada se sustentava. A conversa de Ray ficava voltando à visita ao pastor, e dizia como a esposa havia sido prestativa e se mostrado preocupada, tanto quanto podia ser, mas como ele — o pastor — não tinha se comportado exatamente como você podia esperar que um pastor se comportasse. Ele havia atendido a porta impacientemente, como se tivesse sido interrompido enquanto escrevia o sermão ou coisa assim. Ele chamou a mulher e quando ela chegou, teve que lembrá-lo de quem era a menina. Lembra a menina que vem ajudar com a roupa? A Leah? Aí ele disse que torcia para logo haver mais notícias, enquanto tentava fechar a porta contra o vento, lentamente.

"Bom, mas o que mais ele podia ter feito?", Isabel disse.
"Rezado?"

Ray pensou que não teria tirado pedaço.

"Só ia deixar todo mundo constrangido e expor a inutilidade de tudo", Isabel disse. Aí ela acrescentou que ele era provavelmente um pastor moderno que ia mais pelo caminho do simbólico.

Algum tipo de busca tinha que acontecer, apesar do tempo. Barracões de fundo de quintal e um velho estábulo sem uso havia anos tinham que ser arrombados e revirados, para o caso de ela ter tentado se abrigar. Nada veio à luz. A rádio local foi avisada e transmitiu uma descrição.

Se Leah tivesse pedido carona, Ray pensou, ela podia ter sido apanhada por alguém antes de a tempestade começar, o que podia ser bom ou ruim.

A transmissão dizia que ela tinha uma estatura um pouco abaixo da mediana — Ray teria dito um pouco acima — e cabelo castanho um pouco claro. Ele teria dito castanho bem escuro, quase preto.

O pai dela não participou das buscas; nem os irmãos. Claro, os meninos eram mais novos que ela e nunca sairiam de casa sem a permissão do pai. Quando Ray foi a pé até a casa deles e conseguiu passar pela porta, ela mal tinha sido aberta e o pai começou a lhe dizer que a menina provavelmente tinha fugido. O castigo dela agora não estava nas suas mãos, mas nas de Deus. Não houve convite para que Ray entrasse e desse uma descongelada. Talvez ainda não houvesse aquecimento na casa.

Mas a tempestade parou, lá pela metade do dia seguinte. As escavadeiras saíram às ruas e limparam a cidade. As do condado cuidaram da estrada. Disseram para os motoristas ficarem de olho para o caso de haver algum cadáver congelado na beira da via.

No dia seguinte, o caminhão do correio conseguiu passar e veio uma carta. Estava endereçada não a qualquer dos membros da família de Leah, mas ao pastor e à sua esposa. Era de Leah, para informar que tinha se casado. O noivo era o filho do pastor, que tocava saxofone numa banda de jazz. Ele tinha acrescentado a palavra "Surpresa!" no pé da página. Ou foi o que disseram, e Isabel se perguntava como alguém podia saber daquilo, se não abrindo os envelopes no correio.

O saxofonista não tinha morado na cidade quando era pequeno. O pai dele estava alocado em outro lugar na época. E ele viera fazer visitas muito raramente. A maioria das pessoas nem saberia dizer que cara ele tinha. Nunca ia à igreja. Tinha vindo para casa com uma mulher uns anos atrás. Muito maquiada e chique. Diziam que ela era mulher dele, mas aparentemente não era.

Quantas vezes a menina tinha estado na casa do pastor, passando a roupa, quando o saxofonista estava lá? Algumas pessoas fizeram as contas. Devia ter sido só uma vez. Foi isso que Ray ouviu na delegacia, onde a fofoca corria tão solta quanto entre as mulheres.

Isabel achou que era uma bela história. E não era culpa dos fugitivos. Eles não tinham encomendado a nevasca, afinal.

Acabou que ela própria conhecia o saxofonista, de passagem. Ela tinha topado com ele no correio uma vez, quando ele por acaso estava na cidade e ela estava em uma das fases em que se sentia bem o suficiente para sair de casa. Ela tinha encomendado um disco que não havia chegado. Ele perguntou qual era e ela lhe disse. Alguma coisa que ela não conseguia lembrar agora. Ele lhe contou do seu envolvimento com outro tipo de música. Algo já a tinha deixado com a certeza de que ele não era dali. O jeito de ele se inclinar bem para perto dela e aquele cheiro forte de chiclete de tutti frutti. Ele não mencionou o presbitério, mas outra pessoa lhe falou dessa ligação, depois de ele lhe dar adeus e desejar boa sorte.

Só um pouquinho sedutor, ou seguro de ser bem recebido. Alguma bobagem de pedir para ser chamado para ouvir o disco se chegasse um dia. Ela imaginava que fosse para entender isso como piada.

Ela provocou Ray, sugerindo que a menina havia posto aquela ideia na cabeça por causa das descrições que ele fazia do vasto mundo, por meio dos filmes.

Ray não revelou e mal podia acreditar na desolação que tinha sentido durante o tempo em que a menina esteve desaparecida. Ficou, claro, imensamente aliviado quando descobriu o que havia acontecido.

Ainda assim, ela tinha ido embora. De uma maneira não totalmente incomum ou desprovida de esperança, ela tinha ido embora. Era absurdo, mas ele se sentia ofendido. Como se ela pudesse ter dado alguma mostra, pelo menos, de que havia uma outra parte de sua vida.

Os pais dela e todos os outros filhos foram embora em muito pouco tempo também, e parecia que ninguém sabia para onde.

O pastor e sua esposa não foram embora da cidade quando ele se aposentou.

Eles conseguiram ficar com a mesma casa que as pessoas ainda viviam chamando de presbitério, apesar de não sê-lo mais. A jovem esposa do novo pastor tinha reclamado de algumas coisas na casa, e as autoridades eclesiásticas, em vez de consertá-las, tinham decidido construir uma casa nova para ela não poder mais reclamar. O velho presbitério então foi vendido por um preço barato para o antigo pastor. Havia espaço para o filho músico e a esposa quando eles vinham visitá-los e traziam os filhos. Eram dois, e os nomes deles apareceram no jornal quando nasceram. Um menino e depois uma menina. Eles faziam essas visitas só de vez em quando, e em geral só com a Leah; o pai estava ocupado com os seus bailes ou sei lá o quê. Nem Ray nem Isabel tinham topado com eles nessas ocasiões.

Isabel estava melhor; estava quase normal. Cozinhava tão bem que os dois ganharam peso e ela teve que parar, ou pelo menos fazer coisas rebuscadas com menos frequência. Ela se reunia com outras mulheres da cidade para ler e discutir Grandes Livros. Algumas delas não tinham entendido como aquilo seria de fato e largaram o grupo, mas exceto por elas era um grande sucesso. Isabel ria da baderna que ia atingir o Paraíso quando elas enfrentassem o pobre e velho Dante.

Aí vieram uns desmaios ou quase desmaios, mas ela teimou em não ir ao médico até Ray ficar bravo com ela e ela dizer que era o humor dele que a deixava doente. Ela pediu desculpas e eles fizeram as pazes, mas o coração dela piorou tanto que eles tiveram que contratar uma mulher que era chamada de enfermeira prática para ficar com ela quando Ray estivesse fora de casa. Felizmente, havia algum dinheiro — dela, por causa de uma herança, e dele, por causa de um pequeno aumento —, que se materializou, apesar de ele preferir continuar mantendo o turno da noite.

Numa manhã de verão, voltando para casa, ele passou no correio para ver se a correspondência já estava separada. Às vezes eles já tinham deixado tudo pronto a essa hora; às vezes não. Naquela manhã, não.

E agora, na calçada, vindo na direção dele sob a forte luz do dia, estava a Leah. Ela empurrava um carrinho de bebê, com uma menininha de cerca de dois anos dentro dele, batendo as perninhas no suporte metálico para os pés. Outra criança estava se portando mais sobriamente, segurando a saia da mãe. Ou o que na verdade eram calças alaranjadas bem compridas. Ela estava usando as calças com uma blusa branca frouxa, algo como uma camiseta de usar por baixo da roupa. O cabelo dela estava mais brilhante do que antes, e o sorriso, que ele a bem da verdade nunca tinha visto, parecia definitivamente cobri-lo de encantos.

Ela quase podia ser uma das novas amigas de Isabel, que eram quase todas mais jovens ou recém-chegadas à cidade, apesar de algumas serem residentes mais velhas, um dia mais cautelosas, que haviam sido tomadas de roldão por essa nova era luminosa, abandonando seus pontos de vista antigos e alterando sua linguagem, fazendo força para serem ríspidas e diretas.

Ele estava desapontado por não achar revistas novas no correio. Não que agora aquilo fizesse tanta diferença para Isabel. Ela antes vivia para ler essas revistas, que eram todas sérias e intelectualmente provocadoras, mas com uns desenhos divertidos de que ela ria. Até os anúncios de peles e joias a tinham feito rir, e ele tinha esperança, ainda, de que conseguiriam reanimá-la. Agora, pelo menos, ele ia ter alguma coisa para contar para ela. Leah.

Leah o cumprimentou com uma voz nova e fingiu ficar espantada por ele tê-la reconhecido, já que tinha virado — nas palavras dela — praticamente uma senhorinha. Ela apresentou a menina, que não levantava o rosto e ficava ritmicamente batendo no apoio, e o menino, que olhava para o horizonte e resmungava. Ela provocou o menino porque ele não queria largar a roupa dela.

"Agora só falta atravessar a rua, fofinho."

O nome dele era David, e o da menina era Shelley. Ray não lembrava esses nomes do jornal. E lhe ocorreu que os dois estavam na moda.

Ela disse que eles estavam morando na casa dos sogros.

Não estavam de visita. Estavam morando. Ele só pensou nisso mais tarde e podia não querer dizer nada.

"A gente só estava indo até o correio."

Ele lhe disse que estava vindo de lá, mas que eles ainda não tinham acabado de separar as cartas.

"Ah, que pena. A gente achou que podia ter uma carta do papai, né, David?"

O menininho estava de novo segurando a roupa dela.

"Só espere eles separarem tudo", ela disse. "Quem sabe vai ter uma."

Havia uma sensação de que ela não queria muito se separar de Ray tão cedo, e Ray também não queria, mas era difícil pensar em mais alguma coisa para dizer.

"Eu estou indo até a farmácia", ele disse.

"Ah, é?"

"Eu tenho que pegar um remédio para a minha mulher."

"Nossa, espero que ela não esteja mal."

Aí ele se sentiu como se tivesse cometido uma traição e disse seco: "Não. Nada de mais".

Ela agora olhava para além de Ray, e disse oi para alguma outra pessoa com a mesma voz encantada com que o tinha cumprimentado momentos antes.

Era o pastor da Igreja Unida, o novo, ou mais ou menos novo, cuja esposa tinha exigido a casa moderna.

Ela perguntou aos dois homens se eles se conheciam e eles disseram que sim, se conheciam. Os dois conversavam num tom que indicava não muito, e que talvez demonstrasse uma certa satisfação de que fosse assim. Ray percebeu que o homem não estava com o colarinho eclesiástico.

"Ainda não teve que me deter por alguma infração", o pastor disse, talvez pensando que deveria parecer mais efusivo. Ele apertou a mão de Ray.

"Mas que sorte, isso", Leah disse. "Eu andava querendo lhe perguntar umas coisas e agora o senhor me aparece."

"Apareci", disse o pastor.

"Eu queria saber da escola dominical", Leah disse. "Eu estava pensando. Eu tenho essas duas crianças que estão crescendo e eu estava pensando quando é a hora e como funciona e tal."

"Ah, sim", o pastor disse.

Ray podia ver que ele era um dos que não gostavam particularmente de exercer seu sacerdócio em público. Que não queriam que o assunto viesse à baila, por assim dizer, toda vez que punham o pé na rua. Mas o pastor ocultou seu desconforto como pôde e devia haver alguma compensação para ele no fato de conversar com uma menina com a aparência de Leah.

"Vamos discutir isso com calma", ele disse. "Marque uma hora quando puder."

Ray estava dizendo que tinha de ir embora.

"Bom te encontrar", ele disse a Leah, e acenou com a cabeça para o religioso.

Seguiu em frente, de posse de duas informações novas. Ela ia ficar um tempo aqui, se estava tentando arranjar uma escola dominical. E ela não tinha banido do seu sistema toda aquela religiosidade introduzida pela sua educação.

Ele esperava topar com ela de novo, mas não aconteceu.

Quando chegou em casa, ele disse a Isabel o quanto a menina tinha mudado, e ela disse: "Tudo isso parece bem corriqueiro, afinal".

Ela parecia meio irritadiça, talvez por ter ficado esperando que ele lhe preparasse o café. A ajudante dela só ia chegar às nove e ela estava proibida, depois de ter se queimado com a água, de tentar fazê-lo sozinha.

Foi só piora e vários sustos para eles até a época do Natal, e aí Ray conseguiu uma licença. Eles partiram para a cidade grande, onde havia certos médicos especialistas. Isabel deu entrada imediatamente no hospital e Ray conseguiu ficar em um dos quartos reservados para o uso de parentes que não moravam na cidade. Subitamente ele se viu sem responsabilidades além de fazer longas visitas a Isabel todo dia e registrar como ela estava reagindo a diversos tratamentos. De início, ele tentou distraí-la com conversas animadas sobre o passado, ou observações sobre o hospital e outros pacientes que via de relance. Ele fazia caminhadas quase todo dia, apesar do tempo, e lhe falava delas também. Levava o jornal e lia as notícias para ela. Finalmente, ela disse: "É bondade sua, querido, mas parece que eu já estou fora disso".

"Fora do quê?", ele contrapôs, mas ela disse "Por favor", e depois disso ele se viu calado lendo algum livro da biblioteca do hospital. Ela disse: "Não se incomode se eu fechar os olhos. Eu sei que você está aí".

Ela tinha sido transferida havia uns dias da Emergência para um quarto com quatro mulheres que estavam mais ou menos no seu estado, apesar de uma delas ocasionalmente sair do torpor e gritar para Ray: "Dá cá um beijinho".

Aí um dia ele chegou e viu outra mulher na cama de Isabel. Por um momento, ele pensou que ela tinha morrido e ninguém havia lhe dito. Mas a paciente falante da cama do cantinho gritou: "Primeiro andar". Com alguma noção de empolgação ou de triunfo.

E foi isso que tinha acontecido. Isabel não tinha despertado naquela manhã e havia sido transferida para outro piso, onde parecia que eles enfiavam as pessoas que não tinham chance de melhorar — ainda menos chance que as do quarto anterior — mas se negavam a morrer.

"O senhor pode até ir para casa", eles lhe disseram. Eles entrariam em contato se houvesse qualquer alteração.

Fazia sentido. Para começo de conversa, ele tinha gastado todo o tempo que lhe era permitido no alojamento de parentes. E já havia gastado mais do que o tempo que lhe era permitido afastado da polícia de Maverley. Todos os sinais diziam que a coisa certa era voltar para lá.

Em vez disso, ficou na cidade. Arranjou um emprego na equipe de manutenção do hospital, limpando e arrumando e esfregando. Encontrou um apartamento mobiliado, com o mínimo necessário, não longe dali.

Ele voltou para casa, mas rapidinho. Assim que chegou lá, começou a cuidar da venda do imóvel e de tudo que havia ali. Deixou isso com o pessoal da imobiliária e liberou o caminho para eles trabalharem assim que conseguiu; não queria explicar nada a ninguém. Ele não se importava com nada que tivesse acontecido ali. Aqueles anos todos na cidade, tudo que ele sabia daquele lugar, pareciam simplesmente lhe escapar.

Mas ele ouviu alguma coisa enquanto estava lá, uma espécie de escândalo que envolvia o pastor da Igreja Unida, que estava tentando convencer a esposa a se divorciar dele, alegando adultério. Cometer adultério com uma paroquiana já era ruim, mas parecia que o pastor, em vez de manter a maior discrição possível e de sumir para se reabilitar ou trabalhar em alguma paróquia distante no meio do nada, havia decidido encarar o rojão do púlpito. Ele tinha mais que confessado. Tudo aquilo era falso, ele disse. Ficar matraqueando os Evangelhos e os mandamentos em que nem acreditava direito, e acima de tudo os seus sermões sobre amor e sexo, suas recomendações convencionais, tímidas e evasivas: falsidade. Ele agora era um homem livre, livre para lhes dizer o alívio que era celebrar a vida do corpo junto da vida do espírito. A mulher que fizera isso por ele, aparentemente, era Leah. O marido dela, o músico, disseram a Ray, tinha voltado para pegá-la um pouco antes, mas ela havia se recusado a ir com ele. Ele tinha posto a culpa no pastor, mas era um bêbado — o marido —, então ninguém soube se devia acreditar ou não. A mãe dele deve ter acreditado, no entanto, porque expulsou Leah de casa e se agarrou às crianças.

No que se referia a Ray, tudo isso era uma fofoca repulsiva. Adultérios e bêbados e escândalos — quem estava certo e quem estava errado? E quem se importa? Aquela menina tinha crescido e virado uma exibida e uma regateadora como todas as outras. Perda de tempo, perda de vida, de gente que saía aos tropeços atrás de excitação e não prestava atenção em nada de importante.

Claro, quando ele podia conversar com Isabel, tudo era diferente. Não que Isabel fosse estar à procura de respostas — a bem da verdade, ela o teria feito perceber que havia mais por trás daquilo do que ele via. Aí ela acabaria rindo.

Ele se entrosou muito bem no trabalho. Eles perguntaram se ele queria entrar para a equipe de boliche e ele agradeceu, mas disse que não tinha tempo. Tinha tempo de sobra, na verdade, mas tinha que passá-lo com Isabel. Atento a qualquer mudança, qualquer explicação. Sem deixar que nada escapasse.

"O nome dela é Isabel", ele lembrava às enfermeiras se elas diziam: "Agora, senhora", ou "Muito bem, dona, vamos lá".

Aí ele se acostumou a ouvi-las falando com ela daquele jeito. Então havia mudanças, afinal. Se não em Isabel, ele podia encontrá-las em si próprio.

Em pouco tempo, ele foi vê-la uma vez por dia.

Aí começou a ir dia sim, dia não. Aí duas vezes por semana.

Quatro anos. Ele achou que devia ser quase um recorde. Ele perguntou às pessoas que cuidavam dela se era isso e elas disseram: "Bom. Está quase". Eles tinham por costume ser vagos quanto a tudo.

Ele havia superado a ideia persistente de que ela estava pensando. Ele não estava mais esperando que ela abrisse os olhos. Era só que ele não conseguia ir embora e deixá-la ali sozinha.

Ela tinha passado de uma mulher muito magra não para uma criança, mas para um amontoado disforme e descombinado de ossos, com uma crista de ave, pronta para morrer a qualquer minuto com o contorno errático da sua respiração.

Havia uns quartos grandes usados para reabilitação e exercício, ligados ao hospital. Normalmente ele os via apenas quando estavam vazios, com todo o equipamento removido e as luzes apagadas. Mas uma noite, quando estava saindo, ele pegou um caminho diferente pelo prédio por algum motivo e viu uma luz que tinha ficado acesa.

E quando foi investigar, viu que alguém ainda estava lá. Uma mulher. Ela estava montada numa das bolas de inflar para exercícios, só descansando, ou talvez tentando lembrar aonde devia ir em seguida.

Era Leah. Ele não a reconheceu a princípio, mas aí olhou de novo e era Leah. Não teria entrado, talvez, se tivesse visto quem era, mas agora estava a meio caminho de cumprir sua missão de apagar a luz. Ela o viu.

Deslizou do seu poleiro. Estava com alguma roupa utilitária e esportiva e tinha ganhado bastante peso.

"Eu estava achando que podia topar com você uma hora dessas", ela disse. "Como está a Isabel?"

Foi um pouco surpreendente ouvi-la chamar Isabel pelo nome, ou até mesmo falar dela, como se a conhecesse.

Ele lhe disse brevemente como estava Isabel. Não havia como dizer a não ser brevemente.

"Você conversa com ela?", perguntou.

"Não tanto, hoje em dia."

"Ah, você devia. Você não devia desistir de conversar com eles."

Como é que ela tinha passado a achar que sabia tanto sobre tanta coisa?

"Você não está surpreso de me ver, né? Você deve ter ficado sabendo?", ela disse.

Ele não sabia o que responder.

"Bom", ele disse.

"Faz um tempinho já que eu fiquei sabendo que você estava aqui e tal, então eu só achei que você ia estar sabendo de mim aqui, também."

Ele disse que não.

"Eu cuido da recreação", ela lhe disse. "Assim, para os pacientes com câncer. Se eles estão a fim, né."

Ele disse que achava que era uma boa ideia.

"É ótimo. Quer dizer, pra mim, também. Em geral estou muito bem, mas às vezes me bate. Assim, principalmente na hora do jantar. É aí que às vezes eu fico esquisita."

Ela viu que ele não sabia do que ela estava falando e estava pronta — talvez ansiosa — para explicar.

"Assim, sem os meninos e tal. Você não sabia que o pai deles ficou com os meninos?"

"Não", ele disse.

"Ah, enfim. É porque eles acharam que a mãe dele podia cuidar deles, assim. Ele está no AA e tudo, mas o julgamento não ia ter sido assim se não fosse por ela."

Ela fungou e derramou lágrimas de um jeito quase desdenhoso.

"Não fique constrangido — as coisas não estão tão mal assim. É só que eu choro automaticamente. Chorar também nem faz mal, sabe, desde que você não passe a vida inteira chorando."

O homem no AA devia ser o saxofonista. Mas e o pastor e o que quer que tenha acontecido com eles dois?

Exatamente como se ele tivesse lhe perguntado em voz alta, ela disse: "Ah. Então. O Carl. Aquilo era tão sério e tal e coisa? Eu devia fazer um exame da cabeça.

"O Carl casou de novo", ela continuou. "Isso fez ele se sentir melhor. Quer dizer, porque assim ele superou o que tinha tido comigo e tal. Foi bem engraçado até. Ele foi casar com outra pastora. Sabia que agora eles deixam mulheres serem pastoras? Bom, ela é. Então ele é tipo a esposa da pastora. Eu acho isso o máximo."

Olhos secos agora, sorrindo. Ele sabia que havia mais por vir, mas não podia imaginar o que seria.

"Você já deve estar aqui tem um tempão. Arrumou apartamento?"

"Arrumei."

"Você faz o seu jantar e tudo?"

Ele disse que sim.

"Eu podia fazer isso pra você de vez em quando. Ia ser uma boa ideia?"

Os olhos dela tinham se iluminado, sem se desviar dos dele.

Ele disse que talvez, mas que para falar a verdade no apartamento dele não dava para mais de uma pessoa se mexer ao mesmo tempo.

Aí ele disse que fazia dias que não dava uma olhada em Isabel, e que tinha que fazer isso agora.

Ela balançou de leve a cabeça em assentimento. Não parecia magoada nem desencorajada.

"A gente se vê por aqui."

"A gente se vê."

Estavam procurando por ele em toda parte. Isabel finalmente havia partido. Eles disseram "partido", como se ela tivesse levantado e ido embora. Quando alguém tinha ido verificar o estado dela uma hora antes, ela estava como sempre, e agora havia partido.

Muitas vezes ele se perguntara que diferença faria.
Mas o vazio que tinha ficado no lugar dela era atordoante.
Ele olhava espantado para a enfermeira. Ela achou que ele queria saber o que tinha que fazer em seguida e começou a lhe dizer. A instruí-lo. Ele entendeu direitinho, mas ainda estava apreensivo.
Ele pensava que aquilo tinha acontecido bem antes, com Isabel, mas não tinha. Não até agora.
Ela tinha existido e agora não existia. Nada, como se nunca. E as pessoas corriam de lá para cá, como se esse fato ultrajante pudesse ser superado por providências razoáveis. Ele também obedeceu aos costumes, assinando onde lhe mandavam assinar, providenciando — como eles diziam — o destino dos restos.
Que palavra maravilhosa — "restos". Como alguma coisa que foi posta para secar nas camadas poeirentas de um armário.
E logo ele se viu do lado de fora, fingindo que tinha uma razão tão corriqueira e tão boa quanto a de qualquer outra pessoa para dar um passo depois do outro.
O que ele carregava dentro de si, tudo que ele carregava dentro de si, era uma falta, algo como uma falta de ar, de um comportamento adequado dos pulmões, uma dificuldade que ele supunha que continuaria para sempre.
A moça com quem ele tinha falado, que um dia ele conheceu — ela tinha falado dos filhos. Da perda dos filhos. De se acostumar com isso. Um problema na hora do jantar.
Uma especialista em perdas, podia-se dizer — ele próprio era um novato, em comparação a ela. E agora ele não conseguia lembrar o nome dela. Tinha perdido o nome dela, apesar de tê-lo sabido tão bem. Perda, perdida. A piada era ele, se era para haver uma.
Ele estava seguindo seus próprios passos quando lhe veio. Leah.
Um alívio fora de qualquer medida, se lembrar dela.

Cascalho

Naquela época nós morávamos ao lado de uma mina de cascalho. Não das grandes, exploradas por aquelas máquinas imensas, só uma mina pequena com que algum fazendeiro deve ter ganhado dinheiro anos antes. Na verdade, a mina era tão rasa que dava para pensar que ela tinha outro objetivo — fundações para uma casa, talvez, que nunca saíram daquele ponto.

Era a minha mãe que insistia em chamar atenção para ela. "Nós moramos do lado da velha mina perto da estradinha do posto", ela dizia às pessoas, e ria, porque estava feliz demais por ter largado tudo que tinha a ver com a casa, a rua — o marido —, com a vida que tivera antes.

Eu mal me lembro dessa vida. Quer dizer, eu me lembro de algumas partes claramente, mas sem as conexões que são necessárias para formar uma imagem de verdade. A única coisa daquela casa que eu guardei na cabeça é o papel de parede com ursinhos no meu antigo quarto. Na casa nova, que era na verdade um trailer, a minha irmã, Caro, e eu tínhamos umas caminhas estreitas, empilhadas uma em cima da outra. Quando a gente se mudou para lá, a Caro me falava muito da nossa casa antiga, tentando fazer eu me lembrar de uma coisa ou outra. Era quando a gente estava na cama que ela falava desse jeito, e normalmente a conversa terminava sem eu conseguir lembrar e com ela irritada. Às vezes eu achava que até lembrava, mas de birra ou de medo de dizer alguma coisa errada eu fingia não lembrar.

Era verão quando a gente se mudou para o trailer. A nossa cachorra foi com a gente. Blitzee. "A Blitzee adorou a casa", minha mãe dizia, e era verdade. Que cachorro não ia adorar trocar uma rua de cidade, mesmo que fosse uma com gramados amplos e casas espaçosas, pelo campo sem limites? Ela começou a latir para todo carro que passava, como se fosse a dona da rua, e vez por outra ela trazia um esquilo ou uma marmota que havia matado. De início a Caro ficava bem incomodada com isso, e o Neal tinha uma conversa com ela, explicando a natureza canina e a corrente da vida, em que umas coisas tinham que comer outras.

"Ela ganha ração", Caro argumentava, mas Neal dizia: "E se não ganhasse? E se um dia a gente sumisse e ela tivesse que se virar?".

"Eu não vou sumir", Caro dizia. "Eu não vou, e vou cuidar dela pra sempre."

"Você acha mesmo?", Neal dizia, e a nossa mãe entrava na conversa para desviá-lo do assunto. Neal estava sempre pronto para começar a falar dos americanos e da bomba atômica, e a nossa mãe achava que nós ainda éramos muito jovens para isso. Ela não sabia que quando ele mencionava aquilo eu achava que ele estava falando de uma bomba atômica de chocolate. Eu sabia que tinha algo errado com essa interpretação, mas eu é que não ia fazer perguntas e virar motivo de riso.

Neal era ator. Na cidade tinha um teatro de verão profissional, uma coisa nova na época, que deixava algumas pessoas bem entusiasmadas e outras, preocupadas, temendo que aquilo fosse atrair uma gentalha. Minha mãe e meu pai estavam entre as pessoas que eram a favor, minha mãe mais ativamente, porque tinha mais tempo. Meu pai era corretor de seguros e viajava muito. Minha mãe havia se envolvido com vários esquemas de arrecadação de verbas para o teatro e contribuía com seus serviços de recepção. Ela tinha boa aparência e era jovem o bastante para ser tomada por uma atriz. Tinha começado a se vestir como uma atriz também, com xales, saias longas e colares compridos. Ela deixou o cabelo crescer revolto e parou de usar maquiagem. Claro que eu não tinha entendido e nem mesmo notado particularmente essas mudanças na época. Minha mãe era minha mãe. Mas lógico que a Caro tinha percebido. E o meu pai tinha que ter percebido. Se bem que, por tudo o que eu sei da natureza dele e dos sentimentos dele pela minha mãe, acho que ele pode ter ficado orgulhoso de ver como ela ficava bem com aqueles figurinos libertadores e como ela se dava bem com o pessoal do teatro. Quando ele falava dessa época, mais tarde, dizia que sempre tinha aprovado as artes. Eu posso imaginar como a minha mãe teria ficado constrangida, se encolhendo e rindo para disfarçar, se ele tivesse feito essa declaração diante dos seus amigos do teatro.

Bom, então aconteceu uma coisa que podia ter sido prevista e provavelmente foi, mas não pelo meu pai. Eu não sei se aconteceu com alguma das outras voluntárias. O que eu sei, apesar de não me lembrar, é que o meu pai chorou e passou um dia inteiro seguindo a minha mãe pela casa, sem deixar que ela sumisse da frente dele e se recusando a acreditar nela. E, em vez de dizer alguma coisa para fazer com que ele se sentisse melhor, ela disse alguma coisa que fez com que ele se sentisse pior.

Ela disse que o bebê era do Neal.

Se ela tinha certeza?

Absoluta. Ela tinha prestado atenção nas datas.
O que aconteceu depois?
Meu pai desistiu de chorar. Ele tinha que voltar ao trabalho. Minha mãe fez as nossas malas e levou a gente para morar com o Neal no trailer que ele havia achado, no campo. Depois ela disse que também tinha chorado. Mas disse também que tinha se sentido viva. Talvez pela primeira vez na vida, realmente viva. Ela achava que parecia que haviam lhe dado uma nova chance; estava recomeçando a sua vida. Ela tinha abandonado a prataria e a porcelana e os itens de decoração e o jardim com flores e até os livros da estante. Agora ela ia viver, não ler. Tinha deixado as roupas penduradas no armário e os sapatos de salto nas sapateiras. O anel de diamante e a aliança na cômoda. As camisolas de seda nas gavetas. Ela queria andar nua pelo menos vez ou outra, no campo, quando estivesse quente.

Aquilo não funcionou muito bem, porque quando ela tentou fazê-lo, a Caro foi se esconder na cama e até o Neal disse que não morria de amores pela ideia.

E ele? Achava o que disso tudo? Neal. A filosofia dele, como ele disse mais tarde, era estar aberto ao que quer que acontecesse. Tudo é um presente. A gente dá e recebe.

Eu desconfio um pouco de quem fala desse jeito, mas não posso dizer que tenha direito de desconfiar.

Ele não era ator de verdade. Tinha começado a atuar, segundo ele, como uma experiência. Para ver o que podia descobrir sobre si próprio. Na universidade, antes de largar os estudos, participara como membro do Coro do *Édipo Rei*. Ele tinha gostado — aquilo da entrega, de se misturar com os outros. Aí um dia, na rua, em Toronto, ele topou com um amigo que estava indo fazer um teste para um emprego de verão numa companhia de teatro de uma cidade pequena. Ele foi junto, sem ter nada melhor para fazer, e acabou conseguindo o emprego no lugar do outro camarada. Ele seria Banquo. Às vezes eles faziam o fantasma de Banquo ficar visível, às vezes não. Dessa vez eles queriam uma versão visível e Neal era do tamanho certo. Um tamanho excelente. Um fantasma sólido.

Ele estava pensando em passar o inverno na nossa cidade mesmo, antes de a minha mãe aparecer com a sua surpresinha. Ele já estava de olho no trailer. Tinha uma experiência com carpintaria que lhe possibilitava participar da reforma do teatro, o que lhe garantiria um dinheiro até a primavera. Era até aí que ele se permitia pensar.

A Caro nem precisou mudar de escola. O ônibus escolar a pegava na extremidade da ruela que passava ao lado da mina de cascalho. Ela teve que fazer amizade com as crianças dali, e talvez explicar certas coisas para as crianças da cidade que tinham sido suas amigas no ano anterior, mas se teve qualquer dificuldade com isso eu nunca fiquei sabendo.

A Blitzee estava sempre esperando à beira da estrada quando era hora de ela chegar em casa.

Eu não fui para o jardim de infância, porque a minha mãe não tinha carro. Mas eu não achava ruim ficar sem outras crianças. A Caro, quando chegava em casa, era o bastante para mim. E a minha mãe normalmente era bem brincalhona. Assim que caiu neve naquele inverno ela e eu fizemos um boneco e ela perguntou: "Será que a gente pode chamar ele de Neal?". Eu disse tudo bem, e nós penduramos várias coisas nele para ele ficar engraçado. Aí nós decidimos que eu ia sair correndo de casa quando o carro dele chegasse e ia dizer Olha o Neal, olha o Neal! mas apontando para o boneco de neve. E eu fiz isso, mas o Neal saiu do carro louco da vida e gritou que podia ter me atropelado.

Foi uma das poucas vezes em que eu vi ele agir como um pai. Aqueles dias curtos de inverno devem ter me parecido estranhos — na cidade, as luzes se acendiam ao pôr do sol. Mas crianças se acostumam com mudanças. Às vezes eu ficava pensando na nossa outra casa. Eu não tinha exatamente saudades, nem queria morar lá de novo — eu só ficava pensando onde ela tinha ido parar.

A diversão da minha mãe com o Neal ia noite adentro. Se eu acordava e tinha que ir ao banheiro, eu chamava por ela. Ela vinha de bom humor, mas sem pressa, com algum pano ou uma echarpe em volta do corpo — e também um cheiro que eu associava a luz de velas e música. E amor.

Aconteceu uma coisa que não foi tão reconfortante, mas eu não fiz muita força para entender na época. Blitzee, a cadela, não era muito grande, mas não parecia pequena a ponto de caber embaixo do casaco da Caro. Eu não sei como a Caro conseguiu fazer aquilo. Não só uma vez, mas duas. Ela escondeu a cachorra embaixo do casaco no ônibus escolar e aí, em vez de ir direto para a escola, voltou com a Blitzee para a nossa antiga casa na cidade, que ficava a menos de uma quadra dali. Foi lá que o meu pai achou a cachorra, na varanda de inverno, que não estava trancada, quando voltou para casa para o seu almoço solitário. Houve uma grande surpresa por ela ter chegado lá, achado o caminho como um cachorro de uma história. A Caro foi quem criou mais rebuliço, e disse não ter visto a cadela de manhã. Mas aí ela cometeu o erro de tentar fazer a mesma coisa de novo, talvez uma semana depois, e dessa vez, apesar de ninguém no ônibus ou na escola ter suspeitado dela, a nossa mãe suspeitou.

Não consigo lembrar se o nosso pai nos trouxe a Blitzee de volta. Não consigo imaginá-lo no trailer ou na porta do trailer nem na estrada que levava até ele. Talvez Neal tenha ido até a casa da cidade para pegá-la. Não que isso seja muito mais fácil de imaginar.

Se eu fiz parecer que a Caro era infeliz ou ficava de tramoias o tempo todo, isso não é verdade. Como eu disse, ela tentava mesmo me fazer falar sobre as coisas, de noite na cama, mas não ficava o tempo todo reclamando. Não era da natureza dela ficar emburrada. Ela se esforçava demais para causar boa impressão. Gostava que gostassem dela; gostava de agitar a atmosfera de um cômodo com a promessa de algo que você até poderia chamar de animação. Ela pensava mais nisso que eu.

Ela era quem tinha puxado mais à nossa mãe, eu penso hoje.

Devem ter sondado para descobrir o que ela tinha feito com a cachorra. Acho que eu me lembro de alguma coisa.

"Eu fiz de brincadeira."

"Você quer ir morar com o seu pai?"

Acho que essa pergunta foi feita, e acho que ela disse não.

Eu não perguntei nada a ela. O que ela tinha feito não me parecia estranho. É provavelmente assim com as crianças mais novas — nada que as estranhamente poderosas crianças mais velhas façam parece inusitado.

As nossas cartas eram depositadas numa caixa de lata em cima de um poste, na beira da estrada. A minha mãe e eu íamos até lá todo dia, a não ser que estivesse chovendo demais, para ver o que tinham deixado para nós. Fazíamos isso depois de eu acordar do meu cochilo. Essa podia ser a única vez que a gente saía durante o dia inteiro. De manhã, nós assistíamos a programas infantis na televisão — ou ela lia enquanto eu assistia. (Sua decisão de parar de ler não durou muito tempo.) Nós esquentávamos uma sopa enlatada no almoço, aí quando eu descia para tirar a minha soneca ela lia mais um pouco. Ela estava com a barriga bem crescida a essa altura e o bebê ficava se mexendo lá dentro, tanto que eu até conseguia sentir. O nome do bebê ia ser Brandy — já era Brandy — fosse menino ou menina.

Um dia quando nós estávamos descendo a ruela para pegar as cartas, e na verdade nem estávamos tão longe da caixa, a minha mãe parou e ficou muito imóvel.

"Silêncio", ela me disse, embora eu não tivesse aberto a boca e não estivesse nem mesmo brincando de arrastar as botas na neve.

"Eu não falei nada", disse.

"Shh. Vamos voltar."

"Mas a gente nem pegou as cartas."

"Não faz mal. Pode voltar."

Aí eu percebi que a Blitzee, que estava sempre com a gente, um pouco atrás ou à frente, não estava mais lá. Outro cachorro, sim, do outro lado da estrada, a poucos metros da caixa do correio.

Minha mãe ligou para o teatro assim que nós chegamos em casa e deixamos a Blitzee, que estava esperando, entrar. Ninguém atendeu. Ela ligou para a escola e pediu para alguém dizer para o motorista deixar a Caro bem na porta de casa. Só que o motorista não podia fazer isso, porque havia nevado depois da última vez em que o Neal tinha limpado a ruela, mas ele — o motorista — ficou de olho até ela chegar em casa. Não havia lobos à vista dessa vez.

Neal achava que nunca tinha havido. E se tivesse havido, ele disse, provavelmente eles não teriam representado perigo para nós, fracos por causa da hibernação.

A Caro disse que lobo não hibernava. "A gente aprendeu isso na escola."

Nossa mãe queria que o Neal arranjasse uma arma.

"Você acha que eu vou arranjar uma arma para dar uns tiros numa coitadinha duma mãe loba que provavelmente tem um monte de filhotes lá no mato e só está tentando proteger as crias, que nem você está protegendo as suas?", ele disse baixinho.

A Caro disse: "Só dois. Elas só têm dois filhotes de cada vez".

"Está certo, está certo. Mas eu estou falando com a sua mãe."

"Você não sabe", minha mãe disse. "Você não sabe se ela tem filhotes com fome e tal."

Eu nunca imaginei que ela pudesse falar com ele daquele jeito.

Ele disse: "Calma. Calma. Pense comigo. Uma arma é um negócio horrível. Se eu fosse e comprasse uma arma, aí o que é que eu ia estar dizendo? Que o Vietnã não estava errado? Que eu até podia ter ido pro Vietnã?"

"Você não é americano."

"Você não vai conseguir me tirar do sério."

Foi mais ou menos isso que eles disseram, e no fim o Neal não teve que comprar uma arma. Nós nunca mais vimos o lobo, se é que era um lobo. Acho que a minha mãe parou de ir pegar as cartas, mas, de qualquer maneira, pode ter ficado barriguda demais para que aquilo fosse confortável.

A neve desapareceu magicamente. As árvores ainda estavam sem folhas e minha mãe fazia a Caro vestir o casaco de manhã, mas ela chegava em casa depois da aula arrastando-o pelo chão.

Minha mãe dizia que só podiam ser gêmeos, mas o médico disse que não.

"Ótimo. Ótimo", Neal disse, totalmente a favor da ideia dos gêmeos. "Os médicos não sabem de nada."

A mina de cascalho estava cheia até a borda, de neve derretida e de chuva, tanto que a Caro tinha que dar a volta quando ia pegar o ônibus da escola. Era um laguinho, calmo e deslumbrante sob o céu limpo. A Caro perguntou sem grandes esperanças se a gente podia brincar nele.

Nossa mãe disse que a gente só podia ter pirado de vez. "Deve ter seis metros de profundidade", ela disse.

Neal disse: "Talvez três".

Caro disse: "Bem na bordinha não ia ter tudo isso".

Nossa mãe disse que tinha sim. "Fica mais fundo de repente", disse. "Não é que nem na praia, cacete. Nem cheguem perto."

Ela tinha começado a dizer "cacete" sem parar, talvez mais do que o Neal, e com um tom de voz mais exasperado.

"Será que a gente tem que impedir o cachorro de ir lá também?", ela perguntou.

Neal disse que não tinha problema. "Cachorro sabe nadar."

Um sábado. A Caro assistia *The Friendly Giant** comigo e fazia comentários que estragavam tudo. Neal estava deitado no sofá, que desdobrado era a cama dele e da minha mãe. Estava fumando aqueles cigarros dele, que ele não podia fumar no trabalho e que tinha que aproveitar bem no fim de semana. A Caro às vezes o incomodava, pedindo para experimentar um. Uma vez ele deixou, mas disse para ela não contar para a nossa mãe.

Mas eu estava lá, aí contei eu.

Houve confusão, mas não exatamente uma briga.

"Você sabe que ele ia arrancar essas crianças daqui sem nem pensar duas vezes", nossa mãe disse. "Nunca mais."

"Nunca mais", Neal disse de bom humor. "E se ele ficar dando aquelas merdas daqueles Sucrilhos venenosos pra eles?"

---

* Programa infantil de muito sucesso no Canadá entre o fim dos anos 1950 e o começo dos anos 1980. (N. T.)

No começo, a gente nem viu o nosso pai. Aí, depois do Natal, montaram um esquema para os sábados. A nossa mãe sempre perguntava depois se a gente tinha se divertido. Eu sempre dizia que sim, e aquilo era sincero, porque eu achava que se você ia ao cinema ou ia ver o lago Huron, ou comer num restaurante, isso queria dizer que você tinha se divertido. A Caro também dizia que sim, mas com um tom de voz que sugeria que não era problema da nossa mãe. Aí o meu pai tirou umas férias de inverno em Cuba (minha mãe falou disso com alguma surpresa e talvez com alguma aprovação) e voltou com uma gripe que não acabava mais e fez com que as visitas cessassem. Elas deviam recomeçar na primavera, mas até então não tinham recomeçado.

Depois que desligaram a televisão, a Caro e eu saímos para dar uma volta, como a nossa mãe dizia, e tomar um pouco de ar. A gente levou a cachorra junto.

Quando chegamos lá fora, a primeira coisa que fizemos foi soltar e sair arrastando os cachecóis que a nossa mãe tinha enrolado no nosso pescoço. (A questão era que, por mais que nós não tivéssemos ligado as duas coisas, quanto mais ela avançava na gravidez mais ela ia voltando a se comportar como uma mãe comum, pelo menos no que dizia respeito a cachecóis desnecessários e refeições regulares. Não havia tanta defesa de comportamentos loucos quanto no outono.) A Caro me perguntou o que eu queria fazer, e eu disse que não sabia. Era uma formalidade da parte dela, mas verdade verdadeira da minha parte. Nós deixamos a cachorra nos levar, enfim, e a ideia de Blitzee foi ir dar uma olhada na mina de cascalho. O vento estava formando umas ondinhas na água, e logo nós ficamos com frio, então enrolamos os cachecóis de novo no pescoço.

Não sei quanto tempo passamos só andando à toa pela borda da água, sabendo que do trailer eles não podiam nos ver. Depois de um tempo, percebi que eu estava recebendo ordens.

Era para eu voltar para o trailer e dizer alguma coisa para o Neal e a nossa mãe.

Que a cachorra tinha caído na água.

A cachorra tinha caído na água e a Caro estava com medo que ela tivesse se afogado.

A Blitzee. Afogada.

Afogada.

Mas a Blitzee não estava na água.

Podia estar. E a Caro podia pular para salvá-la.

Acho que eu ainda discuti um pouco, algo como não caiu, não viu, podia acontecer mas não aconteceu. Eu também lembrei que o Neal tinha dito que cachorro não se afoga.

A Caro me disse para fazer o que ela mandava.

Por quê?

Eu posso ter dito isso, ou posso ter só ficado ali sem obedecer e tentando inventar outra discussão.

Na minha cabeça eu consigo vê-la pegando a Blitzee e a jogando, apesar de a Blitzee estar tentando se agarrar ao casaco dela. Aí se afastando, a Caro se afastando para correr para a água. Correndo, pulando, e não mais que de repente se atirando na água. Mas eu não recordo o som dos mergulhos quando elas, uma depois da outra, caíram na água. Nem um mergulhinho pequeno nem um grande. Talvez eu estivesse virado para o trailer a essa altura — eu devo ter me virado.

Quando sonho com isso, estou sempre correndo. E nos meus sonhos não estou correndo na direção do trailer, mas de volta para a mina de cascalho. Eu consigo ver a Blitzee se debatendo e a Caro nadando na direção dela, nadando vigorosamente, para resgatá-la. Eu vejo o casaco xadrez marrom-claro dela e o cachecol de tartã e aquele rosto orgulhoso e triunfante e o cabelo avermelhado escurecido nas pontinhas por causa da água. Eu só tenho que olhar e ficar feliz — nada se espera de mim, afinal.

Mas o que eu fiz mesmo foi seguir para a pequena encosta que levava ao trailer. E quando cheguei lá eu me sentei. Como se houvesse uma varanda ou um banco, embora na verdade o trailer não tivesse nenhuma dessas coisas. Fiquei ali esperando o que ia acontecer.

Eu sei disso porque é um fato. Mas não sei qual era o meu plano ou o que eu estava pensando. Estava esperando, talvez, o próximo ato do drama da Caro. Ou da cachorra.

Não sei se fiquei sentado ali cinco minutos. Mais? Menos? Não estava tão frio.

Fui falar com uma profissional sobre isso uma vez e ela me convenceu — por um tempo, ela me convenceu — que eu devo ter tentando abrir a porta do trailer e visto que estava trancada. Trancada porque a minha mãe e o Neal estavam fazendo sexo e tinham trancado a porta para evitar interrupções. Se eu tivesse batido na porta eles teriam ficado bravos. A psicóloga ficou satisfeita ao me levar a essa conclusão, e eu fiquei também. Por um tempo. Mas eu não acho mais que isso seja verdade. Eu não acho que eles teriam trancado a porta, porque eu sei que uma vez eles não trancaram e a Caro entrou e eles riram da cara que ela fez.

Talvez eu tenha lembrado que o Neal tinha dito que cachorro não se afoga, o que significava que o resgate da Caro não seria necessário para a Blitzee. Portanto ela não ia conseguir levar o seu joguinho até o fim. Eram tantos jogos, com a Caro.

Será que eu achava que ela sabia nadar? Aos nove anos, muitas crianças sabem. E na verdade depois se revelou que ela tinha feito uma aula nas férias anteriores, mas aí a gente se mudou para o trailer e ela não fez mais aula nenhuma. Ela pode ter pensando que sabia se virar direitinho. E eu posso ter pensado que ela de fato conseguia fazer o que quisesse.

A psicóloga não sugeriu que eu podia estar de saco cheio de executar as ordens da Caro, mas a ideia me ocorreu. Mas não

parece muito certo. Se eu não fosse caçula, talvez. Naquela época, eu ainda esperava que ela ocupasse todo o meu mundo.
Quanto tempo eu fiquei ali? Provavelmente não muito. E é possível que eu tenha batido na porta. Depois de um tempo. Depois de um ou dois minutos. De qualquer maneira, minha mãe, em um dado momento, acabou abrindo a porta, sem motivo. Pressentimento.
A próxima coisa de que me lembro é que estou do lado de dentro. A minha mãe está gritando com o Neal e tentando fazê-lo entender alguma coisa. Ele se levanta e fica ali parado falando com ela, tocando nela, com uma mansidão e uma delicadeza e uma consolação tão grandes. Mas não é isso que a minha mãe quer, não mesmo, e ela o afasta rispidamente e sai correndo porta afora. Ele sacode a cabeça e olha para os pés descalços. Aqueles pezões com cara de indefesos.
Acho que ele me diz alguma coisa com uma tristeza meio melódica na voz. Estranho.
Para além disso eu não tenho mais detalhes.

A minha mãe não se atirou na água. Ela não entrou em trabalho de parto por causa do choque. Meu irmão, Brent, só nasceu uma semana ou dez dias depois do funeral, e foi um bebê nascido a termo. Onde ela estava enquanto esperava que o parto acontecesse eu não sei. Talvez ela tenha sido mantida no hospital e sob a sedação que era possível naquelas circunstâncias.
Eu lembro muito bem do dia do funeral. Uma mulher muito simpática e agradável que eu não conhecia — o nome dela era Josie — me levou numa expedição. Nós visitamos uns balanços e um tipo de casinha de bonecas que era tão grande que eu cabia lá dentro, e almoçamos um dos meus doces preferidos, mas não a ponto de eu passar mal. A Josie era alguém que mais

tarde eu acabei conhecendo muito bem. Ela era uma amiga que o meu pai tinha feito em Cuba, e depois do divórcio ela virou minha madrasta, sua segunda esposa.

A minha mãe se recuperou. Ela não tinha escolha. Tinha que cuidar do Brent e, quase sempre, de mim. Acho que eu fiquei com o meu pai e a Josie enquanto ela se acomodava na casa em que planejava viver pelo resto da vida. Eu não me lembro de ter estado com o Brent antes de ele ter crescido o suficiente para ficar sentado no cadeirão.

A minha mãe voltou a suas antigas tarefas no teatro. De início ela pode ter trabalhado como antes, como voluntária na recepção, mas quando eu entrei na escola ela tinha um emprego de verdade, com salário e responsabilidades durante o ano todo. Ela era a gerente financeira. O teatro sobreviveu a vários momentos bons e ruins, e ainda está ativo.

Neal não acreditava em funerais, então ele não foi ao da Caro. Ele nunca viu o Brent. Ele escreveu uma carta — eu descobri isso bem depois — dizendo que como não pretendia agir como pai era melhor ele se retirar desde o início. Eu nunca o mencionava para o Brent, porque achava que isso ia contrariar a minha mãe. E também porque o Brent dava bem poucas mostras de ser como ele — como o Neal — e se parecia, na verdade, tanto com o meu pai que eu de fato ficava pensando no que estava acontecendo na época em que ele foi concebido. O meu pai nunca falou a respeito disso e jamais falaria. Ele trata o Brent exatamente como me trata, mas é o tipo de homem que faria isso de qualquer maneira.

Ele e a Josie não tiveram filhos, mas eu não acho que isso seja um problema para eles. A Josie é a única pessoa que fala sobre a Caro, e nem ela faz isso com muita frequência. Mas ela diz que o meu pai não responsabiliza a minha mãe. Ele também disse que provavelmente estava meio acomodado e a minha mãe devia querer mais agitação na vida. Ele precisava de uma chacoalhada, e foi o que teve. Não há por que se lamentar. Sem a chacoalhada, ele nunca teria encontrado a Josie e os dois não estariam tão felizes agora.

"Que dois?", eu podia dizer, só para tirar ele dos trilhos, e ele diria com convicção: "A Josie. A Josie, claro".

A minha mãe não suporta lembrar nada daqueles tempos, e eu não a incomodo com isso. Eu sei que ela passou de carro pela ruela onde a gente morava, e achou que estava tudo mudado, com aquelas casas modernas que a gente vê hoje em dia, erguidas sobre terrenos improdutivos. Ela mencionou isso com o leve desprezo que essas casas evocam para ela. Eu também passei a pé pela ruela, mas não falei para ninguém. Essa evisceração toda que se faz em família hoje em dia me parece um equívoco.

Até onde ficava a mina de cascalho hoje existe uma casa, sobre chão terraplenado.

Eu tenho uma companheira, Ruthann, que é mais nova que eu, mas, acho eu, mais sábia. Ou pelo menos mais otimista no que diz respeito ao que ela chama de expulsar os meus demônios. Eu nunca teria entrado em contato com o Neal se não fosse pela insistência dela. Claro que por muito tempo eu não tive a oportunidade, nem a ideia, de entrar em contato. Foi ele quem acabou escrevendo para mim. Um bilhete curto de parabéns, ele disse, depois de ver a minha foto na *Alumni Gazette*. O que ele estava fazendo folheando a *Alumni Gazette* eu não posso nem imaginar. Eu tinha recebido um daqueles prêmios acadêmicos que valem alguma coisa para um círculo restrito e quase nada no resto do mundo.

Ele estava morando a menos de oitenta quilômetros de onde eu dou aulas, que também calha de ser a universidade onde estudei. Eu fiquei pensando se ele já estava lá na época. Tão perto. Será que ele virou acadêmico?

De início eu não tinha intenção de responder ao bilhete, mas contei a história para Ruthann e ela disse que eu devia pensar em escrever para ele. Então o resultado foi que eu lhe mandei um e-mail, e nós combinamos de nos ver. Era para eu encontrá-lo na cidade dele, no ambiente nada ameaçador da lanchonete da universidade. Eu pensei comigo que se ele estivesse com uma cara insuportável — eu não sabia exatamente o que queria dizer com isso — eu podia simplesmente passar direto pela mesa.

Ele estava mais baixo do que antes, como normalmente acontece com os adultos de que a gente se lembra da infância. O cabelo estava ralo, e cortado bem rente à cabeça. Pediu uma xícara de chá para mim. Ele também estava tomando chá.

O que ele fazia para ganhar a vida?

Disse que dava aulas particulares para os alunos que estavam se preparando para as provas. E também os ajudava a escreverem seus trabalhos. Às vezes, dava para dizer que ele escrevia os trabalhos. Claro que ele cobrava.

"Não dá pra ficar milionário, isso eu posso te dizer."

Ele morava numa espelunca. Ou numa espelunca semirrespeitável. Ele gostava. Pegava roupas no Exército da Salvação. Tudo bem também.

"Combina com os meus princípios."

Eu não lhe dei os parabéns por essas coisas, mas, para dizer a verdade, duvido que ele esperasse por isso.

"Enfim, não acho que a minha vida seja tão interessante assim. Acho que você pode querer saber como aconteceu."

Eu não conseguia achar um jeito de falar.

"Eu estava chapado", ele disse. "E, além disso, eu não sou bom de natação. Não tinha muita piscina lá onde eu cresci. Eu ia ter me afogado também. Era isso que você queria saber?"

Eu disse que não era exatamente nele que eu ficava pensando.
Aí ele se tornou a terceira pessoa a quem eu perguntava: "O que você acha que a Caro queria?".

A psicóloga havia dito que nós não tínhamos como saber. "Provavelmente nem ela mesma sabia. Atenção? Eu não acho que ela queria se afogar. Atenção para o quanto ela estava se sentindo mal?"

Ruthann tinha dito: "Fazer a sua mãe fazer o que ela queria? Fazer ela se ligar e ver que tinha que voltar para o seu pai?".

Neal disse: "Não faz diferença. Talvez ela tenha achado que podia se virar na água melhor do que podia de fato. Talvez ela não soubesse como as roupas de inverno podem ficar pesadas. Ou que não havia ninguém em condições de ajudar".

Ele me disse: "Não perca tempo. Você não está pensando o que teria acontecido se você tivesse corrido para avisar, né? Não está tentando se culpar?".

Eu disse que tinha considerado o que ele estava dizendo, mas que não.

"O negócio é ser feliz", ele disse. "Apesar de tudo. Só tente. Você consegue. Vai ficando cada vez mais fácil. Não tem nada a ver com as circunstâncias. Você não vai acreditar como é bom. Aceite tudo que aí a tragédia desaparece. Ou a tragédia fica mais leve, pelo menos, e você está simplesmente ali, seguindo com tranquilidade no mundo."

Agora, tchau.

Eu entendo o que ele quis dizer. Essa é realmente a coisa certa a fazer. Mas, na minha cabeça, a Caro continua correndo até a água e se jogando, como que triunfante, e eu ainda estou inerte, esperando que ela me explique, esperando pelo som do mergulho.

Recanto

Tudo isso aconteceu nos anos 1970, embora naquela cidade e em outras cidades pequenas como aquela, os anos 1970 não fossem como nós os imaginamos hoje, ou como eu os conheci em Vancouver. O cabelo dos rapazes era mais comprido do que antes, mas não lhes descia pelas costas, e não parecia haver uma carga incomum de liberação ou de desafio no ar.

Tudo começou com o meu tio me provocando por causa da prece. Por eu não fazer a prece antes de comer. Eu estava com treze anos, morando com ele e a minha tia durante o ano em que os meus pais ficaram na África. Eu nunca tinha baixado a cabeça diante de um prato de comida na minha vida.

"Senhor, abençoai essa comida para nossa serventia e a nós para vosso serviço", o tio Jasper dizia, enquanto eu ficava com o garfo parado no ar e parava de mastigar a carne com batatas que já estava na minha boca.

"Ficou surpresa?", ele disse, depois de "em nome de Jesus. Amém". Ele queria saber se os meus pais usavam uma prece diferente, talvez no fim da refeição.

"Eles não dizem nada", eu disse.

"Não mesmo?", ele perguntou. Essas palavras foram pronunciadas com um espanto fingido. "Você não pode estar me dizendo uma coisa dessas. Gente que não agradece a Deus pela comida indo para a África atender aos pagãos — imagina só!"

Em Gana, onde os meus pais estavam dando aulas, eles não pareciam ter topado com qualquer pagão. O cristianismo florescia de maneira desconcertante por todo lado, até nos cartazes atrás dos ônibus.

"Os meus pais são unitaristas", eu disse, por alguma razão me excluindo.

O tio Jasper sacudiu a cabeça e me pediu para explicar essa palavra. Eles não acreditavam no Deus de Moisés? Nem no Deus de Abraão? Mas então eles deviam ser judeus. Não? Não eram muçulmanos, então?

"É que basicamente cada um tem a sua ideia de Deus", eu disse, talvez com mais firmeza do que ele esperava. Eu tinha dois irmãos na universidade e não parecia que eles acabariam sendo unitaristas, então eu estava acostumada a intensas discussões sobre religião — assim como sobre ateísmo — à mesa do jantar.

"Mas eles acreditam nas boas obras e na boa vida", eu acrescentei.

Um erro. Não só apareceu uma expressão de incredulidade no rosto do meu tio — sobrancelhas erguidas, cabeça balançando estupefata — mas assim que saíram da minha boca as palavras soaram estranhas até para mim, pomposas e sem convicção.

Eu não tinha gostado da ideia de os meus pais irem para a África. Tinha reclamado de ser largada — foi a palavra que eu usei — com os meus tios. Eu posso até ter dito a eles, meus pacientíssimos pais, que as boas obras deles eram um monte de merda. Na nossa casa nós podíamos nos expressar como quiséssemos. Apesar de eu não achar que os meus pais fossem jamais falar de "boas obras" ou de "fazer o bem".

Meu tio estava satisfeito, por enquanto. Ele disse que nós íamos ter que desistir dessa conversa, já que ele precisava voltar ao consultório para fazer suas boas obras à uma.

Foi provavelmente aí que a minha tia pegou o garfo e começou a comer. Ela teria esperado até que as farpas parassem de voar. Ela deve ter feito aquilo por hábito, mais do que pelo susto diante da minha rispidez. Ela estava acostumada a se conter até ter certeza de que meu tio tinha dito tudo que queria dizer. Mesmo que eu falasse diretamente com ela, ela esperava, olhando para ele para ver se ele queria cuidar da resposta. O que ela acabava dizendo sempre saía num tom cheio de ânimo, e ela sorria assim que visse que podia sorrir, então era difícil pensar nela como alguém que estivesse sendo podado. Também era difícil pensar nela como irmã da minha mãe, porque parecia tão mais jovem e viva e arrumadinha, além de ser dada àqueles sorrisos radiantes.

Minha mãe se punha a falar ao mesmo tempo que o meu pai se quisesse mesmo dizer alguma coisa, e isso acontecia bastante. Os meus irmãos, até o que dizia que estava pensando em virar muçulmano para poder punir as mulheres, sempre lhe davam ouvidos como a uma autoridade igual à do meu pai.

"A vida da Dawn é toda dedicada ao marido", minha mãe tinha dito, numa tentativa de soar neutra. Ou, mais seca: "A vida dela gira em torno daquele homem".

Isso era algo que se dizia na época, e nem sempre era para ser uma ofensa. Mas eu não tinha visto até então uma mulher que fizesse isso parecer tão verdadeiro quanto a tia Dawn.

Claro que teria sido bem diferente, minha mãe disse, se eles tivessem tido filhos.

Imagine só. Filhos. Atrapalhando o tio Jasper, choramingando por um cantinho da atenção da mãe. Ficando doentes, fazendo birra, bagunçando a casa, querendo comida de que ele não gostava.

Impossível. A casa era dele, a escolha de cardápios era dele. Mesmo que ele estivesse no consultório ali ao lado, ou fazendo uma consulta domiciliar, tudo tinha que estar pronto para receber sua aprovação a qualquer momento.

A lenta percepção que me ocorreu foi que um tal regime podia ser muito agradável. Reluzentes colheres e garfos de prata de lei, assoalhos escuros encerados, suaves lençóis de linho — toda essa devoção doméstica era presidida pela minha tia e levada a cabo por Bernice, a empregada. Bernice se encarregava de tudo na cozinha, passava a ferro os panos de prato. Todos os outros médicos da cidade mandavam a roupa de cama para a lavanderia chinesa, enquanto Bernice e a tia Dawn penduravam elas mesmas a nossa no varal. Brancos de sol, frescos de vento, lençóis e bandagens todos superiores e com um cheiro bom. O meu tio era da opinião de que os chinas pegavam muito pesado com a goma.

"Chineses", a minha tia dizia com uma voz baixa, provocadora, como se tivesse que se desculpar tanto com o meu tio quanto com os tintureiros.

"Chinas", meu tio dizia tempestuosamente.

Bernice era a única que conseguia dizer isso com bastante naturalidade.

Gradualmente, fui ficando menos fiel à minha casa, com sua seriedade intelectual e sua desordem física. Claro que era necessária toda a energia de uma mulher para manter um recanto como aquele. Não dava para ficar datilografando manifestos unitaristas, ou fugir para a África. (De início eu dizia: "Meus pais foram *trabalhar* na África", toda vez que uma pessoa da casa falava que eles tinham fugido. Aí enjoei de corrigir.)

Recanto era a palavra. "O trabalho mais importante de uma mulher é criar um recanto para seu homem."
Será que a tia Dawn disse mesmo isso? Acho que não. Ela evitava essas declarações. Eu provavelmente li isso numa das revistas do lar que ela tinha em casa. Daquelas que teriam feito a minha mãe vomitar.

De início eu explorei a cidade. Encontrei uma bicicleta velha e pesada no fundo da garagem e saía para passear com ela sem pensar em pedir permissão. Descendo uma ladeira de uma rua recém-coberta de cascalho perto do porto, perdi o controle. Um dos meus joelhos sofreu um raspão feio, e eu tive que ir ver meu tio no consultório anexo à casa. Ele tratou muito bem do machucado. Limitou-se a fazer o seu serviço, direto, com uma delicadeza que era bem impessoal. Sem piadinhas. Ele disse que não conseguia se lembrar de onde tinha vindo aquela bicicleta — era um monstrengo traiçoeiro, e se eu tinha vontade de pedalar ele podia tentar me arranjar uma decente. Quando eu me acostumei melhor com a escola nova e com as regras que diziam o que as meninas podiam fazer depois de chegar à adolescência, percebi que andar de bicicleta estava fora de questão, então aquilo não deu em nada. O que me deixou surpresa foi que o meu tio não tinha levantado qualquer questão acerca da adequação, acerca do que as meninas deviam ou não fazer. Ele parecia ter esquecido, no consultório, que eu era uma pessoa que precisava de correções em muitos quesitos, ou que tinha que ser orientada, especialmente à mesa de jantar, a copiar o comportamento da minha tia Dawn.
"Você foi andar lá sozinha?", foi o que ela disse quando ficou sabendo. "Você estava querendo o quê? Não faz mal, daqui a pouco você vai ter umas amigas."

Ela tinha razão, tanto em relação a eu fazer amizades como em relação a como isso ia limitar o que eu podia fazer.

O tio Jasper não era só um médico; ele era o médico. Ele havia sido a força por trás da construção do hospital da cidade, e havia resistido a que lhe dessem o seu nome. Tinha crescido pobre, mas inteligente, e tinha dado aulas na escolinha até conseguir pagar os estudos de medicina. Ele fez partos e operou apêndices em cozinhas de fazenda depois de atravessar nevascas de carro. Até os anos 1950 e 1960, essas coisas aconteciam. As pessoas confiavam que ele nunca ia desistir, que ia enfrentar casos de infecção generalizada e de pneumonia e ia fazer os pacientes sobreviverem nos dias em que ainda não se tinha tido notícia dos novos fármacos.

E no entanto no consultório ele parecia tão tranquilo, comparado com o que era em casa. Como se em casa fosse necessária uma vigília constante, mas no consultório fosse dispensável qualquer supervisão, embora desse para imaginar o contrário. A enfermeira que trabalhava com ele nem o tratava com uma deferência especial — ela não lembrava em nada a tia Dawn. Ela enfiou a cabeça na porta da sala em que ele estava tratando do meu machucado e disse que ia sair mais cedo.

"O senhor vai ter que atender o telefone, dr. Cassel. Lembra que eu avisei?"

"Hmm-hmm", ele disse.

Claro que ela era velha, talvez mais de cinquenta, e mulheres dessa idade às vezes se acostumavam a demonstrar autoridade.

Mas eu não conseguia imaginar a tia Dawn um dia nessa posição. Ela parecia congelada numa juventude rósea e amedrontada. Logo que eu cheguei, quando eu achava que tinha direito de circular à vontade, entrei no quarto dos meus tios para olhar uma foto dela, no criado-mudo dele.

As curvas suaves e o cabelo escuro ondulado ela ainda tinha. Mas havia uma touca vermelha deselegante cobrindo parte daquele cabelo e ela estava com uma capa roxa. Quando desci, perguntei o que eram aqueles trajes e ela disse: "Que trajes? Ah. Aquilo era o meu uniforme de estudante de enfermagem".

"A senhora era enfermeira?"

"Ah, não." Ela riu como se isso fosse um desaforo absurdo. "Eu larguei a escola."

"Foi assim que a senhora conheceu o tio Jasper?"

"Ah, não. Ele já era médico fazia tempo. Eu conheci o seu tio quando o meu apêndice supurou. Eu estava com uma amiga — quer dizer, com a família de uma amiga — e fiquei muito mal, mas não sabia o que era. Ele diagnosticou e removeu o meu apêndice." Com isso ela corou mais que o normal e disse que talvez eu não devesse entrar no quarto sem pedir licença. Entendi que isso queria dizer nunca.

"Então essa sua amiga ainda mora aqui?"

"Ah, sabe. Não dá para ter amigas do mesmo jeito, depois que você se casa."

Mais ou menos na época em que eu desencavei essas histórias, também descobri que o tio Jasper não era totalmente sozinho, como eu imaginara. Ele tinha uma irmã. Ela também tinha se dado bem na vida, ao menos aos meus olhos. Era musicista, violinista. O nome dela era Mona. Ou esse era o nome que ela usava, embora seu nome de verdade, de batismo, fosse Maud. Mona Cassel. A primeira vez que soube da existência dela foi quando morei na cidade por meio ano escolar. Quando estava voltando da escola, um dia, vi um cartaz na vitrine da redação do jornal, anunciando um concerto que aconteceria na prefeitura em algumas semanas. Três músicos de Toronto. Mona Cassel era a senhora alta de cabelo branco, com o violino. Quando cheguei em casa, contei à tia Dawn da coincidência dos sobrenomes e ela disse: "Ah, sim. É a irmã do seu tio".

Aí ela disse: "Só não mencione isso por aqui".
Depois de um tempo ela pareceu se sentir obrigada a dizer mais.
"O seu tio não gosta desse tipo de música, sabe. Música de sinfonia."
E aí mais.
Ela disse que a irmã era alguns anos mais velha que o tio Jasper, e que alguma coisa tinha acontecido quando eles eram novos. Certos parentes acharam que aquela menina tinha que ser levada para algum outro lugar para ter uma oportunidade melhor, por ser tão musical. Então ela foi criada de um jeito diferente e o irmão e a irmã não tinham nada em comum e de fato isso era tudo que ela — a tia Dawn — sabia da história. Além do fato de que o meu tio não ia ficar nada contente que ela tivesse contado mesmo aquele pouquinho.
"Ele não gosta desse tipo de música?", eu disse. "De que tipo de música ele gosta?"
"Algo assim mais tradicional, pode-se dizer. Mas definitivamente não de música clássica."
"Os Beatles?"
"Ai, cruzes."
"Nem Lawrence Welk?"
"Não cabe a nós discutir isso, não é? Eu nem devia ter começado."
Não dei atenção a ela.
"E a *senhora*, gosta do quê?"
"Eu gosto meio que de tudo."
"A senhora tem que gostar de alguma coisa mais do que de outra."
Ela não me concederia mais que uma das suas risadinhas. Aquela era a risada nervosa, semelhante, mas mais preocupada, por exemplo, à risada com que ela perguntava ao tio Jasper o que

ele estava achando do jantar. Ele quase sempre dava sua aprovação, mas com alguma restrição. Está bom, mas meio picante ou meio insosso. Talvez um pouco bem passado demais ou quem sabe meio cru. Uma vez ele disse: "Não gostei", e se recusou a elaborar, e a risada sumiu nos lábios cerrados da tia e no seu heroico autocontrole.

O que será que tinha naquele jantar? Tendo a dizer que era curry, mas talvez seja porque o meu pai não gostava de curry, apesar de ele não fazer grandes cenas por causa disso. O meu tio se levantou e preparou um sanduíche de manteiga de amendoim, e a ênfase que pôs nisso de fato equivalia a fazer uma grande cena. Fosse o que fosse o que a tia Dawn tinha servido, não teria sido uma provocação deliberada. Talvez só alguma coisa levemente incomum que havia parecido boa numa revista. E, até onde eu lembro, ele tinha comido tudo antes de dar o seu veredicto. Então ele não foi movido pela fome, mas pela necessidade de marcar uma posição de pura e altiva desaprovação.

Hoje me ocorre que alguma coisa podia ter dado errado no hospital naquele dia, alguém que não era para morrer podia ter morrido — talvez o problema nem fosse com a comida. Mas eu não acho que isso tenha ocorrido à tia Dawn — ou, mesmo que tenha, ela não deixou suas suspeitas transparecerem. Ela era toda contrição.

Na época, a tia Dawn tinha outro problema, um problema que eu só ia entender mais tarde. Ela tinha o problema do casal vizinho. Eles haviam se mudado mais ou menos na mesma época que eu. Ele era o inspetor escolar do condado, e ela dava aulas de música. Eles tinham talvez a idade da tia Dawn, sendo então mais jovens que o tio Jasper. Também não tinham filhos, o que os deixava livres para a vida social. E eles estavam naquele estágio de entrada em uma nova comunidade, em que toda possibilidade parece fácil e luminosa. Nesse espírito eles convidaram a tia Dawn e o tio Jasper para uns drinques na casa deles. A vida social dos meus tios era tão restrita, e tão conhecida como restrita na cidade, que a minha tia não tinha prática em dizer não. E assim eles se viram fazendo uma visita, tomando drinques e jogando conversa fora, e eu posso imaginar que o tio Jasper tenha acabado gostando daquilo, embora sem perdoar a trapalhada da minha tia ao aceitar o convite.

Agora ela estava num dilema. Ela entendia que quando alguém lhe convidava à sua casa e você aceitava o convite, você devia convidar essa pessoa de volta. Drinques por drinques, café por café. Não precisava ser uma refeição. Mas mesmo o pouco que era necessário ela não sabia como fazer. O meu tio não viu problemas nos vizinhos — ele simplesmente não gostava de receber pessoas em casa, por algum motivo qualquer.

Aí, com a notícia que eu lhe trouxe, veio a possibilidade de uma solução para o problema. O trio de Toronto — inclusive, claro, Mona — ia tocar na prefeitura apenas uma noite. E calhou que aquela era exatamente a noite em que o tio Jasper teria que estar fora de casa e só iria voltar muito tarde. Era a noite da Reunião Geral e Jantar Anual dos Médicos do Condado. Não era um banquete — não havia convites para as esposas.

Os vizinhos estavam planejando assistir ao concerto. Eles teriam que assistir, dada a profissão dela. Mas concordaram em dar uma passada assim que acabasse, para tomar um café e comer umas coisinhas. E para conhecer — foi aqui que a minha tia se esmerou — para conhecer os membros do trio, que também apareceriam por lá.

Não sei quanto a minha tia revelou aos vizinhos da relação com Mona Cassel. Se ela tinha juízo, nada. E juízo era coisa que ela tinha em abundância, na maior parte do tempo. Ela com certeza explicara que o doutor não estaria presente naquela noite, mas não teria chegado ao ponto de lhes dizer que não deviam mencionar aquela reuniãozinha para ele. E o que fazer de Bernice, que ia para casa na hora do jantar e certamente perceberia os preparativos? Não sei. E, acima de tudo, não sei como a tia Dawn conseguiu fazer o convite chegar aos músicos. Será que ela tinha se mantido em contato com Mona o tempo todo? Não me parece provável. Ela certamente não teria pensando em enganar o meu tio ao longo de muito tempo.

Imagino que ela simplesmente se empolgou e escreveu um bilhete, e levou até o hotel onde o trio ficaria. Ela não devia ter o endereço de Toronto.

Só de ir ao hotel ela já deve ter ficado pensando que olhares estariam postos sobre ela, e deve ter rezado para não encontrar o gerente, que conhecia seu marido, mas aquela moça nova, que era algum tipo de forasteira e talvez nem soubesse que ela era a esposa do médico.

Ela teria deixado claro para os músicos que não esperava que eles ficassem mais que alguns instantes. Concertos são cansativos, e eles teriam que estar a caminho de outra cidade de manhã cedo.

Por que ela correu esse risco? Por que não entreter ela mesma os vizinhos? Difícil dizer. Talvez ela tenha se sentido incapaz de manter uma conversa sozinha. Talvez ela quisesse se exibir um pouco diante daqueles vizinhos. Talvez — embora eu mal consiga acreditar nisso — ela quisesse fazer um pequeno gesto de amizade ou aceitação na direção da cunhada, a qual, até onde eu sei, ela nunca tinha visto.

Ela deve ter ficado desorientada diante de sua própria conivência. Isso sem falar dos diversos dedinhos cruzados e das orações de boa sorte, nos dias anteriores, quando havia o risco de que o tio Jasper descobrisse por acaso. Encontrando a professora de música na rua, por exemplo, e ouvindo a moça se derramar em agradecimentos e expectativas.

Os músicos não estavam tão cansados depois do concerto quanto se poderia imaginar. Nem tão abatidos com o público minguado na prefeitura, que provavelmente não tinha sido surpresa. O entusiasmo dos vizinhos e o calor da sala de estar (a prefeitura estava um gelo), assim como a luz das cortinas de veludo cor de cereja que de dia eram de um castanho opaco mas de noite pareciam festivas — tudo isso deve ter melhorado o humor deles. A melancolia lá fora propiciava um contraste, e o café aquecia aqueles desconhecidos exóticos, mas castigados pelas condições do tempo. Para não falar do xerez que veio após o café. Xerez ou porto em copinhos de cristal do tamanho e do formato certos, e também uns bolinhos cobertos de coco ralado, biscoitos em formato de diamante ou de crescente, wafers de chocolate. Eu mesma nunca tinha visto nada parecido. Os meus pais davam o tipo de festa em que as pessoas comiam chili em potinhos de barro.

A tia Dawn estava com um vestido de corte modesto, feito de crepe cor da pele. Era o tipo de vestido que uma mulher mais velha teria usado e feito parecer sóbrio de um jeito exagerado, mas a minha tia não podia deixar de se parecer com alguém que estava participando de alguma celebração levemente ousada. A esposa do vizinho também estava bem-arrumada, um pouco mais talvez do que a ocasião pedia. O sujeito baixo e gorducho que tocava cello estava com um terno preto que graças a uma gravata-borboleta salvava seu dono de parecer um agente funerário, e a pianista, que era mulher dele, usava um vestido preto que tinha babados demais para seu talhe amplo. Mas Mona Cassel brilhava como a lua, com um vestido de corte reto de algum tecido prateado. Tinha ossos grandes, e um nariz volumoso, como o do irmão.

A tia Dawn deve ter mandado afinar o piano, ou eles não iam ter gastado tanto tempo nele. (E se parece estranho haver um piano na casa, dadas as opiniões que meu tio logo revelaria a propósito de música, eu só posso dizer que toda casa de um certo nível e de um certo período tinha um piano.)

A esposa do vizinho pediu *Eine Kleine Nachtmusik*, e eu apoiei, para me exibir. O fato é que eu não conhecia a música, mas só o título, por ter estudado alemão na minha escola antiga, na cidade.

Aí o vizinho pediu alguma coisa, e eles tocaram, e quando acabou ele pediu desculpas à tia Dawn por ter sido tão deselegante, aparecendo com a sua favorita antes de a anfitriã ter tido a chance de pedir a sua.

A tia Dawn disse Ah não, nem se incomodem com ela, ela gostava de tudo. Aí ela sumiu, numa escalada de rubor. Eu não sei se ela dava alguma importância para a música, mas parecia que ela estava empolgada com alguma coisa. Talvez apenas com o fato de ser pessoalmente responsável por aqueles momentos, aquela onda de prazer?

Será que ela podia ter esquecido — como poderia ter esquecido? A reunião dos Médicos do Condado, o Jantar Anual e a Eleição dos Representantes normalmente acabava às dez e meia. Agora eram onze horas.

Tarde demais, tarde demais, nós duas vimos que horas eram.

A porta de tela está se abrindo agora, aí a porta do hall de entrada e, sem a pausa de sempre para tirar botas e casaco de inverno ou cachecol, meu tio entra na sala de estar.

Os músicos, no meio de uma peça, não param. Os vizinhos cumprimentam o meu tio animadamente, mas com vozes mais baixas em respeito à música. Ele parece ter o dobro do tamanho com o casaco desabotoado e o cachecol frouxo e as botas. Ele olha fixamente, mas não para alguém em particular, nem mesmo para a esposa.

E ela não está olhando para ele. Começou a juntar os pratos na mesa ao seu lado, empilhando um em cima do outro, sem nem perceber que alguns ainda estão com bolinhos, que serão esmigalhados.

Sem pressa e sem se deter, ele caminha pela sala de estar de dois ambientes, aí passa pela sala de jantar e pela porta vaivém que leva à cozinha.

A pianista está sentada com as mãos repousadas nas teclas, e o celista parou de tocar. A violinista continua sozinha. Eu não sei bem, mesmo agora, se era assim que a peça seguia ou se ela o estava desafiando de propósito. Ela nem chegou a levantar os olhos, até onde eu me lembro, para encarar aquele homem de aspecto ameaçador. Sua cabeça, grande e branca como a dele, mas mais encovada, treme um pouco, mas podia estar tremendo desde antes.

Ele está de volta, com um prato repleto de carne de porco com feijão. Deve ter simplesmente aberto uma lata e despejado o conteúdo frio no prato. Não se deu ao trabalho de tirar o sobretudo. E ainda sem olhar para ninguém, mas fazendo grande estardalhaço com o garfo, ele come como se estivesse sozinho, e faminto. Parecia que não tinha havido nem sombra de comida na Reunião e Jantar Anual.

Eu nunca o vi comer desse jeito. Seus modos à mesa sempre foram altivos, mas decentes.

A música que sua irmã está tocando chega ao fim, presumivelmente no tempo devido. Um pouco antes do porco com feijão. Os vizinhos se põem no hall de entrada e se cobrem com as roupas de frio, deixando ver suas cabeças uma última vez para expressar seus infinitos agradecimentos, no meio do desespero para estar longe dali.

    E agora os músicos estão saindo, ainda que não com a mesma pressa. Os instrumentos têm que ser devidamente guardados, afinal; não dá para simplesmente jogá-los nos estojos. Os músicos fazem tudo da maneira que deve ser sua maneira de sempre, metodicamente, e aí também eles desaparecem. Não consigo lembrar uma palavra do que foi dito, ou se a tia Dawn se recompôs a ponto de agradecer a eles ou segui-los até a porta. Não consigo prestar atenção neles porque o tio Jasper começa a falar, numa voz muito alta, e a pessoa com quem ele está falando sou eu. Acho que eu lembro da violinista lançando um olhar para ele, bem quando ele começa a falar. Um olhar que ele ignora completamente, ou que talvez nem tenha visto. Não é um olhar de raiva, como se poderia esperar, nem de espanto. Ela está apenas cansadíssima, e tem talvez o rosto mais branco que qualquer outro que se possa imaginar.

    "Agora, me diga", o meu tio está dizendo, se dirigindo a mim como se não houvesse mais ninguém ali, "me diga, os seus pais gostam desse tipo de coisa? Quero dizer assim desse tipo de música? Concertos e coisas parecidas? Eles gastam dinheiro para ficar umas horas sentados gastando a bunda enquanto ouvem uma coisa que não vão reconhecer no dia seguinte? Gastam dinheiro para perpetrar uma fraude? Você já teve notícias de eles terem feito uma coisa dessas?"

    Eu disse que não, e era verdade. Eu nunca tive notícias de eles irem a um concerto, apesar de serem favoráveis à ideia dos concertos.

    "Está vendo? Eles têm muito mais juízo, os seus pais. Juízo demais para se juntar a essa gente fazendo balbúrdia e batendo palma e fazendo de conta que aquilo é a grande maravilha deste mundo. Você sabe de que tipo de gente eu estou falando? Eles estão mentindo. Uma porcariada de uma mentira sem fim. Só na esperança de parecer elegantes. Ou mais provavelmente dando corda para a esperança das mulheres deles de parecer elegantes. Lembre-se disso quando começar a sua vida. Certo?"

Concordei em lembrar. Eu não estava muito surpresa com o que ele estava dizendo. Muita gente pensava assim. Especialmente os homens. Havia uma infinidade de coisas que os homens odiavam. Ou que não serviam para eles, como eles diziam. E estava tudo muito certo. Não servia para eles, então eles odiavam. Talvez fosse a mesma coisa que eu sentia quanto à álgebra — eu duvidava muitíssimo de que um dia fosse achar alguma serventia para ela.

Mas eu não chegava ao ponto de querer que ela fosse eliminada da face da Terra por esse motivo.

Quando eu desci de manhã, o tio Jasper já tinha saído. Bernice estava lavando louça na cozinha e a tia Dawn guardava os copos na cristaleira. Ela sorriu para mim, mas suas mãos não estavam bem firmes, de modo que os copos davam um ligeiro tinido de alerta.

"A casa de um homem é o seu castelo", ela disse.

"Parece um trocadilho", eu disse, para ver se ela se animava. "Cassel."

Ela sorriu de novo, mas não acho que tenha entendido do que eu estava falando.

"Quando você escrever para a sua mãe, em Gana...", ela disse, "quando você escrever para ela, acho que você não devia mencionar — assim, eu estou aqui pensando se você devia mencionar o pequeno transtorno de ontem à noite. Num momento em que ela está vendo tantos problemas de verdade e gente passando fome e tudo, sabe, ia parecer muito trivial e mesquinho da nossa parte."

Eu entendi. Não me dei ao trabalho de dizer que até então não tinha havido relatos de fome em Gana.

Foi só no meu primeiro mês lá, aliás, que eu mandei longas cartas aos meus pais, cheias de descrições sarcásticas e reclamações. Agora tudo tinha ficado complicado demais para explicar.

Depois da nossa conversa sobre música, a atenção que o tio Jasper me dedicava ficou mais respeitosa. Ele ouvia as minhas opiniões sobre sistema público de saúde como se fossem minhas de verdade e não derivadas das dos meus pais. Uma vez, ele disse que era um prazer ter uma pessoa inteligente à mesa para conversar. Minha tia disse que era mesmo. Ela disse isso só para ser agradável, e quando meu tio riu de um certo jeito ela ficou vermelha. A vida estava difícil para ela, mas no dia dos namorados ela foi perdoada, e ganhou um pingente de heliotrópio que a fez sorrir e desviar o rosto para soltar lágrimas de alívio ao mesmo tempo.

A palidez de luz de velas de Mona, aqueles ossos pontiagudos, não exatamente suavizados pelo vestido cor de prata, podiam ser sinais de doença. Sua morte foi registrada pelo jornal local, naquela primavera, junto com uma menção ao concerto da prefeitura. Um obituário de um jornal de Toronto foi republicado, com um breve resumo de uma carreira que parecia ter sido adequada para sustentá-la, se não tivesse sido brilhante. O tio Jasper manifestou surpresa — não com a morte dela, mas com o fato de que ela não seria enterrada em Toronto. O funeral e o sepultamento seriam na Igreja dos Hosanas, que ficava alguns quilômetros ao norte da cidade, no campo. Era a igreja da família quando o tio Jasper e Mona/Maud eram pequenos, e era anglicana. O tio Jasper e a tia Dawn iam agora à Igreja Unida, como a maioria da gente bem-posta da cidade. O pessoal da Igreja Unida era firme na fé, mas não achava que você tinha que dar as caras todo domingo, e não acreditava que Deus fosse ver algum problema em um drinque de vez em quando. (Bernice, a empregada, frequentava outra igreja, e tocava órgão lá. Era uma congregação pequena e estranha — eles deixavam panfletos na porta das casas pela cidade, com listas de quem ia para o inferno. Não era ninguém dali, mas gente conhecida, como Pierre Trudeau.)

"A Igreja dos Hosanas não está nem aberta para culto mais", o tio Jasper disse. "Que sentido faz a trazerem até aqui? Eu acho que nem será permitido."

Mas afinal a igreja era aberta com frequência. Gente que a tinha conhecido na juventude gostava de usá-la para funerais, e às vezes seus filhos se casavam ali. Estava bem conservada por dentro, graças a uma doação considerável, e o aquecimento era moderno.

A tia Dawn e eu fomos de carro. O tio Jasper estava ocupado até o último minuto.

Eu nunca tinha ido a um funeral. Os meus pais não teriam achado que uma criança precisasse passar por uma coisa dessas, mesmo que no círculo deles — pelo que me recordo — aquilo fosse chamado de celebração da vida.

A tia Dawn não estava de preto, como eu esperava. Estava usando um terninho de um lilás bem claro e um casaco de lã de carneiro com uma barretina de carneiro combinando. Ela estava muito bonita e parecia estar com um bom humor que mal conseguia conter.

Um espinho tinha sido retirado. Um espinho tinha sido retirado do flanco do tio Jasper, e isso só podia deixá-la feliz. Algumas das minhas ideias mudaram durante o tempo em que eu morei com os meus tios. Por exemplo, eu não era mais tão isenta de crítica no que dizia respeito a pessoas como Mona. Ou no que dizia respeito à própria Mona, e sua música e sua carreira. Eu não acreditava que ela fosse — ou tivesse sido — uma excêntrica, mas podia entender que algumas pessoas achassem que sim. Não eram só aqueles ossos e aquele narizão branco, e o violino e aquele jeito meio bobo que as pessoas têm de segurá-lo — era a própria música e a devoção dela à música. Devoção a qualquer coisa, se você era mulher, podia te tornar ridícula.

Eu não quero dizer que fui convencida totalmente pelas ideias do tio Jasper — só que elas não me pareciam mais tão estranhas. Me esgueirando um dia diante da porta fechada do quarto dos meus tios, num domingo bem cedo, para me servir de um dos scones de canela que a tia Dawn fazia todo sábado à noite, eu ouvi uns sons que nunca tinha ouvido dos meus pais ou de mais ninguém — algo como grunhidos de prazer e uns pios em que havia uma cumplicidade e uma entrega que me perturbaram e me fragilizaram de uma forma obscura.

"Eu não acho que muita gente de Toronto vá vir", a tia Dawn disse. "Nem os Gibson vão conseguir aparecer. Ele tem uma reunião e ela não pode mudar o horário das aulas."

Os Gibson eram os vizinhos. A amizade deles tinha continuado, mas em tom mais grave, um tom que não incluía visitas.

Uma menina na escola tinha dito: "Espera só eles te fazerem dar a Última Olhada. Eu tive que olhar para a minha avó e desmaiei".

Eu não tinha ouvido falar da Última Olhada, mas imaginei o que seria. Decidi que ia apertar os olhos e só fingir.

"Se pelo menos a igreja não estiver com aquele cheiro de bolor", a tia Dawn disse. "Aquilo piora a sinusite do seu tio."

Nada de bolor. Nada de umidade desalentadora escorrendo pelas paredes e pelo piso de pedra. Alguém deve ter acordado bem cedo para ligar o aquecimento.

Os bancos estavam quase todos ocupados.

"Vários pacientes do seu tio conseguiram vir", a tia Dawn disse baixinho. "Que simpático. Eles não fariam isso por nenhum outro médico da cidade."

A organista estava tocando uma peça que eu conhecia muito bem. Uma menina que era minha amiga, em Vancouver, tinha tocado a mesma música num concerto de Páscoa. "Jesus, alegria dos homens."

A mulher ao órgão era a pianista que tinha tocado no concerto de câmara abortado, na casa dos meus tios. O celista estava sentado no coro logo ao lado. Provavelmente ele ia tocar depois.

Quando nós já estávamos acomodadas ouvindo havia algum tempo, ouviu-se uma discreta agitação nos fundos da igreja. Eu não me virei para olhar porque tinha acabado de perceber a caixa de madeira escura encerada posta de través logo diante do altar. O caixão. Alguns chamavam de ataúde. Estava fechado. A não ser que fossem abri-lo em algum momento, eu não tinha que me preocupar com a Última Olhada. Mesmo assim, imaginei Mona lá dentro. Aquele nariz ossudo despontando, a carne apagada, os olhos grudados. Me obriguei a manter aquela imagem bem nítida na mente, até sentir que tinha forças para não deixar aquilo me nausear.

A tia Dawn, como eu, não se virou para olhar o que estava acontecendo atrás de nós.

A fonte do leve transtorno estava avançando pela nave e se revelou ser o tio Jasper. Ele não parou no banco em que a tia Dawn e eu tínhamos guardado um lugar para ele. Seguiu adiante, num passo respeitoso mas determinado, e estava com alguém.

A empregada, Bernice. Ela estava bem vestida. Um terninho azul-marinho e um chapéu combinando, com um ninho de flores em cima. Ela não olhou para nós nem para ninguém. Tinha o rosto corado e os lábios cerrados.

A tia Dawn também não olhava para ninguém. Ela estava ocupada, nesse momento, com a tarefa de folhear o hinário que tinha retirado do bolsão do assento à sua frente.

O tio Jasper não parou ao lado do caixão; ele estava levando Bernice até o órgão. Houve como que um estranho baque surpreso na música. E então um zumbido, uma perda, um silêncio, exceto pelas pessoas nos bancos, que se arrastavam e se esticavam para ver o que estava acontecendo.

Agora a pianista que presidia o órgão e o celista tinham sumido. Devia haver uma porta lateral por onde escaparam. O tio Jasper tinha sentado a Bernice no lugar da mulher.

Quando Bernice começou a tocar, meu tio se adiantou e fez um gesto para a congregação. Levantem e cantem, esse gesto dizia, e alguns o fizeram. Depois mais alguns. Depois todos.

Eles farfalharam os hinários, mas a maioria conseguiu começar a cantar ainda antes de achar a letra: "A velha cruz áspera".

A missão do tio Jasper está cumprida. Ele pode voltar e ocupar o lugar que guardamos para ele.

A não ser por um problema. Uma coisa com que ele não contava.

Estamos numa igreja anglicana. Na Igreja Unida a que o tio Jasper está acostumado, os membros do coro entram por uma portinha atrás do púlpito, e se acomodam antes de o pastor aparecer, de modo que podem olhar para a congregação como que num reconfortante estamos-todos-aqui-juntos. Aí entra o pastor, um sinal de que tudo pode começar. Mas na Igreja Anglicana os membros do coro entram pela nave, vindos do fundo da igreja, cantando e se fazendo perceber de uma maneira séria, mas anônima. Eles erguem os olhos dos livros apenas para olhar para o altar e parecem levemente transformados, retirados de suas identidades comuns e não exatamente conscientes de família ou vizinhos ou de quem quer que seja na congregação.

    Estão passando agora pela nave, cantando "A velha cruz áspera", exatamente como todo mundo — o tio Jasper deve ter falado com eles antes de tudo começar. Possivelmente ele inventou que era um dos hinos favoritos da falecida.

    O problema é de espaço e de corpos. Com o coro na nave, não há como o tio Jasper voltar ao nosso banco. Ele está ilhado.

    Só há uma coisa a fazer e logo, e ele faz. O coro ainda não chegou ao primeiro de todos os bancos, então ele se espreme ali. As pessoas paradas ao lado dele ficam surpresas mas abrem espaço. Ou seja, abrem o espaço possível. Por acaso, são pessoas pesadas e ele é um homem largo, apesar de magro.

Adorarei a Velha Cruz Áspera
Até largar no fim meu troféu.
Me agarrarei à Velha Cruz Áspera
Que será uma coroa no céu.

    É isso que meu tio canta, tão ardorosamente quanto pode, no espaço que lhe cabe. Ele não pode se virar na direção do altar, mas tem que ficar voltado diretamente para os perfis do coro que se move. Ele não pode evitar parecer encurralado ali. Tudo correu bem, mas, ainda assim, não exatamente como ele tinha imaginado. Mesmo depois do fim do hino, ele fica naquele lugar, bem espremido, tanto quanto pode, no meio daquelas pessoas. Talvez ele ache que seria anticlimático se levantar agora e voltar pela nave para se juntar a nós.

    A tia Dawn não cantou, porque não conseguiu achar a página certa do hinário. Parece que ela não podia simplesmente ir acompanhando, como eu fiz.

Ou talvez ela tenha entrevisto a sombra de decepção no rosto do tio Jasper antes mesmo de ele ter consciência dela. Ou talvez tenha percebido que, pela primeira vez, ela não se importava. Por nada neste mundo, não podia se importar.

"Oremos", diz o pastor.

Orgulho

Tem gente que só se dá mal. Como é que eu posso explicar? Quer dizer, tem aquelas pessoas que têm tudo para dar errado — furadas e mais furadas — e se dão bem. Cometem erros cedo — sujam as calças na segunda série, por exemplo — e aí levam a vida numa cidade como a nossa onde nada é esquecido (qualquer cidade pequena, quer dizer, qualquer cidade pequena é um lugar desses) e elas se viram, mostram que são animadas e joviais, dizendo e jurando que jamais quereriam morar em outro lugar.

Com outras pessoas é diferente. Elas não se mudam, mas você fica achando que deviam ter se mudado. Qualquer que seja o buraco que começaram a cavar para si próprias quando jovens — de maneira alguma uma coisa tão óbvia quanto as calças sujas — elas continuam a cavar, bem fundo, exagerando, até, se houver algum risco de os outros não perceberem o buraco.

As coisas mudaram, claro. Existe aconselhamento profissional. Bondade e compreensão. A vida é mais dura para alguns, dizem. Não é culpa deles, nem se os revezes forem totalmente imaginários. São sentidos com a mesma intensidade por quem os sofre, ou não sofre, conforme o caso.

Mas a tudo se pode dar bom uso, quando se está disposto.

A Oneida não ia à escola com a gente, de qualquer modo. Quer dizer, nada poderia ter acontecido lá, para prepará-la para a vida. Ela ia para uma escola de meninas, particular, de que eu nem me lembro o nome, se é que um dia eu soube. Nem no verão ela ficava muito por aqui. Acho que a família tinha uma casa no lago Simcoe. Eles tinham dinheiro pacas — tanto dinheiro, na verdade, que não estavam no nível de mais ninguém na cidade, nem dos mais prósperos.

Oneida era um nome incomum — ainda é — e não pegou por aqui. Indígena, eu descobri depois. Provavelmente escolha da mãe dela. A mãe morreu quando ela, Oneida, estava na adolescência. O pai, eu acho, a chamava de Ida.

Eu tive todos os jornais, uma época, pilhas de jornais para uma história da cidade em que eu estava trabalhando. Mas até eles tinham lacunas. Não havia uma explicação satisfatória para o sumiço do dinheiro. Entretanto, não tinha necessidade. O boca a boca fazia o serviço sozinho naquela época. O que não se leva em consideração é como essas bocas se perdem, com o tempo.

O pai da Ida administrava o banco. Até naquele tempo os funcionários de banco iam e vinham, acho que para evitar que eles ficassem muito à vontade com os clientes. Mas os Jantzen estavam se dando bem na cidade fazia tempo demais para que essas regras fizessem diferença para eles, ou era o que parecia. Horace Jantzen, isso era certo, tinha o porte de um homem nascido para ter poder. Uma espessa barba branca, apesar de que de acordo com as fotografias as barbas já estavam fora de moda na altura da Primeira Guerra Mundial, uma bela estatura e uma bela barriga, uma expressão solene.

Nos tempos difíceis dos anos 1930 as pessoas ainda chegavam com ideias. Cadeias se abriram para dar abrigo aos homens que seguiam os trilhos do trem, mas até alguns deles, pode apostar, estavam acalentando algum plano que acabaria lhes rendendo um milhão de dólares.

Um milhão de dólares naquele tempo era um milhão de dólares.

Mas não foi qualquer vagabundo de linha ferroviária que entrou no banco para conversar com Horace Jantzen. Vai saber se foi uma pessoa sozinha ou um bando. Talvez um desconhecido ou uns amigos de amigos. Bem vestidos e com uma cara decente, pode apostar. Horace dava valor às aparências e não era bobo, apesar de talvez não ser tão rápido quanto devia para sentir cheiro de falcatrua.

A ideia era a ressurreição do carro movido a vapor, como os que existiam na virada do século. É possível que o próprio Horace Jantzen tenha tido um, e que tivesse um xodó por eles. Esse modelo novo seria uma versão melhorada, claro, e teria a vantagem de ser econômico e de não fazer muito estardalhaço.

Eu não sei bem os detalhes, já que eu estava no colegial na época. Mas posso imaginar o que escapou de boatos e a zombaria e o entusiasmo e a notícia correndo de que alguns empresários de Toronto ou Windsor ou Kitchener estavam se preparando para se estabelecer localmente. Uns figurões, as pessoas talvez dissessem. E outras talvez perguntassem se eles tinham como bancar aquilo.

O fato é que tinham, porque o banco havia concedido o empréstimo. A decisão foi de Jantzen e houve alguma discussão sobre ele ter posto seu próprio dinheiro naquilo ou não. Pode ser que ele tenha posto, mas mais tarde se revelou que ele também tinha se apropriado indebitamente de fundos do banco, sem dúvida pensando que poderia devolvê-los antes que alguém percebesse. Talvez as leis não fossem tão duras naquele tempo. Chegaram mesmo a contratar gente e o antigo estábulo foi liberado para se tornar a central de operações. E aqui a minha memória falha um pouco, porque eu me formei no colegial e tinha que começar a pensar em ganhar a vida, se fosse possível. O meu impedimento, mesmo com o lábio suturado, eliminava a possibilidade de qualquer coisa que envolvesse muita conversa, então eu me decidi pela contabilidade, e isso significava sair da cidade como aprendiz de uma empresa em Goderich. Quando eu voltei para casa, o negócio do carro a vapor era mencionado com desprezo pelas pessoas que tinham sido contrárias a ele e simplesmente não era mencionado pelas que o haviam promovido. Os visitantes da cidade, que eram todos a favor, tinham sumido.

O banco tinha perdido muito dinheiro.

Falava-se não de fraude, mas de erro de gerenciamento. Alguém tinha que ser punido. Qualquer gerente comum estaria no olho da rua, mas como se tratava de Horace Jantzen isso foi evitado. O que aconteceu com ele foi quase pior. Ele foi transferido para o posto de gerente do banco da cidadezinha de Hawksburg, coisa de dez quilômetros estrada acima. Antes disso eles nem tinham gerente lá, porque não havia necessidade. Tinha só um caixa-chefe e um caixa subordinado, duas mulheres.

Claro que ele podia ter recusado, mas o orgulho, conforme se pensava, escolheu outra coisa. O orgulho escolheu que alguém o conduzisse toda manhã através daqueles dez quilômetros para ficar sentado atrás de uma parede parcial de tábuas baratas envernizadas, nada que lembrasse um escritório de verdade. Ele ficava ali sentado sem fazer nada até chegar a hora de ser levado para casa.

A pessoa que o levava era a filha. Em algum momento desses anos de motorista ela passou de Ida para Oneida. Finalmente ela tinha alguma coisa para fazer. Mas ela não cuidava da casa, porque eles não podiam dispensar a sra. Birch. Esse era um modo de colocar a questão. Outro podia ser que eles nunca pagaram a sra. Birch o suficiente para ela ficar fora do asilo de pobres, se é que algum dia pensaram em dispensá-la.

Se eu imagino a Oneida e o pai nesses trajetos de e para Hawksburg, eu o vejo no banco de trás, e ela na frente, como um chofer. Pode ser que ele fosse corpulento demais para se sentar do lado dela. Ou talvez a barba precisasse de espaço. Eu não vejo a Oneida com cara de humilhada ou de quem estava infeliz com esse arranjo, nem o pai dela com uma cara infeliz de verdade. Dignidade era o que ele tinha, e muita. Ela tinha alguma coisa diferente. Quando ela entrava numa loja ou até mesmo enquanto caminhava na rua, parecia que um certo espaço se abria em volta dela, pronto para tudo que ela pudesse querer ou para os cumprimentos que pudesse espargir. Ela parecia um pouco afobada, mas graciosa, pronta para rir um pouco de si própria ou da situação. Claro que ela tinha ossos bons e uma aparência luminosa, todo aquele loiro de pele e cabelo. Então talvez parecesse estranho que eu pudesse ficar com pena dela, daquele jeito dela de estar sempre sobre a superfície das coisas, confiante.

Imagina eu, com pena.

A guerra começou, e parecia que as coisas tinham mudado da noite para o dia. Vagabundos não seguiam mais os trens. Apareceram empregos, e os rapazes não estavam mais em busca de emprego ou de carona, mas apareciam por todo lado com aqueles uniformes sem graça, azuis ou cáqui. Minha mãe dizia que era sorte minha eu ser do jeito que eu era, e eu achava que ela tinha razão, mas dizia para ela não falar isso fora de casa. Eu tinha voltado de Goderich, depois de terminar o período de aprendiz, e consegui emprego imediatamente para cuidar dos livros da loja de departamentos Krebs. Claro que podiam dizer, e provavelmente disseram, que eu consegui o emprego porque a minha mãe trabalhava ali, na parte de secos, mas também tinha a coincidência de Kenny Krebs, o jovem gerente, ter ido para a Força Aérea e morrido num voo de treinamento.

Havia esses choques e ao mesmo tempo uma energia bem-vinda em toda parte, e as pessoas andando por aí com dinheiro no bolso. Eu me sentia isolado dos homens da minha idade, mas me sentir isolado de alguma maneira não era nada de novo. E havia outros no mesmo barco. Os filhos dos fazendeiros estavam isentos do serviço militar para cuidar das plantações e das criações. Fiquei sabendo de alguns que aproveitaram a isenção mesmo tendo gente contratada. Eu sabia que se alguém me perguntasse por que eu não estava no serviço militar seria uma piada. Eu estava com a resposta preparada, eu tinha que cuidar dos livros. Os livros da Krebs e logo outros. Tinha que cuidar das cifras. Ainda não era bem-aceito que uma mulher fizesse isso. Nem no fim da guerra, quando elas já tinham assumido uma parte dos postos havia algum tempo. Para um serviço realmente confiável ainda se acreditava que era necessário um homem.

Eu me pergunto às vezes Por que um lábio leporino, ajeitado de modo decente, se não inteligente, e uma voz que soava meio peculiar, mas era capaz de se fazer entender, foram considerados motivo para me manter em casa? Eu devo ter recebido a minha convocação, devo ter ido ao médico para conseguir uma isenção. Eu simplesmente não me lembro. Será que eu estava tão acostumado a ser isento disso ou daquilo que eu tomei esse fato, assim como tantos outros, como uma coisa completamente dada?

Eu posso ter dito para a minha mãe silenciar a respeito de certas coisas, mas o que ela dizia normalmente não tinha muita influência sobre mim. Invariavelmente ela via tudo pelo lado positivo. Outras coisas eu ficava sabendo, mas não por ela. Fiquei sabendo que por minha causa ela tinha medo de ter mais filhos e perdeu um homem que uma vez ficou interessado nela, ao lhe falar disso. Mas não me ocorria a ideia de sentir pena de nenhum de nós dois. Eu não sentia falta de um pai que morrera antes de eu ter podido vê-lo, ou de alguma namorada que eu poderia ter tido se tivesse uma cara diferente, ou da breve vaidade de seguir para a guerra.

Tinha coisas que a gente gostava de comer na hora do jantar, minha mãe e eu, e programas de rádio que a gente gostava de ouvir, e sempre o noticiário transatlântico da BBC antes de ir dormir. Os olhos da minha mãe brilhavam quando o rei falava, ou Winston Churchill. Eu a levei para ver o filme *Rosa de esperança*, e ela também ficou impressionada com ele. A nossa vida era cheia de drama, do tipo ficcional e do tipo real. A evacuação de Dunquerque, o comportamento corajoso da família real, o bombardeio de Londres noite após noite e o Big Ben ainda soando para anunciar suas notícias tristes. Navios perdidos no mar e aí, o que era mais terrível, um barco civil, uma balsa, afundado entre o Canadá e a Terra Nova, tão perto do nosso litoral.

Naquela noite eu não consegui dormir e fiquei andando pelas ruas da cidade. Eu tinha que pensar nas pessoas desaparecidas no fundo do mar. Senhoras, senhoras quase da idade da minha mãe, agarradas ao tricô. Alguma criança sofrendo com dor de dente. Outras pessoas que tinham passado sua última meia hora antes de se afogar reclamando de enjoo. Eu tinha uma sensação muito estranha que era parte horror e parte — até onde eu consigo descrever — uma espécie de fria euforia. A explosão de tudo, a igualdade — eu tenho que dizer isso —, a igualdade, de repente, de gente como eu e até pior que eu e gente como eles.

Claro que essa sensação desapareceu quando eu me acostumei a ver coisas, conforme avançava a guerra. Nádegas saudáveis e nuas, nádegas velhas e descarnadas, todas elas sendo levadas como gado para as câmaras de gás.

Ou se não desapareceu completamente, eu pelo menos aprendi a mantê-la abafada.

Devo ter topado com a Oneida durante esses anos, e me mantido informado da vida dela. Eu teria sido obrigado. O pai dela morreu logo antes do Dia da Vitória na Europa, de modo que o funeral e as celebrações se misturaram de um jeito desagradável. A mesma coisa vale para o da minha mãe, que aconteceu no verão seguinte, bem quando todo mundo ficou sabendo da bomba atômica. Se bem que a minha mãe morreu de forma mais chocante e pública, no trabalho, logo depois de dizer: "Vou ter que sentar um pouquinho".

As pessoas mal tinham visto o pai da Oneida ou ouvido falar dele no último ano de sua vida. A farsa de Hawksburg tinha acabado, mas a Oneida parecia mais ocupada do que nunca. Ou talvez a gente simplesmente ficasse com a impressão de que todo mundo que a gente conhecia estava ocupado, cuidando dos registros de racionamento e mandando cartas para o front e contando das cartas que tinham recebido em resposta às suas.

E no caso da Oneida havia os cuidados com aquela casa enorme, que ela agora tinha que administrar sozinha.

Ela me parou na rua um dia e disse que queria um conselho meu sobre a venda. Da casa. Eu disse que na verdade eu não era a pessoa mais indicada para falar disso. Ela disse que podia ser que não, mas que ela me conhecia. Claro que ela não me conhecia mais do que conhecia todo mundo na cidade, mas ela insistiu, e foi até a minha casa para falar mais do assunto. Ela admirou a pintura que eu tinha feito, e também o rearranjo dos móveis, e comentou que a mudança devia ter me ajudado a não sentir saudade da minha mãe.

Verdade, mas a maioria das pessoas não ia dizer uma coisa dessas de maneira tão direta.

Eu não estava acostumado a receber visitas, então não ofereci nenhum refresco, só lhe dei uns conselhos sérios e cautelosos sobre a venda e fiquei lembrando a ela que eu não era especialista.

Aí ela foi adiante e ignorou tudo que eu tinha dito. Vendeu para o primeiro comprador que apareceu e fez isso principalmente porque ele ficou falando sem parar de como tinha adorado a casa e que queria criar seus filhos ali. Ele era a última pessoa na cidade em quem eu teria confiado, com ou sem filhos, e o preço foi lastimável. Tive que dizer isso a ela. Eu disse que as crianças iam virar tudo de cabeça para baixo, e ela disse que criança era para isso. Para ficar correndo de um lado para o outro, o exato oposto da sua própria infância. A bem da verdade, elas não tiveram oportunidade para isso, porque o comprador decidiu derrubar a casa e erguer um prédio de apartamentos, quatro andares com elevador, e transformou a área em volta num estacionamento. O primeiro prédio de verdade que a cidadezinha tinha visto. Ela veio me ver em estado de choque quando tudo começou e queria saber se podia fazer alguma coisa — pedir para a casa ser tombada como patrimônio histórico, ou processar o comprador por quebrar sua palavra nunca escrita, ou outra coisa qualquer. Ela estava espantada que alguém pudesse fazer uma coisa dessas. Uma pessoa que ia sempre à igreja.

"Eu não teria feito isso", ela disse, "e eu só me disponho a ir no Natal."

Aí ela sacudiu a cabeça e caiu na gargalhada.

"Mas que boba", ela disse. "Eu devia ter te escutado, né?"

Nessa época ela estava vivendo em metade de uma casa alugada bem decente, mas reclamava que tudo o que ela conseguia ver era uma casa do outro lado da rua.

Como se isso não fosse a única coisa que a maioria das pessoas vê, eu não disse a ela.

Aí quando os apartamentos ficaram prontos o que ela fez foi simplesmente se mudar para um deles, no último andar. Eu sei com certeza que ela não conseguiu desconto no aluguel, e nem pediu. Ela tinha desistido do ressentimento em relação ao proprietário e era só elogios à vista e à lavanderia no porão onde pagava com moedas toda vez que lavava a sua roupa.

"Eu estou aprendendo a economizar", ela disse. "Em vez de simplesmente jogar as coisas lá dentro quando me dá na telha."

"Afinal, é gente que nem ele que faz o mundo andar", ela disse daquele vigarista. Ela me convidou para conhecer a vista do apartamento, mas eu inventei alguma desculpa.

Isso foi o começo de um período, no entanto, em que ela e eu nos vimos muito. Ela adquiriu o costume de passar em casa para falar das suas mazelas domésticas e decisões, e continuou fazendo isso mesmo quando já estava contente. Eu tinha comprado uma televisão — coisa que ela não fez, porque dizia que tinha medo de ficar viciada.

Eu não me preocupava com isso, por ficar fora de casa quase o dia todo. E havia muitos programas bons naqueles tempos. O gosto dela no geral coincidia com o meu. Nós éramos fãs da televisão pública e particularmente das comédias inglesas. Algumas delas a gente assistia várias vezes. As situações nos agradavam, mais do que a simples graça das piadas. Eu no começo ficava constrangido com a franqueza, e até a malícia, dos ingleses, mas a Oneida gostava tanto disso quanto do resto. A gente resmungava quando uma série recomeçava do primeiro episódio, mas invariavelmente ficávamos grudados assistindo. A gente até via a cor desbotando. Hoje em dia eu às vezes dou com uma dessas séries antigas toda iluminada e com cara de novinha em folha, e troco de canal, elas me deixam muito triste.

Eu tinha aprendido bem cedo a ser um cozinheiro decente, e como algumas das melhores coisas da televisão vinham logo depois da hora do jantar, eu fazia uma refeição para nós e ela trazia a sobremesa de uma confeitaria. Eu investi em duas daquelas mesinhas de dobrar e a gente comia assistindo ao noticiário, aí depois aos nossos programas. A minha mãe sempre havia insistido para a gente comer à mesa porque ela achava que esse era o único jeito de ser decente, mas a Oneida aparentemente não tinha restrições desse tipo.

Podia passar já das dez quando ela ia embora. Ela não ligava de ir a pé, mas eu não gostava da ideia, então eu pegava o meu carro e a levava para casa. Ela nunca comprou outro carro depois de se livrar do que usava para levar o pai ao trabalho. Ela nunca se importava de ser vista andando para cá e para lá pela cidade, apesar de as pessoas rirem. Isso foi antes do tempo em que caminhada e exercícios entraram na moda.

Nós nunca saíamos juntos. Às vezes eu ficava sem ver a Oneida, porque ela estava fora da cidade, ou talvez não fora, mas recebendo gente que não era daqui. Eu não cheguei a conhecer essas pessoas.

Não. Isso faz parecer que eu me sentia esnobado. Não me sentia. Conhecer gente nova era uma tortura para mim, e ela deve ter entendido isso. E o costume que a gente tinha de comer juntos, de passar a noite juntos na frente da televisão — aquilo era tão natural e descontraído que parecia que nunca haveria qualquer dificuldade. Muita gente devia saber do que acontecia, mas como era eu, eles não davam muita atenção. Todo mundo sabia também que eu fazia o imposto de renda dela, mas por que não? Era o que eu sabia fazer, e ninguém ia esperar que ela soubesse.

Não sei se eles sabiam que ela nunca me pagava. Eu teria pedido uma soma simbólica só para deixar tudo em ordem, mas não se tocou no assunto. Não que ela fosse mão de vaca. Ela simplesmente não pensou nisso.

Se eu tinha que mencionar o nome dela por alguma razão, às vezes escapava Ida. Ela me provocava um pouquinho se eu fazia isso na sua frente. Ela lembrava que eu sempre preferia chamar as pessoas pelos apelidos antigos do tempo da escola se tivesse oportunidade. Eu mesmo não tinha percebido isso.

"Ninguém liga", ela disse. "É só você."

Isso me deixou meio zangado, embora eu tenha feito o possível para esconder. Que direito ela tinha de ficar comentando o que as pessoas iam achar de alguma coisa que eu fazia ou deixava de fazer? Ela estava era insinuando que eu de alguma maneira preferia preservar minha infância, que eu queria ficar lá e fazer todo mundo ficar lá comigo.

Isso deixava tudo simples demais. Todos os meus anos de escola tinham sido consumidos, do meu ponto de vista, no esforço de me acostumar a como eu era — a como o meu rosto era — e a como as outras pessoas eram em relação a isso. Suponho que era um triunfo de pequena monta ter chegado aonde cheguei, saber que podia sobreviver nesse mundo e ganhar a vida e não ter que ficar o tempo todo tendo que aclimatar mais gente dentro dela. Mas quanto a colocar todo mundo de volta na quarta série, não, muito obrigado.

E quem era a Oneida para ter opiniões? Não me parecia que ela já estivesse estabelecida na vida. Na verdade, agora que aquela casa enorme não estava mais lá, uma bela parte dela tinha ido embora junto. A cidade estava mudando, e o lugar dela na cidade também estava mudando, e ela mal percebia. Claro que sempre houve mudanças, mas nos tempos de antes da guerra era a mudança de gente que ia embora daqui, procurando por coisa melhor em outro lugar. Nos anos 1950 e 1960 e 1970 a cidade mudou graças a novos tipos de gente que chegavam aqui. Era de imaginar que a Oneida tivesse se dado conta disso quando foi morar naquele prédio. Mas ela não tinha percebido direito. Ela ainda tinha aquele ar esquisito de hesitação e leveza, como se estivesse esperando a vida começar.

Ela saía para viajar, claro, e talvez achasse que a vida começaria numa dessas viagens. Não foi o que aconteceu.

Durante aqueles anos, quando construíram o shopping novo no extremo sul da cidade e a Krebs fechou (o que não foi problema para mim, eu já tinha bastante trabalho sem eles), parecia que cada vez tinha mais gente da cidade que tirava férias de inverno, e isso significava ir para o México ou para as Antilhas ou para algum lugar com que a gente nunca antes tinha tido nada a ver. O resultado, na minha opinião, era voltar trazendo doenças com que antes a gente também não tinha nada a ver. Por um tempo, aconteceu isso mesmo. Havia a Doença do Ano, com um nome especial. Talvez elas ainda estejam por aí, mas ninguém mais percebe. Ou pode ser que as pessoas da minha idade tenham superado a fase de se incomodar com isso. Você pode apostar que não vai morrer de nada dramático, ou já teria acontecido a essa altura.

Uma noite eu levantei no fim de um programa de televisão para fazer uma xícara de chá para nós antes da Oneida ir embora. Fui para a cozinha e de repente me senti péssimo. Tropecei e caí de joelhos, e aí caí no chão. A Oneida me agarrou e me acomodou numa cadeira, e o desmaio passou. Eu disse a ela que às vezes eu tinha umas tonturas e para ela não se preocupar. Era mentira, e não sei por que eu disse isso, mas ela não acreditou mesmo. Ela me levou para o quarto do térreo, onde eu dormia, e tirou os meus sapatos. Aí de alguma forma juntos, e com um pouco de reclamação da minha parte, a gente tirou a minha roupa e me vestiu o pijama. Eu só conseguia entender as coisas aos poucos. Eu disse para ela pegar um táxi e ir para casa, mas ela não prestou atenção.

Ela passou aquela noite no sofá da sala, e ao explorar a casa, no dia seguinte, ela se acomodou no quarto da minha mãe. Ela deve ter voltado ao apartamento dela durante o dia para buscar as coisas de que precisava, e talvez também tenha ido ao shopping para fazer as compras que achou que iam completar os meus mantimentos. Ela também conversou com o médico e pegou um remédio na farmácia que eu engolia sempre que ela o estendia em direção aos meus lábios.

Fiquei perdendo e recobrando a consciência, além de enjoado e febril, por quase uma semana inteira. Ocasionalmente eu dizia a ela que estava me sentindo recuperado, e que podia me virar sozinho, mas era bobagem. Em geral eu só obedecia a ela e passei a depender dela do modo prosaico como se depende de uma enfermeira no hospital. Ela não era tão hábil para lidar com um corpo febril como uma enfermeira seria, e às vezes, se eu tinha energia para isso, eu reclamava como uma criança de seis anos. Ela pedia desculpas nessas horas e não ficava ofendida. Quando eu não estava dizendo a ela que eu estava melhor, e que ela devia pensar em voltar para a casa dela, eu era egoísta a ponto de ficar chamando o nome dela sem outro motivo além de me reassegurar de que ela ainda estava lá.

Aí eu fiquei bem o suficiente para temer que ela pegasse o que quer que fosse que eu tinha.

"Você devia usar uma máscara."

"Não se preocupe", ela dizia. "Se fosse para eu pegar alguma coisa acho que já teria pegado a essa altura."

Quando eu realmente me senti melhor pela primeira vez, eu estava com preguiça demais para reconhecer que havia momentos em que eu me sentia como uma criancinha de novo. Mas claro que ela não era a minha mãe, e eu tive que acordar um dia e me dar conta disso. Eu tive que pensar em tudo que ela havia feito por mim, e isso me deixou consideravelmente constrangido. Como teria deixado qualquer homem constrangido, mas especialmente a mim, porque eu me lembrava da aparência que tinha. Eu tinha mais ou menos me esquecido disso, e naquele momento me parecia que ela não tinha ficado constrangida, que ela tinha conseguido fazer as coisas de modo tão prosaico porque eu era um ser assexuado para ela, ou um filho infeliz.

Então fui educado, e introduzi, entre as minhas manifestações de gratidão, o meu desejo, a essa altura muito genuíno, de que ela fosse para casa.

Ela entendeu o recado, não ficou ofendida. Devia estar exausta por causa das noites mal dormidas e daqueles cuidados a que não estava acostumada. Ela fez uma última compra de coisas de que eu ia precisar, tirou a minha temperatura pela última vez e saiu, eu achei, com o humor satisfeito de quem acabou uma tarefa bem-feita. Pouco antes ela tinha ficado esperando na sala de entrada para ver se eu conseguia me vestir sem ajuda e tinha se convencido de que sim, eu conseguia. Ela mal havia saído de casa quando eu puxei umas planilhas e retomei o trabalho que estava fazendo no dia em que fiquei doente.

A minha cabeça estava mais lenta, mas precisa, e isso foi um grande alívio.

Ela me deixou sozinho até o dia da semana — ou a noite, na verdade — em que estávamos acostumados a ver televisão juntos. Aí ela chegou com uma lata de sopa. Não o bastante para compor em si uma refeição, e não alguma coisa que ela tivesse feito, mas mesmo assim uma contribuição para uma refeição. E ela chegou cedo, para que houvesse tempo para tudo. Ela abriu a lata também, sem me perguntar. Ela sabia se orientar na minha cozinha. Esquentou a sopa, pegou as tigelas e nós comemos juntos. O comportamento dela parecia me lembrar de que eu tinha sido um doente que precisava de nutrição imediata. E era verdade, de certa forma. Naquele dia, na hora do almoço, eu me vi incapaz, de tão trêmulo, de usar o abridor de latas sozinho.

Eram dois programas que a gente assistia, um em seguida do outro. Mas naquela noite nós nem chegamos a ver o segundo. Ela não conseguiu esperá-lo acabar para começar uma conversa que foi muito incômoda para mim.

A ideia geral era que ela estava pronta para se mudar para a minha casa.

Para começo de conversa, ela disse, não estava feliz morando naquele apartamento. Tinha sido um grande erro. Ela gostava de casas. Mas isso não queria dizer que ela se arrependia de ter saído da casa onde tinha nascido. Teria ficado doida morando sozinha naquela casa. O erro foi simplesmente pensar que um apartamento podia ser a resposta. Ela nunca tinha sido feliz ali e nunca seria. O que a fez perceber isso foi o tempo que passou na minha casa. Quando eu fiquei doente. Ela devia ter percebido isso muito tempo antes. Muito tempo antes, quando ela era pequenininha e olhava certas casas, ela devia ter vontade de morar aqui.

Outra coisa que ela disse foi que nós não éramos totalmente capazes de cuidar de nós mesmos. E se eu ficasse doente e estivesse sozinho? E se uma coisa dessas acontecesse de novo? Ou acontecesse com ela?

A gente tinha um certo sentimento um pelo outro, ela disse. A gente tinha um sentimento que não era só o de sempre. Nós podíamos morar juntos como dois irmãos e cuidar um do outro como irmãos e ia ser a coisa mais natural do mundo. Todos aceitariam as coisas como elas eram. Como é que podiam não aceitar?

O tempo todo, enquanto ela falava, eu me sentia horrível. Com raiva, com medo, estarrecido. O pior foi perto do fim, quando ela estava falando de como ninguém ia achar nada estranho naquilo. Ao mesmo tempo, eu podia entender o que ela queria dizer, e talvez concordar com ela que as pessoas se acostumariam àquilo. Uma piadinha suja ou outra a gente podia nem chegar a ouvir.

Podia ser que ela estivesse certa. Podia ser que aquilo fizesse sentido.

E aí eu me senti como se tivesse sido jogado num porão e alguém tivesse batido uma porta pesada na minha cabeça.

Eu não ia por nada demonstrar isso para ela.

Eu disse que era uma ideia interessante, mas que uma coisa a tornava impossível.

O que era?

Eu tinha me esquecido de dizer a ela. Com a doença e a confusão e tudo o mais. Mas eu tinha posto a casa à venda. A casa estava vendida.

Ah. Ah. Por que eu não tinha contado isso a ela?

Eu não tinha ideia, eu disse então, sinceramente. Eu não tinha ideia de que ela tinha um plano desses em mente.

"Então simplesmente não me ocorreu a tempo", ela disse. "Como um monte de coisas na minha vida. Deve ter algo errado comigo. Eu não paro para pensar nas coisas. Eu sempre acho que tem tempo de sobra."

Eu tinha me salvado, mas não sem um custo. Eu tinha que pôr a casa — aquela casa — à venda e vendê-la o mais rápido possível. Quase a mesma coisa que ela tinha feito com a casa dela.

E eu vendi a casa quase tão rápido quanto ela, apesar de não ter sido forçado a aceitar uma oferta tão ridícula quanto a que ela tinha aceitado. E aí tive que encarar o trabalho de lidar com tudo que havia se acumulado desde que os meus pais se mudaram, na lua de mel, sem ter dinheiro para qualquer viagem.

Os vizinhos ficaram espantados. Não eram vizinhos antigos, não haviam conhecido a minha mãe, mas disseram que tinham se acostumado com as minhas idas e vindas, com a minha regularidade.

Eles queriam saber quais eram os meus planos agora, e eu percebi que não tinha planos. Além de fazer o trabalho que sempre tinha feito, e até isso eu já andava reduzindo, pensando numa velhice cuidadosa.

* * *

Comecei a procurar um lugar para morar, e acabou que de todos os lugares que passavam perto de me agradar, só um estava vago. E esse era um dos apartamentos do prédio construído no terreno da antiga casa de Oneida. Não no último andar, com a vista, onde ela estava, mas no térreo. Eu nunca gostei muito de vistas, de qualquer maneira, e fiquei com ele. Sem saber o que mais poderia fazer.

Claro que eu pretendia contar a ela. Mas a notícia se espalhou antes de eu conseguir tomar a iniciativa. Ela também tinha lá os seus planos, de qualquer modo. Era verão a essa altura, os nossos programas não estavam no ar. Era uma época em que a gente não se via regularmente. E eu não achei, a bem da verdade, que tinha de me desculpar ou pedir a permissão dela. Quando fui olhar o apartamento e assinar o contrato de aluguel ela não estava por ali.

Uma coisa eu passei a entender nessa visita, ou quando pensei nela, mais tarde. Um homem que eu não reconheci direito falou comigo, e depois de um minuto percebi que era alguém que eu conhecia havia anos e que tinha cumprimentado na rua a vida toda. Se eu o tivesse visto na rua, poderia ter sabido de quem se tratava, apesar dos estragos da idade. Mas lá eu não o reconheci, e nós dois rimos disso, e ele queria saber se eu estava me mudando para o cemitério.

Eu disse que não sabia que chamavam o prédio assim, mas sim, acho que estava para me mudar.

Aí ele quis saber se eu jogava baralho, e eu disse que sim, até certo ponto.

"Vai ser bom", ele disse.

E eu pensei então Viver por muito tempo é o que basta para os problemas se apagarem. Pois isso te coloca num clube seleto. Não importam as suas deficiências, basta ter vivido até esse momento para que tudo se apague, em grande medida. O rosto de todo mundo vai ter sofrido, não só o seu.

Aquilo me fez pensar na Oneida, e em sua aparência enquanto falava comigo sobre se mudar. Ela já não era mais esbelta, mas sim esquálida, cansada, sem dúvida por causa das noites acordando comigo, mas a idade também estava dando seus sinais. A beleza dela tinha sido do tipo delicado, desde sempre. Aquele aspecto facilmente enrubescido das loiras, com aquela estranha mistura de culpa e confiança burguesa, era o que ela tinha tido e perdido. Quando ela começou a me fazer aquela proposta, parecia tensa e tinha uma expressão peculiar.

Claro que se algum dia eu tivesse tido o direito de escolher, eu naturalmente teria escolhido, segundo a minha altura, uma moça mais baixa. Como a moça da universidade, graciosa e de cabelo escuro, que era parente dos Krebs e trabalhou ali uma vez nas férias.

Uma vez essa menina me disse de um jeito amistoso que eu podia conseguir um resultado melhor no meu rosto hoje em dia. Eu ia ficar espantado, ela disse. E não ia custar nada, com o Sistema de Saúde de Ontário.

Ela tinha razão. Mas como é que eu ia explicar que estava além das minhas capacidades entrar num consultório médico e admitir que eu desejava uma coisa que não tinha?

Oneida estava com uma aparência melhor do que nos últimos tempos quando apareceu, bem no meio do meu processo de encaixotar e jogar coisas fora. Estava com o cabelo arrumado, e com a cor meio diferente, talvez mais castanha.

"Você não pode ir jogando tudo fora assim de uma vez", ela disse. "Tudo que você tinha juntado para aquela história da cidade."

Eu disse que estava sendo seletivo, embora não fosse exatamente verdade. Parecia-me que nós dois estávamos fingindo dar mais importância ao que havia acontecido do que dávamos de fato. Quando eu pensava agora na história da cidade, parecia-me que uma cidade devia ser basicamente igual às outras, no fim das contas.

Nós não mencionamos a minha ida para o prédio. Como se aquilo tivesse sido discutido e dado por resolvido havia muito tempo.

Ela disse que estava partindo numa das suas viagens, e dessa vez ela mencionou o lugar. Ilha Savary, como se isso fosse suficiente.

Eu perguntei educadamente onde era e ela disse: "Ah, é no litoral".

Como se isso respondesse à pergunta.

"Onde mora uma velha amiga minha", ela disse.

Claro que isso podia ser verdade.

"Ela tem e-mail. Ela diz que eu devia ter também. Não sei por quê, mas eu não gosto muito da ideia. Mas pode bem ser que eu tente."

"Acho que você só vai saber quando tentar."
Senti que eu devia dizer mais alguma coisa. Perguntar do clima de lá, ou coisa assim, lá aonde ela estava indo. Mas antes de eu conseguir pensar no que dizer ela deu um gritinho ou pio dos mais estranhos, e aí pôs a mão na boca e foi com grandes passos cautelosos até a minha janela.

"Cuidado, cuidado", ela disse. "Olha. Olha."

Ela estava rindo quase silenciosamente, uma risada que podia até indicar que estava com dor. Ela abanou uma mão atrás das costas para me fazer ficar em silêncio enquanto eu me levantava.

No quintal atrás da minha casa tinha um bebedouro de pássaros. Eu o havia instalado ali fazia anos para a minha mãe poder ficar olhando os passarinhos. Ela gostava muito de pássaros e sabia reconhecer cada um pelo canto e também pela aparência. Eu tinha esquecido dele por um bom tempo e tinha acabado de enchê-lo de água, naquela manhã.

O que foi agora?

Estava cheio de pássaros. Pretos e brancos, que espirravam toda uma tempestade.

Não eram passarinhos. Alguma coisa maior que um tordo, menor que um corvo.

Ela disse: "Cangambás. Uns cangambazinhos. Mais brancos que pretos".

Mas que lindos. Brilhando e dançando sem entrar uns no caminho dos outros, tanto que não dava para dizer quantos eram, onde cada corpo começava ou terminava.

Enquanto os olhávamos, eles se ergueram um a um e saíram da água e se puseram a atravessar o jardim, ligeiros mas numa linha diagonal bem reta. Como se fossem orgulhosos de si próprios, mas discretos. Cinco deles.

"Meu Deus", disse Oneida. "Na cidade."

O rosto dela parecia atordoado.

"Você já viu um espetáculo desses?"
Eu disse que não. Nunca.
Achei que ela ia dizer outra coisa, e estragar tudo, mas não, nenhum de nós disse mais nada.
Estávamos extremamente felizes.

Corrie

"Não é bom deixar todo o dinheiro concentrado na mesma família, como vocês fazem num lugar desses", o sr. Carlton disse. "Digo, para uma menina como a minha filha Corrie. Por exemplo, digo, alguém como ela. Não é bom. Ninguém no mesmo nível."

Corrie estava do outro lado da mesa, olhando nos olhos do convidado. Ela parecia achar aquilo engraçado.

"Com quem ela vai se casar?", o pai dela continuou. "Ela está com vinte e cinco."

Corrie ergueu as sobrancelhas, fez uma careta.

"O senhor esqueceu um ano", ela disse. "Vinte e seis."

"Tudo bem", o pai dela disse. "Pode rir quanto quiser."

Ela riu alto, e, de fato, o que mais ela poderia fazer?, o convidado pensou. O nome dele era Howard Ritchie, e ele era só alguns anos mais velho que ela, mas já estava equipado com uma esposa e uma jovem família, como o pai dela imediatamente descobriu.

As expressões dela mudavam com grande velocidade. Tinha dentes bem brancos e um cabelo quase preto, curto e cacheado. Zigomas altos que captavam a luz. Não era uma mulher suave. Sem muita carne nos ossos, que era o tipo de coisa que o pai dela podia se arriscar a dizer em seguida. Howard Ritchie pensava nela como o tipo de moça que passava muito tempo jogando golfe e tênis. Apesar da língua afiada, ele esperava que ela tivesse uma cabeça convencional.

Era arquiteto, e estava começando a sua carreira. O sr. Carlton insistia em se referir a ele como arquiteto de igrejas, porque naquele momento ele estava restaurando a torre da igreja anglicana da cidade. Uma torre que estivera prestes a cair até o sr. Carlton aparecer para salvá-la. O sr. Carlton não era anglicano — tinha mencionado isso várias vezes. A igreja dele era metodista e ele era metodista até a medula, por isso não tinha bebidas em casa. Mas uma bela igreja como a anglicana não podia ser deixada ali abandonada e arruinada. Nem adiantava esperar que os anglicanos fizessem alguma coisa — eles eram uma pobre categoria de protestantes irlandeses que teriam derrubado a torre e erguido no lugar alguma nódoa para a cidade. Eles não tinham shekels, claro, e não iam entender a necessidade de um arquiteto, em vez de um carpinteiro. Um arquiteto de igrejas.

A sala de jantar era horrorosa, pelo menos na opinião de Howard. Estavam no meio dos anos 1950, mas parecia que tudo já estava ali desde antes da virada do século. A comida era passável. O homem na cabeceira da mesa falava sem parar. Era de se pensar que a moça fosse ficar cansada daquilo, mas ela parecia quase sempre à beira do riso. Antes de terminar a sobremesa, ela acendeu um cigarro. Ofereceu um a Howard, dizendo, em tom bem audível: "Não se incomode com o papai". Ele aceitou, mas não ficou com uma impressão melhor dela depois disso.

Riquinha mimada. Sem modos.

De improviso, ela lhe perguntou o que ele achava do premiê de Saskatchewan, Tommy Douglas.

Ele disse que a esposa o apoiava. A bem da verdade, a esposa dele não achava que Douglas fosse suficientemente esquerdista, mas ele não ia entrar nesses detalhes.

"O papai adora o Douglas. O papai é comunista."

Isso fez o sr. Carlton bufar, mas ela não ficou quieta.

"Bom, o senhor ri das piadas dele", ela disse ao pai.

Logo depois disso, ela levou Howard para ver o terreno. A casa ficava bem na frente da fábrica que fazia botas masculinas e sapatos de operários. Atrás da casa, no entanto, havia amplos gramados e o rio que serpenteava por metade dos limites da cidade. Havia uma trilha gasta que levava até a sua margem. Ela mostrava o caminho, e ele pôde ver aquilo de que não tinha conseguido se certificar antes. Ela mancava de uma perna.

"Não é muito íngreme para subir na volta?", ele perguntou.

"Eu não sou uma inválida."

"Estou vendo que vocês têm um bote a remo", ele disse, quase querendo pedir desculpas.

"Eu podia te levar de bote, mas não agora. Agora a gente tem que ver o pôr do sol." Ela apontou para uma velha cadeira de cozinha que disse ser para ver o pôr do sol, e exigiu que ele se sentasse ali. Ela, por sua vez, sentou-se na grama. Ele estava prestes a perguntar se ela ia conseguir se levantar sem problemas, mas pensou duas vezes.

"Eu tive pólio", ela disse. "Só isso. A minha mãe teve também, e ela morreu."

"Que triste."

"Acho que sim. Eu não me lembro dela. Eu vou para o Egito na semana que vem. Eu queria muito ir, mas agora parece que eu não estou mais tão empolgada. Você acharia divertido?"

"Eu tenho que ganhar a vida."

Ele estava espantado com o que havia dito, e claro que aquilo a fez rir.

"Eu estava falando em termos gerais", ela disse altivamente, quando a risada acabou.

"Eu também."

Algum caçador de dotes sinistro ia acabar com ela, algum egípcio ou coisa assim. Ela parecia ao mesmo tempo ousada e infantil. De início, um sujeito podia ficar intrigado com ela, mas aí aquela franqueza, aquela autossatisfação, se era disso que se tratava, iam se tornar cansativas. Claro que tinha o dinheiro, e para alguns sujeitos isso nunca se tornava cansativo.

"Jamais mencione a minha perna na frente do papai, senão ele fica apoplético", ela disse. "Uma vez ele despediu não só um rapaz que me provocou mas a família inteira dele. Assim, até os primos."

Do Egito chegaram postais curiosos, enviados para a firma, não para a casa dele. Bom, claro, como é que ela poderia saber o endereço da casa dele?

Nem uma única pirâmide. Nada de esfinge.

Em vez disso, um deles mostrava o Rochedo de Gibraltar com um comentário dizendo que se tratava de uma pirâmide desmoronando. Outro mostrava uns campos planos de um marrom-escuro, sabe Deus onde, e dizia: "Mar da Melancolia". Tinha outra mensagem em letras pequenas: "Lente de aumento disponível, envie o dinheiro". Felizmente, ninguém no escritório pôs a mão neles.

Ele não pretendia responder, mas respondeu: "Lente de aumento com defeito, favor devolver dinheiro".

Foi até a cidade dela para uma inspeção desnecessária no campanário da igreja, sabendo que ela já tinha que ter voltado das pirâmides, mas sem saber se ela estaria em casa ou em alguma outra excursão.

Ela estava em casa, e estaria por algum tempo. O pai tinha sofrido um derrame.

Não havia muito que ela pudesse fazer de fato. Uma enfermeira vinha dia sim dia não. E uma moça chamada Lillian Wolfe estava encarregada das lareiras, que estavam sempre acesas quando Howard chegava. Claro que ela também cuidava de outras coisas. Corrie não sabia acender o fogo da lareira ou preparar uma refeição; não sabia datilografar, não sabia dirigir, nem com um sapato especial para ajudar. Howard assumia o controle quando chegava. Ele cuidava das lareiras e de várias coisas na casa e era até levado para uma visita ao pai de Corrie, se o velho estivesse em condições.

Ele não sabia bem como iria reagir ao pé, na cama. Mas de alguma maneira parecia mais atraente, mais singular, que o resto dela.

Ela tinha dito que não era virgem. Mas isso acabou se revelando uma complicada meia verdade, devida à interferência de um professor de piano, quando ela estava com quinze anos. Ela tinha se deixado levar pelo que o professor de piano queria, porque sentia pena de gente que queria desesperadamente alguma coisa.

"Não considere isso uma ofensa", ela disse, explicando que não continuava sentindo pena das pessoas desse jeito.

"Espero que não", ele disse.

Aí ele tinha algumas coisas a seu respeito para contar a ela. O fato de ele ter aparecido com uma camisinha não significava que ele era um sedutor calejado. A bem da verdade, ela era apenas a segunda pessoa com quem ele tinha ido para a cama, sendo a primeira a esposa. Ele fora criado numa casa extremamente religiosa e ainda acreditava em Deus, em certa medida. Ele escondia essa informação da mulher, que teria feito piada, já que era bem de esquerda.

Corrie disse que ficava feliz porque o que eles estavam fazendo — o que tinham acabado de fazer — aparentemente não o incomodava, apesar da crença dele. Ela disse que nunca tinha tido tempo para Deus, porque o pai dela já era problema suficiente para ter que lidar.

Não era difícil para eles. O trabalho de Howard não raro exigia que ele viajasse para uma inspeção de um dia ou para conversar com um cliente. Vir de carro de Kitchener não levava muito tempo. E Corrie agora estava sozinha em casa. O pai morrera, e a moça que trabalhava para ela tinha ido procurar emprego na cidade. Corrie a encorajara, dando mesmo dinheiro para ela fazer aulas de datilografia, de modo que ela pudesse evoluir.

"Você é inteligente demais para ficar aqui cuidando de casa", ela disse. "Vá me informando como as coisas andam."

Se Lillian Wolfe gastou o dinheiro em aulas de datilografia ou em outra coisa ninguém soube, mas o fato é que continuou com os serviços domésticos. Isso foi descoberto numa ocasião em que Howard e a esposa foram convidados para jantar, com outras pessoas, na casa de pessoas que ganhavam importância em Kitchener. Lá estava Lillian servindo a mesa, cara a cara com o homem que tinha visto na casa de Corrie. O homem que ela tinha visto abraçando Corrie quando entrava para tirar a louça ou cuidar da lareira. A conversa deixou claro que essa esposa à mesa de jantar era tão esposa dele naquele tempo quanto agora.

* * *

Howard disse que não tinha falado do jantar imediatamente para Corrie porque esperava que aquilo fosse perder a importância. O anfitrião e a anfitriã daquela noite não eram exatamente amigos seus, ou da sua esposa. Certamente não da sua esposa, que depois tirou sarro deles por motivos políticos. Aquele tinha sido um mero evento social. E a casa não parecia ser daquelas onde as empregadas fofocavam com a patroa.

E de fato não era. Lillian disse que não tinha feito fofoca nenhuma. Ela disse isso numa carta. Não era com a patroa que ela falaria, se tivesse que falar com alguém. Era com a esposa dele. Será que a esposa dele estaria interessada nessa informação? Foi como ela colocou as coisas. A carta foi enviada para o endereço do escritório dele, que ela tinha sido inteligente o suficiente para descobrir. Mas ela também sabia o endereço da casa dele. Tinha andado espionando. Ela mencionou isso e também se referiu ao casaco da esposa dele, com a gola de raposa prateada. Esse casaco incomodava a mulher dele, que vivia se sentindo obrigada a dizer que o tinha herdado, não comprado. Era a verdade. Ainda assim, ela gostava de usá-lo em certas ocasiões, como aquele jantar, para se afirmar, parecia, mesmo com gente que não lhe servia para nada.

"Eu ia detestar ter que partir o coração de uma senhora tão simpática com aquela gola enorme de raposa prateada no casaco", Lillian tinha escrito.

"Como é que a Lillian ia saber a diferença entre uma gola de raposa prateada e um buraco no chão?", Corrie disse, quando ele achou que tinha que transmitir a notícia a ela. "Você tem certeza que foi isso que ela disse?"

"Tenho."

Ele havia queimado a carta imediatamente, sentindo-se contaminado por ela.

"Ela andou aprendendo, então", Corrie disse. "Eu sempre achei que ela era espertinha. Acho que matar a moça não é uma opção, né?"

Ele nem sorriu, então ela disse com muita sobriedade: "Estou brincando".

Era abril, mas ainda estava frio o suficiente para ficar com a lareira acesa. Ela ficou planejando pedir para ele acender, durante todo o jantar, mas a postura estranha e séria dele a impediu.

Ele lhe disse que a esposa dele nem queria ir àquele jantar.

"Foi puro azar mesmo."

"Você devia ter concordado com ela", ela disse.

"É a pior coisa", ele disse. "A pior coisa que podia acontecer."

Os dois estavam encarando a grelha negra. Ele só tinha tocado Corrie uma vez, para dizer oi.

"Bom, não", Corrie disse. "Não é a pior coisa. Não mesmo."

"Não?"

"Não", ela disse. "A gente podia dar o dinheiro que ela quer. Nem é muito mesmo."

"Eu não tenho..."

"Não você. Eu podia."

"Ah, não."

"Sim."

Ela fez o possível para falar com calma, mas tinha ficado mortalmente fria. Porque e se ele dissesse não? Não, eu não posso deixar você fazer uma coisa dessas. Não, isso é um sinal. É um sinal de que a gente tem que parar. Ela tinha certeza de que algo assim havia aparecido na voz e no rosto dele. Essa coisa antiga de pecado. O Mal.

"Para mim não é nada", ela disse. "E, mesmo que você conseguisse arranjar essa quantia sem dificuldade, não teria como. Você ia sentir que estava tirando da sua família — como é que você faria isso?"

Família. Ela jamais devia ter dito isso. Jamais devia ter dito essa palavra.

Mas o rosto dele na verdade se abriu. Ele disse Não, não, mas havia uma dúvida em sua voz. E aí ela soube que ia ficar tudo bem. Depois de um tempo, ele conseguiu falar em termos práticos e lembrou outra coisa da carta. Tinha que ser em dinheiro, ele disse. Ela não tinha o que fazer com cheques.

Ele falava sem erguer os olhos, como se estivesse lidando com negócios. Dinheiro era melhor para a Corrie, também. Não era comprometedor.

"Ótimo", ela disse. "Não é uma soma absurda mesmo."

"Mas ela não pode ficar sabendo que a gente acha isso", ele avisou.

Eles abririam uma caixa postal no nome de Lillian. As cédulas seriam deixadas ali num envelope endereçado a ela, duas vezes por ano. As datas seriam estabelecidas por ela. Nunca nem um dia de atraso. Ou, como ela tinha dito, podia começar a ficar preocupada.

Ele ainda não havia encostado em Corrie, a não ser para uma despedida grata, quase formal. Essa questão tem que ficar totalmente separada do que existe entre nós, era o que ele parecia estar dizendo. Vamos começar do zero. Vamos conseguir sentir de novo que não estamos fazendo mal a ninguém. Que não estamos fazendo nada de errado. Era o que ele diria na sua língua tácita. Na língua dela, ela fez uma quase piada que não teve efeito.

"Nós já contribuímos com a educação da Lillian — ela não era tão esperta antes."

"A gente não quer que ela fique mais esperta. Que peça mais dinheiro."

"A gente trata disso quando for o caso. De qualquer modo, a gente podia ameaçar procurar a polícia. Agora, inclusive."

"Mas ia ser o fim de nós dois", ele disse. Ele já tinha se despedido e desviado os olhos. Eles estavam na ventania da varanda.

Ele disse "Eu não ia aguentar se houvesse um fim de nós dois".
"Fico feliz de ouvir isso", Corrie disse.

Logo chegou um tempo em que eles nem falavam mais do assunto. Ela entregava as notas já no envelope. De início ele soltava um grunhido de nojo, mas depois aquilo virou um suspiro de aceitação, como se alguém o estivesse lembrando de uma tarefa a cumprir.
"Como o tempo passa."
"Não é verdade?"
"O salário do medo de Lillian", Corrie dizia, e apesar de ele não ter gostado da expressão de início, acabou se acostumando a usá-la ele próprio. No começo, ela perguntava se ele tinha voltado a ver Lillian, se tinha havido outros jantares.
"Eles não eram amigos assim tão próximos", ele lembrava a ela. Ele quase nunca os via, não sabia se Lillian ainda estava trabalhando para eles ou não.
Corrie também não a vira. A família dela morava no campo, e se Lillian ia vê-los eles não vinham fazer compras nesta cidadezinha, que tinha decaído rapidamente. Agora só havia uma loja de conveniência na rua principal, onde as pessoas iam comprar bilhetes de loteria e um ou outro item da despensa que tivesse acabado, e uma loja de móveis, onde as mesmas mesas e sofás ficavam eternamente nas vitrines, e as portas nunca pareciam estar abertas — e talvez não fossem estar até que o dono morresse na Flórida.
Depois da morte do pai de Corrie, o controle da fábrica de sapatos havia sido assumido por uma firma grande que prometera — assim ela acreditava — manter a produção. Em um ano, no entanto, o prédio estava vazio, o equipamento que tinha utilida-

de estava em outra cidade, nada tinha restado, a não ser umas ferramentas ultrapassadas que um dia serviram para fazer botas e sapatos. Corrie se agarrou à ideia de montar um museuzinho exótico para exibir essas coisas. Ela mesma prepararia tudo e guiaria visitas para descrever como as coisas eram feitas. Era surpreendente o quanto ela tinha aprendido com a ajuda de algumas fotografias que o pai mandara tirar para ilustrar uma palestra que talvez ele mesmo tenha dado — estava mal datilografada — no Instituto Feminino, na época em que elas estavam estudando a indústria local. No fim do verão, Corrie já tinha percorrido o museu com alguns visitantes. Ela tinha certeza de que as coisas melhorariam no ano seguinte, depois que ela pusesse uma placa na estrada e escrevesse um artigo para um guia turístico.

Um dia, no começo da primavera, ela olhou pela janela de manhã e viu uns desconhecidos começando a demolir o prédio. Revelou-se que o contrato que ela pensava ter para usar o prédio, desde que pagasse uma dada parcela do aluguel, não lhe dava o direito de exibir ou se apropriar de quaisquer objetos encontrados lá dentro, mesmo que estivessem sendo considerados inúteis havia tempo. Não havia possibilidade de que aquelas ferramentas antiquadas fossem dela, e, na verdade, ela tinha sorte de não ter sido arrastada para o tribunal agora que a companhia — que um dia parecera tão tolerante — tinha descoberto o que ela pretendia.

Se Howard não tivesse levado a família para a Europa no verão anterior, quando ela embarcou nesse projeto, ele podia ter dado uma olhada nos papéis e ela teria sido poupada de vários problemas.

Não faz mal, ela disse quando se acalmou, e logo encontrou um novo interesse.

Tudo começou com ela decidindo que estava cansada daquela casa enorme e vazia — ela queria sair, e estava cobiçando a biblioteca pública da sua rua.

Era um prédio bonito e de tamanho razoável, de tijolos vermelhos, e, por ser uma biblioteca Carnegie, não era fácil acabar com ela, mesmo que poucas pessoas a usassem ainda — nem de longe gente o suficiente para justificar o salário de uma bibliotecária.

Corrie ia lá duas vezes por semana, destrancava as portas e sentava atrás da mesa da bibliotecária. Ela espanava as prateleiras se tinha vontade, e telefonava para as pessoas que os arquivos diziam estarem com certos livros havia anos. Às vezes as pessoas com quem conseguia falar diziam que nunca tinham ouvido falar do livro — tinha sido emprestado por alguma tia ou avó que gostava de ler e agora estava morta. Ela então falava em propriedade da biblioteca, e às vezes o livro de fato aparecia na caixa de devoluções.

A única coisa desagradável de ficar sentada na biblioteca era o barulho. Este era provocado por Jimmy Cousins, que cortava a grama em volta do prédio, começando de novo assim que acabava, porque não tinha mais o que fazer. Então ela o contratou para cuidar dos gramados da casa dela — coisa que ela mesma estava fazendo para se exercitar, mas não estava precisando perder peso e aquilo demorava uma eternidade por causa da sua perna.

Howard ficou meio frustrado com a mudança na vida dela. Ele agora vinha menos, mas podia ficar mais tempo. Estava morando em Toronto, apesar de trabalhar na mesma firma. Alguns de seus filhos estavam na adolescência, outros já tinham entrado na universidade. As meninas estavam indo muito bem, os meninos nem tanto quanto ele gostaria, mas era assim com os meninos. A mulher dele estava trabalhando em período integral e às vezes mais que integral no escritório de um político da província. O salário dela era quase inexistente, mas ela estava feliz. Mais feliz do que ele jamais a tinha visto.

Na primavera anterior ele a tinha levado para a Espanha como surpresa de aniversário. Corrie ficou um tempo sem notícias dele, então. Teria sido de mau gosto ele lhe escrever no meio da viagem de aniversário. Ele nunca faria uma coisa dessas, e ela também não ia gostar que ele fizesse.

"Parece que a minha casa é um santuário, do jeito que você se comporta", Corrie disse quando ele voltou, e ele disse: "Exatamente isso". Ele adorava tudo naquelas salas enormes agora, com os tetos enfeitados e os painéis escuros e melancólicos. Havia uma extravagância altiva naquilo tudo. Mas ele podia ver que era diferente para ela, que ela precisava sair de vez em quando. Eles começaram a fazer pequenas viagens, depois viagens um pouco mais longas, passando uma noite num hotel de beira de estrada — se bem que nunca mais de uma noite — e comendo em restaurantes moderadamente elegantes.

Eles nunca topavam com alguém que conheciam. Em outros tempos, isso teria acontecido — eles tinham certeza. Agora as coisas eram diferentes, ainda que não soubessem por quê. Será que era porque eles não estavam correndo tanto risco, mesmo que tenha acontecido? A questão era que as pessoas que eles poderiam ter encontrado, e nunca encontraram, não suspeitariam que eles fossem o casal pecaminoso que ainda eram. Ele a teria apresentado como uma prima, sem chamar atenção — uma parenta manca que ele tinha se lembrado de visitar. Ele realmente tinha parentes com quem sua mulher nunca queria se preocupar. E quem ia procurar uma amante de meia-idade que puxava de uma perna? Ninguém teria guardado essa informação para depois soltá-la em um momento perigoso.

A gente encontrou o Howard lá em Bruce Beach com a irmã, não era? Ele estava com uma cara ótima. Prima, talvez. Uma manquinha?

Não ia parecer que o empenho valia a pena.

Eles ainda faziam amor, claro. Às vezes com cuidado, evitando um ombro machucado, um joelho dolorido. Eles sempre tinham sido convencionais nesse campo, e continuaram assim, satisfeitos por não precisar de qualquer estímulo elaborado. Isso era para gente casada.

Às vezes os olhos de Corrie se enchiam de lágrimas, e ela escondia o rosto contra o corpo dele.

"É só que a gente deu tanta sorte", ela dizia.

Ela nunca lhe perguntava se ele estava feliz, mas ele indicava de jeitos tortuosos que estava. Dizia que havia desenvolvido ideias mais conservadoras, ou talvez simplesmente menos esperançosas, no trabalho. (Ela guardava para si o pensamento de que na verdade ele sempre tinha sido bem conservador.) Ele estava tomando aulas de piano, para surpresa da esposa e da família. Era bom ter esse tipo de interesse pessoal, num casamento.

"Aposto que sim", Corrie disse.

"Eu não quis dizer que..."

"Eu sei."

Um dia — era setembro — Jimmy Cousins entrou na biblioteca para lhe dizer que não conseguiria cortar a grama dela naquele dia. Ele tinha que ir ao cemitério cavar uma cova. Era para uma pessoa que morava perto dali, ele disse.

Corrie, com o dedo marcando *O grande Gatsby*, perguntou o nome da pessoa. Ela disse que era interessante a quantidade de gente que aparecia ali — ou seus corpos — com esse último desejo e incômodo para os parentes. Podiam ter passado a vida toda em cidades próximas ou distantes, e pareciam bem satisfeitos onde estavam, mas não tinham vontade de ficar lá quando morressem. Gente velha tem dessas ideias.

Jimmy disse que não era uma pessoa assim tão velha. O nome era Wolfe. O primeiro nome ele não lembrava.

"Não era Lillian? Não era Lillian Wolfe?"

Ele achava que sim.

E o nome dela de fato estava bem ali, na edição do jornal local destinada à biblioteca, que Corrie nunca lia. Lillian tinha morrido em Kitchener, aos quarenta e seis anos de idade. A cerimônia seria na Igreja dos Ungidos do Senhor, às duas horas.

Puxa.

Era um dos dois dias da semana em que a biblioteca devia estar aberta. Corrie não podia ir.

A Igreja dos Ungidos do Senhor era nova na cidade. Nada florescia ali hoje, a não ser o que o pai dela chamava de "religiões bizarras". Ela conseguia ver a igreja de uma das janelas da biblioteca.

Estava na janela antes das duas horas, vendo um grupo de tamanho considerável entrar.

Pelo visto hoje em dia não se exigiam mais chapéus, fosse para as mulheres ou para os homens.

Como ela contaria a ele? Uma carta para o escritório, teria que ser. Ela podia ligar para lá, mas aí a reação dele teria que ser tão contida, tão casual, que metade da maravilha da libertação deles se perderia.

Ela voltou ao *Gatsby*, mas estava só lendo palavras soltas, de tão inquieta. Trancou a biblioteca e foi andar pela cidade.

As pessoas viviam dizendo que aquela cidade parecia um funeral, mas quando havia um funeral de fato ela dava suas melhores mostras de vivacidade. Ela se lembrou disso quando viu, a uma quadra de distância, os frequentadores do funeral saindo pelas portas da igreja, parando para conversar e se livrar da solenidade. E aí, para sua surpresa, muitos deles deram a volta na igreja e foram até uma porta lateral, por onde reentraram.

Claro. Ela tinha esquecido. Depois da cerimônia, depois que o caixão fechado tivesse sido posto no carro funerário, todos, menos os mais próximos, que seguiriam a falecida e acompanhariam o sepultamento, iriam para o lanche pós-serviço. Este estaria à espera em outra parte da igreja, onde havia uma sala para a escola dominical e uma cozinha acolhedora.

Ela não via qualquer motivo para não se juntar a eles.

Mas no último momento ela quis passar direto.

Tarde demais. Uma mulher chamou por ela com uma voz desafiadora — ou, pelo menos, confiantemente infúnebre — da porta por onde os outros tinham entrado.

Essa mulher lhe disse, bem de perto: "A gente sentiu sua falta na cerimônia".

Corrie não tinha ideia de quem seria. Ela disse que lamentava não ter comparecido, mas que tinha que manter a biblioteca aberta.

"Mas claro", a mulher disse, mas já tinha se virado para conversar com alguém que carregava uma torta.

"Tem espaço para pôr isso aqui na geladeira?"

"Não sei, querida, você vai ter que ir olhar."

Corrie tinha achado, por causa do vestido florido da pessoa que a recebeu, que as mulheres lá dentro estariam todas com roupas como aquela. Roupas domingueiras, ainda que não roupas de luto. Mas talvez a ideia que ela tinha de roupas domingueiras estivesse ultrapassada. Algumas das mulheres ali estavam simplesmente de calças, como ela.

Outra mulher lhe trouxe uma fatia de bolo de especiarias num pratinho de plástico.

"Você deve estar com fome", ela disse. "Todo mundo está."

Uma mulher que já tinha sido cabeleireira de Corrie disse: "Eu falei para todo mundo que a senhora provavelmente ia aparecer. Falei que a senhora não conseguiria vir enquanto não fechasse a biblioteca. Disse que era uma pena a senhora ter que perder o serviço. Foi o que eu disse".

"Foi um serviço lindo", outra mulher disse. "Você vai querer um chá depois de comer esse bolo."

E assim por diante. Ela não conseguia lembrar o nome de ninguém. A igreja unida e a presbiteriana estavam mal das pernas; a anglicana tinha fechado havia muito tempo. Era para lá que todo mundo tinha ido?

Só havia mais uma mulher na recepção que atraía tanto a atenção de todos quanto Corrie, e que estava vestida como Corrie teria esperado que uma mulher estivesse num funeral. Um lindo vestido cinza-lilás e um discreto chapeuzinho cinza de verão.

A mulher estava sendo trazida até ela. Um cordão de pérolas modestas, mas verdadeiras, no pescoço.

"Ah, sei." Ela falou com uma voz suave, com o gosto que uma ocasião como aquela permitia. "Você deve ser a Corrie. A Corrie de quem eu tanto ouvi falar. Apesar da gente nunca ter se encontrado, eu sentia que te conhecia. Mas você deve estar se perguntando quem sou eu." Ela disse um nome que não significava nada para Corrie. Aí sacudiu a cabeça e deu uma risadinha miúda, pesarosa.

"A Lillian trabalhou para a gente desde que chegou a Kitchener", ela disse. "Os meus filhos adoravam a Lillian. E aí os netos. Adoravam mesmo. Jesus. No dia de folga dela eu era simplesmente a pior substituta possível para a Lillian. Todo mundo adorava a Lillian lá em casa, na verdade."

Ela disse isso de modo meio assombrado, ainda que encantado. Do modo como mulheres daquele tipo podiam ser, revelando um desprezo bem charmoso por si mesmas. Ela podia ter percebido que Corrie era a única pessoa ali que sabia falar sua língua e não ia tomar suas palavras ao pé da letra.

Corrie disse: "Eu não sabia que ela estava doente".

"Ela se foi muito rápido", disse a mulher com o bule, oferecendo mais à senhora das pérolas e sendo dispensada.

"Na idade dela vai mais rápido do que com as mulheres idosas mesmo", disse a mulher do chá. "Quanto tempo ela ficou no hospital?", ela perguntou de um jeito levemente ameaçador para as pérolas.

"Estou tentando pensar. Dez dias?"

"Mais rápido que isso, pelo que eu soube. E mais rápido ainda se contar de quando avisaram a família dela aqui."

"Ela foi muito discreta com tudo." Isso veio da empregadora, que falava baixo, mas não se deixava vencer. "Ela não era nem um pouco do tipo que faz cenas."

"É, não era mesmo", Corrie disse.

Naquele momento, uma moça roliça e sorridente apareceu e se apresentou como pastora.

"Estamos falando da Lillian?", ela perguntou. E sacudiu a cabeça maravilhada. "Lillian era abençoada. Era uma pessoa rara."

Todas concordaram. Inclusive Corrie.

"Suspeito de Sua Excelência a Pastora", Corrie escreveu a Howard, na longa carta que estava compondo mentalmente a caminho de casa.

No fim do dia ela se sentou e começou a pôr aquela carta no papel, embora não pudesse mandá-la ainda — Howard estava passando umas semanas no chalé de Muskoka com a família. Todo mundo levemente contrariado, como ele havia descrito previamente — a esposa sem a política, ele sem o piano — mas sem disposição para abandonar o ritual.

"Claro que é absurdo pensar que o salário do medo da Lillian fosse erguer uma igreja", ela escreveu. "Mas eu seria capaz de apostar que ela construiu o campanário. Se bem que é um campanário meio esquisito. Eu nunca tinha pensado em como se gasta com aqueles campanários que parecem casquinhas de sorvete viradas para baixo. A perda da fé está na cara, não é? Eles não sabem, mas é o que estão declarando."

Ela amassou a carta e começou de novo, num tom mais radioso.

"Os dias da chantagem chegaram ao fim. O som do cuco se faz ouvir por estas plagas."

Ela nunca tinha se dado conta do peso daquilo, escreveu, mas agora podia ver. Não o dinheiro — como ele sabia muito bem, ela não ligava para o dinheiro, e, enfim, em termos reais a soma tinha se tornado cada vez menor com o passar dos anos, apesar de Lillian aparentemente nunca ter se dado conta disso. Era aquela sensação incômoda, a nunca-completa-segurança daquilo, o fardo sobre o longo amor dos dois, que a tinham feito infeliz. Ela tinha essa sensação cada vez que passava por uma caixa de correio.

Pensou se por acaso ele poderia ficar sabendo da notícia antes de a carta chegar até ele. Não era possível. Ele ainda não tinha chegado ao estágio de ficar verificando obituários.

Era sempre em fevereiro e de novo em agosto de cada ano que ela punha as notas especiais no envelope e ele enfiava o envelope no bolso. Depois, ele provavelmente verificava as notas e datilografava o nome da Lillian no envelope antes de deixar na caixa dela.

A questão era: será que ele tinha olhado a caixa para ver se o dinheiro desse verão tinha sido retirado? Lillian estava viva quando Corrie fez a transferência, mas certamente não estava em condições de ir até a caixa. Certamente não estava em condições.

Foi logo antes de Howard partir para o chalé que Corrie o viu pela última vez e que a transferência do envelope se deu. Ela tentou calcular exatamente quando foi, se ele teria tido tempo de verificar de novo a caixa depois de entregar o dinheiro ou se teria ido direto para o chalé. Às vezes, durante os períodos no chalé, em anos anteriores, ele conseguia arranjar um tempo para escrever uma carta para Corrie. Mas não dessa vez.

Ela vai para a cama, a carta para ele ainda por terminar.
E acorda cedo, quando o céu está ficando claro, apesar de o sol ainda não ter nascido.
Sempre tem uma manhã em que você percebe que os pássaros foram todos embora.
Ela sabe de alguma coisa. Descobriu enquanto dormia.
Não existe notícia alguma para dar a ele. Não existe, porque nunca existiu.
Não há notícia alguma sobre Lillian, porque a Lillian não faz diferença e nunca fez. Não há caixa postal alguma, porque o dinheiro vai direto para uma conta ou talvez para uma carteira. Despesas gerais. Ou um modesto pé-de-meia. Uma viagem para a Espanha. E daí? Gente com família, chalés de veraneio, filhos na escola, contas a pagar — essas pessoas não precisam pensar em como gastar uma quantia daquelas. Nem se pode chamar de bônus inesperado. Não há por que explicar.
Ela levanta e se veste rapidamente e anda por todos os cômodos da casa, apresentando a nova ideia às paredes e à mobília. Há uma cavidade em todo lugar, especialmente em seu peito. Ela faz café e não bebe. Acaba no quarto de novo, e descobre que as apresentações à realidade atual precisam ser feitas novamente.

* * *

Um bilhete curtíssimo, a carta no lixo.
"Lillian morreu, enterrada ontem."

Ela envia ao escritório, não faz diferença. Carta registrada, e daí?

Ela desliga o telefone, para não sofrer com a espera. O silêncio. Pode ser que ela simplesmente nunca mais ouça.

Mas logo vem uma carta, com pouco mais do que havia na dela.

"Tudo bem agora, fique feliz. Breve."

Então é assim que eles vão deixar as coisas. Tarde demais para fazer diferente. Quando podia ter sido pior, muito pior.

Trem

É um trem lento mesmo, e diminui ainda mais de velocidade para a curva. Jackson é o único passageiro que sobrou, e a próxima parada, Clover, está a cerca de trinta quilômetros de distância. E depois Ripley, e Kincardine, e o lago. Ele está com sorte e não deve desperdiçá-la. Já tirou o canhoto da passagem da fenda acima da poltrona.

Ele lança a bolsa, e a vê aterrissar bem direitinho, entre os trilhos. Não há mais escolha — o trem não vai ficar mais lento.

Ele arrisca. Jovem e em boa forma, mais ágil do que nunca. Mas o salto, a aterrissagem, o deixam desapontado. Ele está mais enrijecido do que achava, a imobilidade o lança para a frente, as palmas das mãos batem forte no cascalho entre os dormentes, ele ralou a pele. Nervosismo.

O trem some de vista, ele ouve a velocidade aumentando, vencida a curva. Cospe nas mãos machucadas, tirando o cascalho. Aí apanha a bolsa e começa a caminhar na direção de onde vinha de trem. Se ele seguisse o trem, apareceria na estação de Clover logo à noitinha. Ainda conseguiria reclamar que tinha caído no sono e acordado todo atrapalhado, achando que havia deixado passar a parada dormindo, quando isso não era verdade. Que tinha saltado, todo confuso, e aí voltado a pé.

Teriam acreditado nele. Voltando para casa assim de tão longe, voltando da guerra, ele podia ter ficado com a cabeça meio atrapalhada. Não é tarde demais, ele estaria lá como deveria, ainda antes da meia-noite.

Mas enquanto pensa nisso, ele não para de andar na direção contrária.

Ele não conhece muitos nomes de árvores. Bordo, esse todo mundo sabe. Pinheiro. E não muitos mais. Ele tinha achado que o lugar onde saltou era um bosque, mas não era. As árvores só ficavam ao longo do trilho, perto umas das outras no talude, mas ele consegue ver relances de campo atrás delas. Campos verdes ou ferrugem ou amarelos. Pastos, plantações, restolho. Ele só consegue ver até aí. Ainda é agosto.

E agora que o barulho do trem foi engolido, ele percebe que não há ali a perfeita tranquilidade que ele esperava. Perturbações aqui e ali, as folhas secas de agosto sacudidas por alguma coisa que não era vento, a algazarra que o perseguia, de uns pássaros invisíveis.

Pular do trem deveria ser um cancelamento. Você sacode a inércia do corpo, prepara os joelhos, para então entrar num bloco de ar diferente. Mira o vazio. E em vez disso, o que é que você ganha? Um bando imediato de novas circunstâncias, pedindo sua atenção como elas não faziam quando você estava sentado no trem, só olhando pela janela. O que é que você está fazendo aqui? Aonde é que você vai? Uma sensação de ser observado por coisas que você não conhecia. De ser uma perturbação. A vida à sua volta chegando a certas conclusões a seu respeito, de pontos de vista que você ignorava.

As pessoas que ele conheceu nos últimos anos pareciam achar que se alguém não era de uma cidade, era do campo. E isso não era verdade. Havia distinções que as pessoas podiam não perceber se não morassem lá, entre o campo e a cidade. O próprio Jackson era filho de um encanador. Ele nunca havia pisado num estábulo na vida ou pastoreado vacas ou empilhado cereais.

Nem tinha se visto nesta situação de agora, marchando ao lado de um trilho de trem que parecia ter abandonado o seu objetivo normal de levar pessoas e cargas para se tornar a província de macieiras silvestres e arbustos espinhentos de amoras e vinhas compridas e corvos — ele conhecia pelo menos essa ave — que riam empoleirados não se sabe onde. E neste exato momento uma cobra pequena se esgueira entre os trilhos, totalmente confiante de que ele não vai ser rápido o suficiente para pisar nela e matá-la. Ele sabe o suficiente para perceber que ela é inofensiva, mas a confiança o deixa irritado.

A vaquinha jersey, que se chamava Margaret Rose, normalmente aparecia na porta do estábulo para ser ordenhada duas vezes por dia, de manhã e à tarde. Em geral Belle nem precisava chamar. Mas naquela manhã ela estava interessada demais em alguma coisa lá onde o terreno do pasto tem uma baixada, ou nas árvores que escondiam os trilhos do outro lado da cerca. Ela ouviu o assobio de Belle e aí a voz dela chamando, e começou a andar relutante. Mas aí decidiu voltar para dar mais uma olhada.

Belle colocou o balde e o banquinho no chão e começou a andar pela grama orvalhada da manhã.

"Ta...ta...ta..."

Ela estava em parte tentando atrair a vaquinha, em parte ralhando com ela.

Alguma coisa se mexeu nas árvores. Uma voz de homem gritou que estava tudo bem.

Mas claro que estava tudo bem. Por acaso ele achava que ela estava com medo dele? Melhor era ele ficar com medo da vaca que ainda tinha chifre.

Pulando a cerca da estrada de ferro, ele acenou de um jeito que pode ter considerado tranquilizador.

Aquilo era demais para Margaret Rose, ela tinha que fazer uma cena. Pular para cá e depois para lá. Brandir aqueles chifrinhos danados. Nada de mais, mas as jersey sempre são capazes de uma surpresa desagradável, com aquela velocidade e aqueles surtos de mau humor. Belle gritou, para repreender a vaca e tranquilizar o homem.

"Ela não vai te machucar. Só não se mexa. Ela é nervosa."

Agora ela percebeu a bolsa que ele estava segurando. Era isso que tinha causado aquele rebuliço. Ela tinha achado que ele estava só andando pelos trilhos, mas ele estava indo a algum lugar.

"Ela está incomodada com a bolsa. Se der para você só largar um minutinho. Eu tenho que levar ela de volta pro estábulo para a ordenha."

Ele fez o que ela disse, e aí ficou parado olhando, sem querer se mexer um centímetro.

Ela levou Margaret Rose de volta até onde estava o balde e o banquinho, do seu lado do celeiro.

"Pode pegar, agora", ela gritou. E foi simpática enquanto ele se aproximava. "Desde que você não fique sacudindo isso perto dela. Você é soldado, não é? Se você esperar até eu terminar a ordenha, posso te oferecer um café. É um nome estúpido quando a gente tem que gritar com ela. Margaret Rose."

Ela era uma mulher baixinha e gordinha com cabelo liso, grisalho em meio ao loiro, e uma franjinha infantil.

"Eu sou a única responsável por isso aqui", ela disse, enquanto se acomodava. "Sou monarquista. Ou era. Tenho um mingau pronto, na boca de trás do fogão. Não vou demorar muito aqui. Se você não se incomodar de ir para o outro lado do celeiro e esperar onde ela não possa te ver. Pena que eu não posso te oferecer um ovo. A gente tinha umas galinhas, mas as raposas ficavam matando todas elas e uma hora a gente se cansou."

A gente. A gente tinha umas galinhas. Isso significava que ela tinha um homem em algum lugar por ali.

"Mingau está ótimo. Eu posso pagar."

"Não precisa. Só saia um pouco daqui de perto. Ela está muito interessada para deixar o leite descer."

Ele sumiu em direção ao outro lado do celeiro. Estava em mau estado. Espiou por entre as tábuas para ver que tipo de carro ela tinha, mas a única coisa que ele conseguiu distinguir ali dentro foi uma charrete velha e umas máquinas caindo aos pedaços.

Aquele lugar revelava certa organização, mas não exatamente esforço. Na casa, tinta branca toda descascada e ficando cinza. Uma janela com tábuas pregadas, onde devia haver vidros quebrados. O galinheiro dilapidado onde ela tinha mencionado as raposas pegando as galinhas. Telhas empilhadas.

Se havia um homem ali, ele devia ser um inválido, ou talvez alguém paralisado pela preguiça.

Uma estrada passava por ali. Um campinho cercado diante da casa, uma estrada de terra. E no campo um cavalo malhado com uma cara pacífica. Uma vaca ele podia entender, mas por que ter um cavalo? Até antes da guerra os fazendeiros estavam se livrando deles, os tratores eram a novidade. E ela não parecia ser do tipo que saía trotando a cavalo só para se divertir.

Foi aí que ele percebeu. A charrete no celeiro. Não era uma relíquia, era tudo que ela tinha.

Fazia um tempo já que ele estava ouvindo um som peculiar. A estrada se erguia na direção de um morro, e de cima do morro vinha um pocotó, pocotó. E junto com o pocotó um sininho ou um assobio.

Agora isso. Do morro veio uma caixa sobre rodas, sendo puxada por dois cavalos bem pequenos. Menores que o que estava no campo, mas incomparavelmente mais espertos. E na caixa havia coisa de meia dúzia de homenzinhos. Todos de preto, com belos chapéus pretos na cabeça.

O som vinha deles. Era música. Vozinhas discretas e agudas, muito delicadas. Eles nem olharam para ele ao passar.

Aquilo lhe dava arrepios. A charrete no celeiro e o cavalo no campo não eram nada em comparação com aquilo.

Ele ainda estava ali parado olhando de um lado para outro quando ouviu que ela gritava: "Pronto, acabei". Ela estava parada perto da casa.

"É por aqui que dá para entrar e sair", ela disse junto à porta dos fundos. "A da frente está emperrada desde o inverno passado, ela simplesmente se nega a abrir, parece que congelou."

Eles passaram por umas tábuas estendidas sobre um chão irregular de terra batida, numa escuridão propiciada pela janela coberta de tábuas. Estava tão gelado lá dentro quanto no oco onde ele dormiu. Ele ficou acordando sem parar, tentando se enroscar numa posição em que conseguisse se manter quente. A mulher não tremia de frio ali — ela emanava um cheiro de esforço saudável e do que devia ser couro de vaca.

Ela verteu o leite fresco numa bacia e cobriu o recipiente com um pedaço de morim que estava por ali, e aí o levou para a parte principal da casa. As janelas não tinham cortinas, então ali a luz penetrava. Também o fogão a lenha tinha sido usado. Havia uma pia com uma bomba manual, uma mesa com um oleado gasto até esfiapar em alguns lugares e um sofá coberto com uma manta velha remendada.

Também uma almofada que tinha soltado algumas penas.

Até aqui, nada tão ruim, apesar de velho e puído. Tudo que estava à vista tinha serventia. Mas era erguer os olhos que lá nas prateleiras havia pilhas e pilhas de jornais e revistas, ou só de papéis, até o teto.

Ele tinha que perguntar, Ela não ficava com medo de incêndio? Um fogão a lenha, por exemplo.

"Ah, eu fico sempre por aqui. Quer dizer, eu durmo aqui. Não tem outro lugar onde eu consiga me livrar das correntes de ar. Eu fico atenta. E nem acendo a lareira. Já aconteceu de ficar quente demais e eu só joguei fermento em cima. Nada grave.

"A minha mãe tinha que ficar aqui, de qualquer modo", ela disse. "Ela só ficava bem acomodada aqui. Eu deixava a caminha dela aqui. Ficava de olho em tudo. Eu até pensei em levar a papelada toda para a sala da entrada, mas o negócio é que é muito úmido lá, ia estragar tudo."

Aí ela disse que devia ter explicado. "A minha mãe morreu. Ela morreu em maio. Bem quando o tempo ficou decente. Ela viveu para ouvir a notícia do fim da guerra no rádio. Entendia direitinho. Ela perdeu a fala há um tempão, mas conseguia entender. Eu fiquei tão acostumada com ela não falar que às vezes eu acho que ela está aqui, mas claro que não está."

Jackson sentiu que lhe cabia dizer que sentia muito.

"Ah, enfim. Estava na hora. Só sorte que não foi no inverno."

Ela lhe serviu mingau de aveia e chá.

"Não está forte demais? O chá?"

De boca cheia, ele sacudiu a cabeça.

"Eu nunca economizo no chá. Se for pra chegar a esse ponto, por que não tomar água quente? A gente chegou a ficar sem chá quando o tempo ficou horrível daquele jeito no inverno passado. A eletricidade acabou e o rádio acabou e o chá acabou. Eu deixei uma corda amarrada na porta dos fundos para me agarrar nela quando ia ordenhar. Eu ia deixar a Margaret Rose ficar na cozinha dos fundos, mas imaginei que ela ia ficar muito agitada com a tempestade e eu não ia conseguir segurá-la. Enfim, ela sobreviveu. Todo mundo sobreviveu."

Achando uma brecha na conversa, ele perguntou se por acaso havia anões na vizinhança.

"Não que eu tenha percebido."

"Numa carroça?"

"Ah. Eles estavam cantando? Devem ter sido os meninos menonitas. Eles vão de carroça pra igreja e cantam até lá. As meninas têm que ir de charrete com os pais, mas eles deixam os meninos irem com a carroça."

"Pareceu que eles nem me viram."

"E não iam ver mesmo. Eu dizia para a mãe que a gente morava na estrada certa, porque a gente era igual aos menonitas. Cavalo e charrete, e a gente toma leite sem pasteurizar. A única coisa era que nenhuma das duas sabia cantar.

"Quando a mãe morreu eles trouxeram tanta comida que eu fiquei comendo aqui por semanas. Eles devem ter achado que ia ter um velório ou alguma coisa assim. É sorte minha ter eles por perto. Mas aí eu lembro que é sorte deles também. Porque eles têm que praticar caridade e olha eu aqui quase na porta da casa deles, e eu sou uma belíssima ocasião de caridade."

Ele se ofereceu para pagar quando acabasse, mas ela dispensou o dinheiro dele com um gesto.

Mas tinha uma coisa, ela disse. Se antes de ir ele pudesse dar um jeito de consertar o cocho do cavalo.

O que isso envolvia na verdade era fazer um cocho novo para o cavalo, e para isso ele teve que sair em busca dos materiais e das ferramentas que conseguisse encontrar. Custou o dia todo, e ela lhe serviu panquecas com *maple syrup* dos menonitas no jantar. Ela disse que se ele tivesse chegado uma semaninha mais tarde ela podia ter lhe dado geleia fresca. Ela colhia as amoras silvestres ao lado do trilho

Eles ficaram sentados em cadeiras de cozinha na frente da porta dos fundos até o sol se pôr. Ela estava lhe contando alguma coisa sobre como ela tinha vindo parar ali, e ele estava ouvindo, mas não prestando muita atenção porque estava olhando em volta e pensando em como aquele lugar estava caindo aos pedaços, mas ainda não era totalmente irrecuperável, se alguém quisesse se estabelecer ali e consertar tudo. Seria preciso um certo investimento de dinheiro, mas um investimento ainda maior de tempo e de energia. Seria um desafio. Ele quase chegava a lamentar que estivesse seguindo adiante.

Outro motivo de ele não prestar muita atenção ao que Belle — o nome dela era Belle — estava lhe dizendo era que ela estava falando da vida dela, que ele não conseguia imaginar direito.

O pai dela — ela o chamava de papai — tinha comprado aquela casa só para veraneio, ela disse, e aí ele decidiu que eles bem podiam morar ali o ano todo. Ele podia trabalhar em qualquer lugar, porque ganhava a vida escrevendo uma coluna para o *Toronto Evening Telegram*. O carteiro levava o que ele tinha escrito e o texto seguia de trem. Ele escrevia sobre todo tipo de coisa que acontecia. Até incluía a Belle nos textos, se referindo a ela como Gatinha. E mencionava a mãe de Belle ocasionalmente, mas chamando-a de Princesa Casamassima, por causa de um livro cujo título, ela disse, não significava nada além disso. A mãe dela pode ter sido a razão de eles ficarem por lá o ano todo. Ela tinha pegado aquela gripe terrível de 1918, que havia matado tanta gente, e quando escapou, ela estava esquisita. Não exatamente muda, porque conseguia formar palavras, mas tinha perdido boa parte delas. Ou elas que a tinham perdido. Ela teve que aprender de novo a comer e ir ao banheiro. Além das palavras, ela teve que aprender a não tirar a roupa quando estava calor. Então ninguém queria que ela ficasse andando por aí e sendo motivo de riso na rua de alguma cidade.

Belle ficava na escola no inverno. O nome da escola era Bispo Strachan e ela ficou surpresa por ele nunca ter ouvido falar dela. Soletrou o nome. Era em Toronto e cheia de meninas ricas, mas também tinha umas meninas como ela que podiam contar com recursos extras de algum parente ou de algum testamento para estudar lá. A escola a ensinou a ser bem esnobe, ela disse. E não lhe deu nenhuma ideia do que fazer para ganhar a vida.

Mas isso tudo foi resolvido para ela pelo acaso. Caminhando pelos trilhos, como ele gostava de fazer nas noites de verão, o pai dela foi atropelado por um trem. Ela e a mãe já tinham ido para a cama quando aconteceu, e Belle achou que devia ser um animal de criação solto nos trilhos, mas a mãe dela estava gemendo de um jeito horroroso e parecia já saber do que se tratava.

Às vezes uma menina que tinha sido sua amiga na escola escrevia para perguntar o que era que ela arranjava para fazer ali, mas esse pessoal não sabia da missa a metade. Havia a ordenha e a cozinha e cuidar da mãe, e naquela época ela ainda tinha as galinhas. Ela aprendeu a cortar as batatas de maneira que cada parte ficasse com um olho, e plantar e arrancá-las no verão seguinte. Ela não tinha aprendido a dirigir e quando a guerra chegou ela vendeu o carro do papai. Os menonitas a deixaram ficar com um cavalo que não servia mais para o trabalho da fazenda, e um deles a ensinou a arreá-lo e a guiá-lo.

Uma das velhas amigas, chamada Robin, veio visitá-la e achou o modo de vida dela uma piada. Ela queria que a amiga voltasse a Toronto, mas e como ficava a mãe? A mãe dela agora estava bem mais tranquila e não pensava em tirar as roupas, também gostava de ouvir rádio, a ópera das tardes de sábado. Claro que ela podia fazer isso em Toronto, mas Belle não queria tirá-la do seu ambiente. Robin disse que era dela mesma que ela estava falando, com medo de mudar de ambiente. Ela — a Robin — foi embora e entrou para o que quer que eles chamassem de exército das mulheres.

* * *

A primeira coisa que ele tinha que fazer era deixar outros cômodos além da cozinha preparados para que se pudesse dormir neles, quando chegasse o frio. Ele tinha que se livrar de uns camundongos e até de uns ratos, que agora entravam em casa, com o tempo mais fresco. Ele lhe perguntou por que ela nunca tinha investido num gato e ouviu uma amostra da sua lógica peculiar. Ela disse que ele ficaria o tempo todo matando bichos e trazendo para ela ver, e que ela não queria vê-los. Ele ficou de ouvidos bem atentos para o estalo das ratoeiras, e se livrou delas antes que ela percebesse o que tinha acontecido. Aí ele perorou sobre os papéis que entulhavam a cozinha, o risco de incêndio, e ela concordou em transferir tudo se eles dessem um jeito de acabar com a umidade da sala de entrada. Isso virou sua tarefa principal. Ele investiu num aquecedor e consertou as paredes, e a convenceu a passar quase um mês subindo e pegando os papéis, relendo e reorganizando tudo e acomodando nas prateleiras que ele tinha feito.

Ela lhe disse então que os papéis continham o livro do pai dela. Às vezes ela o chamava de romance. Ele não pensou em perguntar nada a respeito, mas um dia ela lhe disse que era sobre duas pessoas chamadas Matilde e Estêvão. Um romance histórico.

"Você se lembra das suas aulas de história?"

Ele tinha terminado cinco anos de colegial com notas respeitáveis e um desempenho muito bom em trigonometria e geografia, mas não lembrava muita coisa de história. No último ano dele, afinal, a única coisa em que ele conseguia pensar era que estava indo para a guerra.

Ele disse: "Não muito".

"Você ia se lembrar de tudo se tivesse cursado a Bispo Strachan. Eles teriam te enfiado história goela abaixo. A história inglesa, pelo menos."

Ela disse que Estêvão tinha sido um herói. Um homem de honra, bom demais para o tempo em que vivia. Ele era aquele tipo raro de pessoa que não pensava só em si própria nem estava pronta a quebrar um juramento assim que fosse conveniente. Por isso, finalmente ele não era um grande sucesso.

E aí Matilde. Ela era uma descendente direta de Guilherme, o Conquistador, e cruel e orgulhosa como se poderia esperar. Ainda que pudesse haver gente estúpida o bastante para defendê--la só porque era mulher.

"Se ele tivesse conseguido terminar, teria sido um belo romance."

É claro que Jackson sabia que livros existiam porque pessoas se sentavam para escrevê-los. Eles não caíam do céu. Mas por quê, era a questão. Já havia livros no mundo, vários. Dois dos quais ele tinha lido na escola. *Um conto de duas cidades* e *Huckleberry Finn*, cada um deles com uma linguagem cansativa, ainda que uma diferente da outra. E isso era compreensível. Eles tinham sido escritos no passado.

O que o intrigava, apesar de que ele não pretendia deixar isso transparecer, era por que alguém ia querer sentar e fazer outro livro, no presente. Hoje.

Uma tragédia, disse Belle bruscamente, e Jackson não sabia se ela estava falando do pai ou das pessoas do livro que não havia sido terminado.

Enfim, agora que aquele cômodo era habitável, a cabeça dele estava no telhado. Não adiantava arrumar um quarto e deixar o estado do telhado tornar tudo inabitável de novo em um ou dois anos. Ele tinha feito uns remendos para ele durar mais uns invernos, mas não podia garantir mais que isso. E ele ainda planejava seguir o seu caminho no Natal.

Nas famílias menonitas da fazenda vizinha havia uma porção de meninas mais velhas, e os meninos mais novos que ele vira ainda não tinham força para os trabalhos mais pesados. Jackson tinha conseguido se empregar com eles, durante a colheita de outono. Ele fora convidado para comer com os demais, e para sua surpresa descobriu que as meninas agiam de modo coquete quando o serviam, não eram nada mudas, como ele tinha esperado. As mães ficavam de olho nelas, ele percebeu, e os pais ficavam de olho nele. Ficou satisfeito de saber que conseguia agradar tanto às primeiras quanto aos segundos. Eles podiam ver que ele não estava aprontando nada. Todas seguras.

E claro que com Belle nada havia para comentar. Ela era — ele tinha descoberto — dezesseis anos mais velha que ele. Mencionar isso, até em tom de brincadeira, ia estragar tudo. Ela era um certo tipo de mulher, ele, um certo tipo de homem.

A cidade onde eles faziam compras, quando necessário, se chamava Oriole. Era no sentido oposto ao da cidade onde ele tinha crescido. Ele amarrava o cavalo no galpão da Igreja Unida de lá, já que obviamente não havia mais postes de atrelagem na rua principal. De início ele tinha receio de ir à loja de ferramentas ou ao barbeiro. Mas logo ele entendeu uma coisa a respeito das cidades pequenas, algo que já devia ter percebido antes, pelo simples fato de ter crescido em uma. Elas não tinham muito interesse umas nas outras, a não ser que fosse para jogos de beisebol ou de hóquei, onde tudo era de uma hostilidade férvida e artificial. Quando precisavam comprar coisas que as suas lojas não tinham, eles iam a uma cidade grande. O mesmo acontecia quando queriam uma consulta com um médico diferente daqueles que sua cidadezinha podia oferecer. Ele não topou com ninguém conhecido, e ninguém mostrava curiosidade a seu respeito, embora às vezes chegassem a olhar duas vezes para o cavalo. Nos meses de inverno, nem isso, porque as estradas vicinais não eram limpas e as pessoas que levavam o leite para o armazém de laticínios ou os ovos para o mercado tinham que se virar com cavalos, exatamente como ele e Belle faziam.

Belle sempre parava para ver que filme estava passando, apesar de não ter intenção de ir ver qualquer um deles. Seus conhecimentos a respeito de filmes e estrelas de cinema eram extensos, mas provinham de anos passados, mais ou menos como Matilde e Estêvão. Ela sabia dizer, por exemplo, com quem Clark Gable era casado na vida real antes de virar Rhett Butler.

Logo Jackson estava indo cortar o cabelo quando precisava e comprando tabaco quando o seu acabava. Ele fumava agora como um fazendeiro, enrolando seus cigarros e jamais acendendo um dentro de casa.

Demorou um tempo para aparecerem os carros usados, mas quando surgiram, com os novos modelos finalmente em cena, e os fazendeiros que tinham feito dinheiro durante a guerra estavam prontos para trocar seus modelos antigos, ele teve uma conversa com Belle. O cavalo Sardento tinha sabe lá quantos anos de idade e empacava em qualquer morrinho.

Ele percebeu que o vendedor de carros andava prestando atenção nele, apesar de não contar com uma visita.

"Eu sempre achei que você e a sua irmã eram menonitas, mas de um tipo que usava umas roupas diferentes", o vendedor disse.

O comentário deixou Jackson meio abalado, mas pelo menos era melhor que marido e mulher. Ele o fez perceber o quanto devia ter mudado e envelhecido com os anos, e o quanto a pessoa que tinha saltado do trem, aquele soldado magrelo e nervoso, seria difícil de reconhecer no homem que ele era hoje. Enquanto Belle, até onde ele podia ver, tinha parado em algum ponto da vida em que continuava sendo uma criança crescida. E a conversa dela reforçava essa impressão, pulando de uma coisa para outra, entrando e saindo do passado, de um jeito que parecia que ela não diferenciava a última vez em que foi à cidade do último filme que tinha visto com a mãe e o pai, ou da ocasião cômica em que Margaret Rose — agora morta — tinha sacudido os chifres para um Jackson preocupado.

Foi o segundo carro deles, usado é claro, que os levou a Toronto no verão de 1962. Foi uma viagem que eles não tinham planejado e aconteceu numa hora complicada para Jackson. Para começo de conversa, ele estava construindo um estábulo novo para os menonitas, que estavam ocupados com as plantações, e além disso ele tinha a sua própria colheita de vegetais chegando, que ele já havia vendido para o mercado de Oriole. Mas Belle tinha um caroço em que ela finalmente havia sido convencida a prestar atenção, e estava com uma cirurgia marcada em Toronto.

Que mudança, Belle repetia. Você tem certeza de que a gente ainda está no Canadá?

Isso foi antes de eles passarem por Kitchener. Quando entraram na estrada nova, ela ficou realmente assustada, implorando que ele encontrasse uma estrada vicinal ou desse meia-volta e fosse para casa. Ele se viu respondendo incisivamente — o trânsito era surpreendente também para ele. Ela ficou quieta durante todo o trajeto depois disso, e ele não tinha como saber se ela estava de olhos fechados porque havia desistido ou porque estava rezando. Ele nunca tinha imaginado que ela rezava.

Até aquela manhã ela estava tentando fazê-lo mudar de ideia sobre a viagem. Ela dizia que o caroço estava ficando menor, não maior. Como agora tinha seguro de saúde para todo mundo, ela dizia, as pessoas só queriam saber de ir correndo para o médico, e de transformar a vida em um longo drama de hospitais e operações, o que só prolongava o período em que a gente virava um incômodo no fim da vida.

Ela se acalmou e se animou quando eles chegaram à saída certa e estavam de fato na cidade. Eles se viram na Avenue Road, e apesar das exclamações de quanto aquilo tudo tinha mudado, ela parecia conseguir reconhecer alguma coisa em cada quadra. Lá estava o apartamento onde um dos professores da Bispo Strachan morava. No porão tinha uma loja na qual dava para comprar leite e cigarros e o jornal. Não seria estranho, ela disse, se desse para você entrar lá e achar o *Telegram*, no qual não haveria apenas o nome do pai dela, mas a foto borrada, tirada quando ele ainda tinha todo o cabelo?

Aí um gritinho, e no fim de uma rua transversal ela tinha visto a própria igreja — ela podia jurar que era a própria igreja — onde seus pais haviam se casado. Eles tinham levado a filha para ver a igreja, apesar de não ser um lugar que eles frequentassem. Eles não frequentavam qualquer igreja, longe disso. Era meio que uma piada. O pai dela dizia que eles haviam se casado no porão, mas a mãe dizia que tinha sido na sacristia.

Nessa época a mãe dela conseguia falar com facilidade, ela era como todo mundo.

Talvez houvesse uma lei na época que obrigava as pessoas a se casar na igreja, ou não seria legal.

Em Eglinton ela viu a placa do metrô.

"Imagine só, eu nunca andei de metrô."

Ela disse isso com certa mistura de dor e orgulho.

"Imagine continuar tão ignorante."

No hospital eles já estavam esperando por ela. Continuou animada, falando a eles do horror que tinha passado no trânsito e das mudanças, perguntando se ainda montavam um certo espetáculo de Natal na loja Eaton. E será que alguém ainda lia o *Telegram*?

"Vocês deviam ter vindo por Chinatown", uma das enfermeiras disse. "Aquilo é que é interessante."

"Eu vou fazer questão de ver na volta para casa." Ela riu, e disse: "Se é que eu vou voltar para casa".

"Não fale bobagem."

Outra enfermeira estava conversando com Jackson sobre o lugar onde ele tinha deixado o carro, e lhe dizendo para tirá-lo dali para não tomar uma multa. E também se certificando de que ele sabia das acomodações para parentes que vinham de fora, bem mais baratas do que um hotel.

A Belle ia para a cama agora, elas disseram. Um médico ia passar para dar uma olhada nela, e Jackson podia voltar depois para dizer boa-noite. Podia ser que ele a achasse um pouquinho tonta, então.

Ela entreouviu, e disse que era tonta o tempo todo, de modo que ele não ia ficar surpreso, e todos em volta riram um pouco.

A enfermeira o levou para assinar alguma coisa antes de ir embora. Ele hesitou no campo em que se perguntava sobre o parentesco. Aí escreveu "Amigo".

Quando ele voltou de noite, de fato percebeu uma mudança, mas não teria dito que Belle estava tonta. Eles tinham vestido uma espécie de saco de pano verde nela que deixava seu pescoço e seus braços quase inteiros de fora. Raras vezes ele a vira tão despida, ou percebera seus tendões que pareciam em carne viva se estendendo entre a clavícula e o queixo.

Ela estava com raiva porque sua boca estava seca.

"Eles só me deixam tomar uns golinhos ridículos de água."

Ela queria que ele fosse buscar uma coca-cola para ela, coisa que nunca tinha bebido na vida, até onde ele sabia.

"Tem uma máquina no corredor — tem que ter. Eu vejo as pessoas passando com as garrafas na mão e fico com tanta sede."
Ele disse que não podia contrariar as ordens.
Os olhos dela se encheram de lágrimas e ela se virou contrariada.
"Eu quero ir pra casa."
"Logo você vai."
"Você podia me ajudar a achar as minhas roupas."
"Não podia não."
"Se você não procurar eu mesma procuro. Eu vou sozinha até a estação de trem."
"Não tem mais nenhum trem de passageiros que vá pro nosso lado."
De uma hora para a outra ela pareceu desistir dos planos de fuga. Depois de alguns instantes ela começou a se lembrar da casa e de todas as melhorias que eles — ou em geral ele — tinham feito nela. A tinta branca brilhando lá fora, e até a cozinha dos fundos caiada e dotada de um piso de tábuas. O telhado refeito e as janelas de volta ao seu antigo estilo simples e, a maior das glórias, o encanamento que era uma alegria tão grande no inverno.
"Se você não tivesse aparecido eu logo estaria vivendo numa sordidez absoluta."
Ele não manifestou a sua opinião de que ela já estava vivendo assim na época.
"Quando eu sair dessa eu vou fazer um testamento", ela disse. "Tudo será seu. Você não vai ter trabalhado à toa."
É claro que ele já tinha pensado nisso, e era de esperar que a perspectiva da propriedade lhe causasse uma certa satisfação contida, ainda que ele desse voz a uma esperança sincera e amistosa de que nada acontecesse assim tão cedo. Mas não agora. Aquilo parecia ter pouco a ver com ele, estar longe demais.

Ela voltou a sua aflição.
"Ah, como eu queria estar lá e não aqui."
"Você vai se sentir bem melhor quando acordar depois da operação."
Se bem que por tudo que ele tinha ouvido, essa era uma mentira descarada.
De repente ele se sentiu tão cansado.

Ele tinha chegado mais perto da verdade do que poderia imaginar. Dois dias depois da retirada do caroço, Belle estava sentada num outro quarto, ansiosa por vê-lo e nada incomodada com os gemidos que vinham de uma mulher atrás da cortina que cercava o leito ao lado. Era mais ou menos assim que ela — Belle — tinha estado no dia anterior, quando ele nem conseguiu fazê-la abrir os olhos ou perceber sua presença.
"Não preste atenção nela", disse Belle. "Ela está completamente inconsciente. Provavelmente não está sentindo nada. Ela vai acordar amanhã novinha em folha. Ou não."
Uma autoridade um tanto satisfeita, oficial, estava transparecendo, de uma veterana calejada. Ela estava sentada na cama e tomando alguma bebida de um laranja bem forte com um canudinho convenientemente curvo. Ela parecia bem mais jovem que a mulher que ele tinha trazido ao hospital tão pouco tempo antes.

Ela queria saber se ele estava dormindo direito, se tinha encontrado algum lugar onde gostava de comer, se o tempo não estava quente demais para ele andar por aí, se ele tinha tido tempo para visitar o Royal Ontario Museum, como ela achava que tinha aconselhado.

Mas ela não conseguia se concentrar nas respostas dele. Parecia estar num estado de estarrecimento. Estarrecimento controlado.

"Ah, mas eu tenho que te contar", ela disse, cortando a explicação dele de por que não tinha ido ao museu. "Ah, não faça essa cara de assustado. Você vai me fazer rir com essa cara, vai machucar os pontos. Mas por que é que eu ia pensar em rir, afinal de contas? É uma coisa tão horrivelmente triste, é uma tragédia mesmo. Você sabe do meu pai, o que eu te contei do meu pai..."

O que ele percebeu foi que ela disse pai em vez de papai.

"O meu pai e a minha mãe..."

Ela parecia ter que procurar um pouco e começar de novo.

"A casa estava num estado melhor do que quando você chegou. Bom, tinha que estar. A gente usava aquele quarto do primeiro andar como banheiro. Claro que a gente tinha que ficar subindo e descendo com a água. Só depois, quando você chegou, é que eu estava usando o do térreo. O das prateleiras, sabe, que tinha sido uma despensa?"

Como ela podia não lembrar que havia sido ele quem tinha tirado as prateleiras e instalado no banheiro?

"Ah, enfim, que diferença faz?", ela disse, como se estivesse acompanhando o pensamento dele. Então eu tinha esquentado a água e levado para cima para tomar meu banho de esponja. E eu tirei a roupa. Bom, tinha que tirar. Tinha um espelho grande em cima da pia, sabe, tinha uma pia que nem num banheiro de verdade, só que você tinha que tirar o tampão e deixar a água escorrer de volta pro balde quando terminava. A privada não ficava ali. Deu pra entender. Então eu fui me lavando e estava pelada, claro. Devia ser perto de nove da noite, então tinha muita luz. Era verão, eu te disse? Aquele quartinho que dá pro oeste?

"Aí eu ouvi passos e claro que era o papai. Meu pai. Ele devia ter acabado de pôr a mãe na cama. Eu ouvi os passos subindo a escada e percebi que estavam soando pesados. De alguma maneira diferentes do usual. Muito deliberados. Ou talvez tenha sido só a minha impressão depois. A gente tende a dramatizar as coisas depois. Os passos pararam bem na frente da porta do banheiro e se eu pensei alguma coisa eu pensei Ah, ele deve estar cansado. Eu não tinha trancado a porta porque claro que não tinha tranca. A gente simplesmente presumia que alguém estava dentro quando a porta estava fechada.

"Então ele ficou parado na frente da porta e eu não pensei nada daquilo e aí ele abriu a porta e só ficou ali parado me olhando. E eu tenho que deixar claro o que eu quero dizer com isso. Olhando para mim inteira, não só o rosto. O meu rosto olhando para o espelho e ele me olhando no espelho e também para o que estava atrás de mim e eu não conseguia ver. Não era de jeito nenhum um olhar normal.

"Vou te dizer o que eu pensei. Eu pensei: Ele está sonambulando. Eu não sabia o que fazer, porque você não pode assustar um sonâmbulo.

"Mas aí ele disse 'Perdão' e eu soube que ele não estava dormindo. Mas ele falou com uma voz bem engraçada, digo, era uma voz estranha, bem como se ele estivesse com nojo de mim. Ou bravo comigo, eu não sabia. Aí ele deixou a porta aberta e simplesmente voltou pelo corredor. Eu me enxuguei e vesti a camisola e fui para a cama e dormi imediatamente. Quando eu acordei de manhã lá estava a água que eu não tinha drenado, e eu não queria chegar perto dela, mas cheguei.

"Mas tudo parecia normal e ele já estava acordado e datilografando. Ele só gritou bom-dia e aí me perguntou como se escrevia uma palavra. Do jeito de sempre, porque eu era melhor de ortografia. Então eu dei a resposta para ele e aí disse que era melhor ele aprender ortografia se queria ser escritor, ele era péssimo naquilo. Mas em algum momento depois disso quando eu estava lavando louça ele apareceu bem atrás de mim e eu gelei. Ele só disse 'Belle, eu sinto muito'. E eu pensei Ah, como eu queria que ele não tivesse dito isso. Aquilo me deixou com medo. Eu sabia que era verdade que ele sentia muito, mas ele estava dizendo aquilo abertamente, de um jeito que eu não podia ignorar. Eu só disse 'Tudo bem', mas não consegui me fazer dizer isso com uma voz tranquila ou como se estivesse mesmo tudo bem.

"Eu não consegui. Eu tinha que fazer ele perceber que ele tinha mudado nós dois. Fui jogar fora a água da louça e aí voltei pra sei lá o que que eu ainda estava fazendo e não abri a boca. Depois eu acordei a mãe que estava tirando sua soneca e eu já estava com o jantar pronto e chamei por ele, mas ele não veio. Eu disse pra mãe que ele devia ter ido dar uma volta. Era o que ele sempre fazia quando travava na hora de escrever. Ajudei a mãe a cortar a comida, mas não conseguia deixar de pensar em coisas nojentas. Em primeiro lugar nos barulhos que eu às vezes ouvia vindo do quarto deles, e tapava os ouvidos para não escutar. Agora eu ficava pensando na mãe ali sentada jantando, e eu pensava o que será que ela achava daquilo ou entendia daquilo tudo.

"Eu não sabia aonde ele podia ter ido. Preparei a mãe para ir dormir, apesar de ser responsabilidade dele. Aí ouvi o trem chegando e ao mesmo tempo a balbúrdia e o guincho que eram dos freios do trem, e eu devo ter entendido o que tinha acontecido apesar de não saber exatamente em que momento eu entendi.

"Eu já te contei. Eu disse que ele foi atropelado pelo trem.

"Mas eu estou te contando isso. E eu não estou contando só pra ser apavorante. No começo eu não conseguia encarar a situação e por um tempão enorme eu me obriguei mesmo a pensar que ele estava andando pelos trilhos pensando no trabalho e não ouviu o trem. Era essa a estória em que estava tudo bem. Eu não ia pensar que ela tinha a ver comigo e nem que tinha a ver em primeiro lugar com outra coisa.

"Sexo.

"Agora eu entendo. Agora eu tenho uma compreensão real daquilo e de que não foi culpa de ninguém. Foi culpa do sexo humano numa situação trágica. Eu crescendo ali e a mãe como era e o papai, naturalmente, do jeito que teria de ser. Não foi culpa minha nem dele.

"Teria que ser uma coisa reconhecida, só isso, sabe, lugares aonde as pessoas podem ir se estão numa situação dessas. E não ficar cheias de vergonha e de culpa. Se você acha que eu estou falando de bordéis, você está certo. Se você pensou em prostitutas, acertou de novo. Você está entendendo?"

Jackson, olhando por sobre a cabeça dela, disse que sim.

"Eu estou me sentindo tão liberta. Não é que eu não sinta a tragédia, mas eu já não vivo na tragédia, só isso. São só os erros da humanidade. Você não pode pensar que porque eu estou sorrindo eu não tenho compaixão. Eu tenho profunda compaixão. Mas eu tenho que dizer que estou aliviada. Eu tenho que dizer que de alguma maneira eu me sinto feliz. Você não fica constrangido de ouvir isso tudo?"

"Não."

"Você percebe que eu estou num estado anormal. Eu sei que estou. Tudo tão claro. Eu estou tão agradecida."

A mulher na cama ao lado não tinha parado com os gemidos ritmados, durante tudo aquilo. Jackson tinha a impressão de que aquele refrão havia entrado na sua cabeça.

Ele ouviu os sapatos guinchantes da enfermeira no corredor e torceu para eles entrarem no quarto. Entraram.

A enfermeira disse que tinha vindo dar o comprimido do soninho. Ele tinha medo que pedissem para ele dar um beijo de boa-noite em Belle. Ele tinha percebido que as pessoas se beijavam sem parar no hospital. Ficou feliz quando se levantou e ninguém mencionou alguma coisa assim.

"A gente se vê amanhã."

* * *

Ele acordou cedo, e decidiu dar uma caminhada antes do café. Tinha dormido bem, mas disse para si mesmo que precisava de uma folga da atmosfera do hospital. Não que ele estivesse tão preocupado assim com a mudança de Belle. Ele achava que era possível e até provável que ela voltasse ao normal, ou hoje ou em mais um ou dois dias. Ela podia nem se lembrar da história que tinha contado a ele. O que seria uma bênção.

O sol estava bem alto, como era de esperar nessa época do ano, e os ônibus e bondes já estavam bem cheios. Ele caminhou para o sul um pouco, e aí virou em direção ao oeste para entrar na Dundas Street, e depois de um tempo se viu na Chinatown de que tinha ouvido falar. Montes de vegetais reconhecíveis e muitos não tão reconhecíveis eram morosamente carregados para dentro de lojas, e animaizinhos esfolados aparentemente comestíveis já estavam pendurados e expostos para venda. As ruas estavam cheias de caminhões estacionados irregularmente e de fragmentos ruidosos, que soavam desesperados, de língua chinesa. Chineses. Aquela barulhada em tom agudo fazia parecer que eles estavam em guerra, mas provavelmente para eles era só um dia comum. Mesmo assim ele ficou com vontade de sair do meio daquilo, e entrou num restaurante administrado por chineses, mas que anunciava um café da manhã normal de ovos e bacon. Quando saiu dali ele pretendia voltar na direção de onde tinha vindo.

Mas em vez disso ele se viu seguindo novamente para o sul. Tinha entrado numa rua residencial onde se enfileiravam casas altas e bem estreitas de tijolos. Elas deviam ter sido construídas antes de as pessoas dali sentirem alguma necessidade de ter garagens ou talvez até antes de elas terem carros. Antes de existirem carros. Ele foi andando até ver uma placa que dizia Queen Street, de que ele já tinha ouvido falar. Ele virou de novo para oeste e depois de umas quadras deu com um obstáculo. Na frente de uma loja de donuts ele topou com uma pequena multidão.

Eles tinham sido parados por uma ambulância, que havia estacionado em marcha a ré bem em cima da calçada de um jeito que não deixava ninguém passar. Alguns estavam reclamando do atraso e perguntando em altos brados se era legal estacionar uma ambulância na calçada e outros estavam com uma cara bem tranquila enquanto conversavam sobre qual seria o problema. Alguém falou em morte, alguns dos passantes falando de diversos candidatos e outros dizendo que era a única desculpa legal para o veículo estar onde estava.

O homem que finalmente foi retirado, preso a uma maca, certamente não estava morto, ou teriam coberto seu rosto. Mas estava inconsciente e com a pele tão cinza quanto cimento. Ele não estava sendo retirado da loja de donuts, como alguns tinham previsto em tom de brincadeira — era algum comentário sarcástico sobre a qualidade dos donuts — mas pela porta principal do prédio. Era um prédio bem decente de tijolos com cinco andares e uma lavanderia automática, além da loja de donuts no térreo. O nome entalhado acima da porta principal sugeria orgulho além de certa tolice em seu passado.

Bonnie Dundee.

Um homem sem uniforme de ambulância saiu por último. Ele ficou ali parado olhando exasperado para o grupo que agora estava pensando em se afastar. A única coisa a esperar agora era o grande uivo da ambulância quando ela se pusesse a caminho pela rua e desaparecesse.

Jackson era um dos que não se deram ao trabalho de sair dali. Ele não teria dito que estava curioso quanto àquilo tudo, era mais que ele estava apenas esperando pela inevitável mudança de direção com que contava, para levá-lo de volta ao ponto de origem. O homem que tinha saído do prédio foi até ele e perguntou se estava com pressa.

Não. Não muito.

Esse homem era o proprietário do prédio. O homem levado na ambulância era o zelador e superintendente.

"Eu tenho que ir até o hospital e ver o que ele tem. Estava ótimo ontem. Nunca reclamou de nada. Ninguém próximo que eu possa chamar, até onde eu sei. Pior, não consigo achar as chaves. Não estão com ele e não estão onde ele tem o costume de deixar. Então eu tenho que ir em casa e pegar as minhas de reserva e aí eu pensei, será que você não podia ficar de olho aqui enquanto isso? Eu tenho que passar em casa e tenho que ir até o hospital também. Eu podia pedir pra um dos inquilinos, mas preferia não, se é que você me entende. Não quero eles me enchendo para saber o que foi, se eu sei tanto quanto eles."

Ele perguntou de novo se Jackson tinha certeza de que não tinha problema, e Jackson disse Não, tudo bem.

"Só fique de olho em todo mundo que entra, sai, peça pra ver as chaves. Diga que é uma emergência, não vai demorar."

Ele estava indo embora, e aí se virou.

"Você devia sentar."

Havia uma cadeira que Jackson não tinha percebido. Dobrada e empurrada para um canto para a ambulância poder estacionar. Era só uma daquelas cadeiras de lona, mas confortável e resistente. Jackson a colocou agradecendo em um lugar em que ela não ia incomodar os pedestres ou os moradores dos apartamentos. Ninguém notou a presença dele. Ele estava quase mencionando o hospital e o fato de que ele próprio tinha que voltar para lá dali a pouco. Mas o homem estava apressado, e ele já tinha muitos problemas na cabeça, e deixou claro que ia ser o mais rápido que conseguisse.

Jackson se deu conta, assim que se sentou, do tempo em que tinha ficado de pé andando de um lado para outro.

O homem havia dito para ele pegar alguma coisa para comer na loja de donuts se precisasse.

"Só diga o meu nome pra eles."

Mas esse nome Jackson nem sabia.

Quando o proprietário voltou, ele pediu desculpas por ter se atrasado. O fato era que o homem que havia sido levado na ambulância tinha morrido. Ele teve que tomar providências. Um novo conjunto de chaves tinha se tornado necessário. Aqui estavam elas. Haveria algum tipo de funeral para as pessoas do prédio que estavam ali fazia bastante tempo. Uma nota no jornal podia trazer mais gente. Um pedaço complicado, até isso tudo ficar resolvido.

Resolveria o problema. Se Jackson pudesse. Temporariamente. Só tinha que ser temporariamente.

Jackson se ouviu dizer Sim, por ele tudo bem.

Se ele queria um tempo, era possível. Ele ouviu esse homem — seu novo chefe — dizer. Logo depois do funeral e de cuidarem de alguns bens. Aí ele podia tirar uns dias, para botar as suas coisas em ordem e se mudar propriamente.

Não ia ser necessário, Jackson disse. As coisas dele estavam em ordem e seus pertences ele trazia nas costas.

Naturalmente isso levantou certas suspeitas. Jackson não ficou surpreso uns dias depois quando soube que seu novo empregador tinha feito uma visita à polícia. Mas tudo bem, aparentemente. Ele tinha sido considerado apenas um desses tipos solitários que podem ter se metido em certas coisas aqui e ali, mas não eram culpados de violar a lei.

Parecia que ninguém estava atrás dele, de todo modo.

* * *

Por via de regra, Jackson gostava de ter gente mais velha no prédio. E por via de regra, gente sozinha. Não o que se pudesse chamar de múmias. Gente com interesses. Às vezes dava até para dizer talentos. O tipo de talento que um dia teria sido notado, que teria garantido um meio de vida por um tempo, mas não o bastante para a pessoa contar com aquilo para sempre. Um locutor cuja voz tinha sido familiar no rádio anos antes, durante a guerra, mas cujas cordas vocais agora estavam destroçadas. Quase todo mundo devia achar que ele estava morto. Mas ali estava ele no seu apartamentinho de solteiro, acompanhando as notícias e assinando *The Globe and Mail*, que ele passava para o Jackson caso ali houvesse algo de seu interesse.

Um dia houve.

Marjorie Isabella Treece, filha de Willard Treece, durante anos colunista do *Toronto Evening Telegram*, e sua esposa, Helena (em solteira Abbott) Treece, durante toda a vida amiga de Robin (em solteira Shillingham) Ford, faleceu depois de corajosa luta contra o câncer. *Jornal de Oriole*, favor reproduzir. 18 de julho de 1965.

Nem se mencionava onde ela estava morando. Provavelmente em Toronto, com Robin tão em evidência. Ela tinha durado talvez mais do que se podia esperar e podia ter estado razoavelmente confortável e bem-humorada, até, claro, perto do fim. Ela tinha mostrado ser dotada de uma certa capacidade de se adaptar às circunstâncias. Mais, talvez, do que ele mesmo possuía.

Não que ele passasse o tempo imaginando os cômodos que um dia dividira com ela ou o trabalho que teve para arrumar a casa dela. Ele não precisava — essas coisas lhe eram sempre lembradas em sonhos, e o que ele sentia nesses momentos estava mais para exasperação do que para saudade, como se tivesse que começar a trabalhar imediatamente em alguma coisa que ainda não tinha sido terminada.

No Bonnie Dundee, os inquilinos em geral viam com muita desconfiança qualquer coisa que se pudesse chamar de melhoria, pensando que isso podia fazer subir o aluguel. Ele tentava convencê-los, com modos respeitosos e uma boa noção contábil. O lugar foi melhorando e passou a ter uma lista de espera. O proprietário reclamava que aquilo estava virando um abrigo para malucos. Mas Jackson dizia que eles em geral eram mais limpinhos que a média e velhos o bastante para não fazer nada de errado. Havia uma mulher que antigamente tocara na Sinfônica de Toronto e um inventor que até então não tinha se dado bem com nenhuma de suas invenções, mas ainda tinha esperanças, e um ator húngaro refugiado cujo sotaque agia contra ele mas que ainda tinha um comercial passando em algum lugar do mundo. Eles todos se comportavam bem e davam algum jeito de juntar um dinheiro para frequentar o restaurante Epicure e contar suas histórias a tarde toda. E eles também tinham alguns amigos que eram realmente famosos e podiam aparecer bem de vez em quando para fazer uma visita. E não era de se jogar fora o fato de que o Bonnie Dundee tinha um sacerdote residente que andava estremecido com sua igreja, fosse ela qual fosse, mas sempre disposto a oficiar quando convocado.

E de fato as pessoas foram se acostumando a ficar, até que os últimos serviços dele fossem necessários, mas era melhor que darem no pé sem pagar.

Uma exceção era o jovem casal chamado Candace e Quincy, que nunca pagou o aluguel e deu no pé no meio da noite. O proprietário por acaso estava cuidando da portaria quando eles vieram procurar um quarto, e pediu desculpas pela sua escolha infeliz, dizendo que era preciso ter um rostinho novo por ali. O rosto de Candace, não do namorado. O namorado era um imbecil.

* * *

Num dia quente de verão Jackson estava com as portas duplas dos fundos, as portas das entregas, abertas, para deixar o ar entrar enquanto envernizava uma mesa. Era uma mesinha bonita que ele tinha conseguido quase de graça porque o verniz estava todo gasto. Ele achou que seria simpático deixá-la ali na entrada, como lugar para depositar a correspondência.

Ele podia ficar fora do escritório porque o proprietário estava lá verificando uns aluguéis.

Alguém tocou de leve a campainha da entrada. Jackson estava pronto para se erguer dali, limpando o pincel, porque achou que o proprietário no meio daquelas contas todas podia não querer ser incomodado. Mas estava tudo bem, ele ouviu a porta sendo aberta, a voz de uma mulher. Uma voz à beira da exaustão, e no entanto capaz de manter um pouco de seu encanto, de sua absoluta certeza de que tudo que dissesse ia conquistar qualquer um que a estivesse ouvindo.

Ela provavelmente teria herdado essas características do pai, pregador. Jackson estava pensando isso antes de ser plenamente atingido pelo impacto.

Era o último endereço que tinha, ela disse, da filha. Ela estava procurando a filha. Candace, sua filha. Que podia estar viajando com um amigo. Ela, a mãe, tinha vindo até ali lá da Colúmbia Britânica. De Kelowna, onde moravam ela e o pai da menina.

Ileane. Jackson reconheceu a voz sem pestanejar. Aquela mulher era Ileane.

Ele a ouviu perguntar se podia se sentar. E aí o proprietário puxando a sua cadeira — a de Jackson.

Toronto era tão mais quente do que ela esperava, apesar de ela conhecer Ontário, tinha crescido ali.

Será que dava para ela pedir um copinho d'água.

Ela devia ter posto a cabeça entre as mãos porque a voz ficou abafada. O proprietário entrou no saguão e inseriu umas moedas na máquina para pegar uma 7UP. Ele podia ter achado que se tratava de algo mais apropriado para uma senhora que uma coca-cola.

No canto do saguão ele viu Jackson ouvindo, e fez um gesto para indicar que ele — Jackson — devia tomar a frente, por estar talvez mais acostumado com inquilinos transtornados. Mas Jackson sacudiu violentamente a cabeça.

Não.

Ela não ficou muito tempo transtornada.

Ela pediu desculpas ao proprietário e ele disse que o calor de hoje fazia isso com a gente.

E agora quanto à Candace. Eles tinham saído havia menos de um mês, podia ser três semanas atrás. Não deixaram endereço de contato.

"Nesse tipo de situação eles normalmente não deixam."

Ela entendeu a insinuação.

"Claro que eu posso pagar..."

Murmúrios e ruídos farfalhantes enquanto ela fazia isso.

E aí: "Imagino que não seja possível eu ver o lugar onde eles estavam morando...".

"O inquilino não está agora. Mas mesmo que estivesse eu acho que ele não ia concordar com a ideia."

"Mas é claro. Bobagem minha."

"A senhora estaria particularmente interessada em alguma coisa?"

"Ah, não. Não. O senhor foi muito gentil. Eu estou ocupando o seu tempo."

Ela tinha se levantado agora, e eles estavam se movimentando. Para fora do escritório, descendo os degrauzinhos que levavam à porta. Aí a porta se abriu e barulhos da rua engoliram as últimas despedidas, se é que houve despedidas.

Por mais que estivesse decepcionada, ela ia aguentar aquilo com *aplomb*.

Jackson saiu de onde estava escondido quando o proprietário voltou ao escritório.

"Surpresa", foi tudo que o proprietário disse. "Recebemos o dinheiro."

Ele era um homem basicamente desprovido de curiosidade, pelo menos no que se referia a questões pessoais. Coisa que Jackson valorizava nele.

Claro que Jackson teria gostado de vê-la. Agora que ela não estava mais ali ele quase lamentava a oportunidade perdida. Ele nunca ia se rebaixar a ponto de perguntar ao proprietário se o cabelo dela ainda era escuro, quase preto, seu corpo alto e esguio e com quase nada de seios. Ele não tinha ficado com uma impressão muito marcante da filha. O cabelo era loiro, mas muito provavelmente tingido. Não mais de vinte anos, embora naqueles dias fosse difícil de dizer. Basicamente controlada pelo namorado. Fugindo de casa, fugindo das contas a pagar, partindo o coração dos pais, tudo por uma coisinha aborrecida como aquele namorado.

Onde ficava Kelowna? Em algum lugar do oeste. Alberta, Colúmbia Britânica. Longe para vir procurar. Claro que aquela mãe era uma mulher persistente. Uma otimista. Provavelmente isso ainda era verdade quanto a ela. Tinha se casado. A não ser que a menina tivesse nascido fora do matrimônio e isso lhe parecia muito improvável. Ela se prepararia, estaria pronta da próxima vez, tragédia não era com ela. E nem com a menina. Ela ia voltar para casa quando tivesse se cansado daquilo. Podia trazer com ela um bebê, mas isso hoje em dia era a moda.

* * *

Logo antes do Natal do ano de 1940, houve uma balbúrdia no colegial. Tinha chegado até o terceiro andar onde o alarido das máquinas de escrever e de calcular normalmente mantinha todos os ruídos do térreo afastados. As meninas mais velhas da escola ficavam lá em cima — meninas que no ano anterior tinham estudado latim e biologia e história da Europa e agora estavam aprendendo datilografia.

Uma delas era Ileane Bishop, que mais do que curiosamente era filha de pastor, apesar de não haver bispos na Igreja Unida do seu pai. Ileane tinha chegado com a família quando estava na nona série e durante cinco anos, graças ao costume de se acomodarem os alunos por ordem alfabética, ela tinha ficado atrás de Jackson Adams. Naquela época, a timidez escandalosa de Jackson e seu silêncio já tinham sido aceitos por todos os outros alunos, mas era coisa nova para ela, e durante os cinco anos seguintes, ao não reconhecer essas características, ela tinha gerado um derretimento. Ela pedia borrachas emprestadas e bicos de pena e instrumentos de geometria para ele, não tanto para quebrar o gelo quanto por ser naturalmente desligada. Eles trocavam respostas aos problemas das aulas e corrigiam um as provas do outro. Quando se encontravam na rua eles se diziam oi, e para ela o oi dele era na verdade mais que um resmungo — tinha duas vogais e uma certa ênfase. Nada mais que isso se presumia por ali, a não ser que eles tinham certas piadas. Ileane não era uma menina tímida, mas era inteligente e reservada e não particularmente popular, e isso pode ter caído bem para ele.

Da sua posição na escadaria, quando todo mundo veio espiar a bagunça, Ileane ficou surpresa ao ver que um dos dois meninos que a provocavam era Jackson. O outro era Billy Watts. Meninos que apenas um ano antes se sentavam curvados sobre livros e arrastavam os pés obedientemente de uma sala para a outra agora estavam transformados. Com uniformes militares, eles pareciam duas vezes maiores que antes, e aqueles coturnos faziam um tremendo estardalhaço quando eles galopavam por ali. Estavam gritando que as aulas tinham sido canceladas naquele dia, porque todo mundo tinha que se alistar para a guerra. Estavam distribuindo cigarros para todo lado, jogando-os no chão para que meninos que ainda nem faziam a barba pudessem pegá-los.

Guerreiros descuidados, invasores aos berros. Bêbados até às orelhas.

"Eu não sou vagabundo de beira de estrada", era o que eles estavam gritando.

O diretor estava tentando restabelecer a ordem. Mas como eles ainda estavam muito no começo da guerra e naquele momento ainda havia uma certa reverência e um respeito especial no que se referia aos meninos que tinham se alistado, ele não pôde demonstrar a intransigência que teria empregado um ano mais tarde.

"Ora ora", ele disse.

"Eu não sou vagabundo de beira de estrada", Billy Watts disse a ele.

Jackson estava com a boca aberta, provavelmente para dizer a mesma coisa, mas naquele momento seus olhos encontraram os de Ileane Bishop e uma certa informação passou de um para o outro.

Ileane Bishop entendeu que Jackson estava de fato bêbado, mas que o efeito disso era permitir que ele se fizesse de bêbado, e que portanto a bebedeira que ele mostrava podia ser controlada. (Billy Watts estava apenas bêbado, completamente.) Tendo entendido isso, Ileane desceu as escadas, sorrindo, e aceitou um cigarro que então segurou apagado entre os dedos. Ela deu o braço aos dois heróis e os levou em desfile para fora da escola.

Lá fora eles acenderam os cigarros.

Houve certo conflito de opiniões a respeito disso depois, na congregação do pai de Ileane. Alguns disseram que Ileane não tinha realmente chegado a fumar o cigarro, só fingido, para pacificar os meninos, enquanto outros diziam que certamente tinha. Fumado. A filha do pastor deles. Fumado.

Billy de fato abraçou Ileane e tentou beijá-la, mas tropeçou e se sentou nos degraus da escola e cacarejou como um galo.

Em dois anos ele estaria morto.

Enquanto isso, ele tinha que ser levado para casa, e Jackson lhe deu um puxão para que conseguissem passar os braços dele por cima dos ombros dos dois e arrastá-lo dali. Por sorte a casa dele não ficava longe da escola. Eles o deixaram ali, desmaiado na escada. E aí começaram uma conversa.

Jackson não queria ir para casa. Por que não? Porque sua madrasta estava lá, ele disse. Ele odiava a madrasta. Por quê? Não havia motivo.

Ileane sabia que a mãe dele tinha morrido num acidente de carro quando ele era bem pequeno — isso às vezes era mencionado para explicar a timidez dele. Ela achava que a bebida provavelmente o fazia exagerar, mas não tentou fazê-lo falar mais do assunto.

"Tudo bem", ela disse. "Você pode ficar lá em casa."

Aí aconteceu de a mãe de Ileane estar fora, cuidando da avó doente de Ileane. Ileane na época se encarregava da casa meio aos trancos para o pai e os dois irmãos mais novos. Isso era indesejável, na opinião de certas pessoas. Não que a mãe dela fosse fazer um escândalo, mas ela ia querer saber os detalhes e tudo mais, e quem era esse menino? No mínimo ela teria feito Ileane ir para a escola como sempre.

Um soldado e uma moça, de repente tão próximos. Onde antes nada havia além de logaritmos e declinações.

O pai de Ileane não prestou atenção neles. Estava mais interessado na guerra do que alguns membros da igreja achavam que coubesse a um pastor estar, e isso o deixava orgulhoso de ter um soldado em casa. Além do mais, ele estava infeliz por não poder mandar a filha para a universidade. Ele tinha que guardar dinheiro para mandar os irmãos dela um dia, eles iam ter que ganhar a vida. Isso o tornava condescendente com tudo que Ileane fazia.

Jackson e Ileane não iam ao cinema. Eles não iam ao salão de baile. Eles saiam para caminhar, independente do tempo e muitas vezes à noite. Às vezes eles entravam no restaurante e tomavam café, mas não tentavam ser simpáticos com ninguém. O que havia com eles, estariam se apaixonando? Quando estavam caminhando eles às vezes roçavam um na mão do outro, e ele se forçou a se acostumar com aquilo. Aí quando ela passou do acidental para o deliberado, ele descobriu que também podia se acostumar, superando um certo desalento.

Ele foi ficando mais calmo, e estava até preparado para beijar.

Ileane foi sozinha até a casa de Jackson para pegar a bolsa dele. A madrasta lhe mostrou seus dentes falsos e brilhantes e tentou fazer cara de quem estava pronta para se divertir.

Ela perguntou o que eles estavam aprontando.

"Melhor você cuidar disso aí", ela disse.

Ela tinha fama de ser boquirrota. Boca suja, para falar a verdade.

"Pergunte se ele lembra que eu limpava a bunda dele", ela disse.

Ileane, relatando isso, disse que ela própria tinha sido especialmente educada, até esnobe, porque não conseguia suportar aquela mulher.

Mas Jackson ficou vermelho, encurralado e desesperado, como costumava ficar quando lhe faziam uma pergunta na escola.

"Eu não devia nem ter mencionado ela", Ileane disse. "Você se acostuma com isso de fazer caricaturas das pessoas, quando mora num presbitério."

Ele disse que tudo bem.

Aquela vez acabou sendo a última licença de Jackson. Eles trocavam cartas. Ileane escrevia dizendo que havia terminado as aulas de datilografia e estenografia e arrumara um emprego num escritório da prefeitura. Era decididamente satírica quanto a tudo, mais do que na época da escola. Talvez ela achasse que quem estava na guerra precisava de piadas. E fazia questão de salientar que estava por dentro de tudo. Quando as pessoas providenciavam casamentos às pressas no escritório do escrivão, ela se referia à Virgem Noiva.

E quando mencionava algum pastor que estava de visita no presbitério e ia dormir no quarto de hóspedes, ela dizia que ficava pensando se aquele colchão não ia inspirar Sonhos Peculiares.

Ele escrevia falando das multidões no *Île de France* e das manobras para evitar submarinos. Quando chegou à Inglaterra ele comprou uma bicicleta e lhe contou dos lugares que tinha ido ver pedalando, quando não estavam fora do território autorizado.

Essas cartas, apesar de mais prosaicas que as dela, vinham sempre assinadas "Com amor". Quando chegou o Dia D, houve o que ela chamou de um silêncio agonizante, mas ela compreendeu o motivo, e quando ele escreveu de novo ficou tudo bem, apesar de não serem permitidos detalhes.

Nessa carta ele falou nos mesmos termos em que ela estava falando, de casamento.

E finalmente o Dia da Vitória da Europa e a viagem para casa. Havia inúmeras estrelas cadentes, ele disse, lá no alto.

Ileane tinha aprendido a costurar. Ela estava fazendo um vestido novo de verão para homenagear a volta dele, um vestido de seda sintética verde-limão com uma saia rodada e manga curtinha, para usar com um cintinho estreito de couro dourado. Ela queria enrolar uma fita do mesmo tecido verde na copa do chapéu de verão.

"Estou descrevendo tudo isso para você poder me reconhecer e saber que sou eu e não sair correndo com alguma outra mulher bonita que por acaso esteja na estação."

Ele lhe enviou sua carta de Halifax, dizendo que estaria no trem noturno de sábado. Ele disse que se lembrava muito bem dela e que não havia risco de confundi-la com outra mulher, mesmo que a estação por acaso estivesse cheia delas naquela noite.

Na última noite que passaram juntos antes de ele partir, eles tinham ficado até tarde na cozinha do presbitério onde havia o retrato do rei George VI que se via por toda parte naquele ano. E as palavras embaixo dele.

E disse eu ao homem postado junto ao portão do ano: "Dai-me uma lanterna para que eu possa andar em segurança rumo ao desconhecido".

E ele respondeu: "Entra na escuridão e põe tua mão na mão de Deus. Isso te será melhor que a luz e mais seguro que um caminho conhecido".

Aí eles subiram bem quietinhos e ele foi dormir no quarto de hóspedes. Sua vinda até ele deve ter sido um acordo mútuo, mas talvez ele não tivesse entendido direito para quê.

Foi um desastre. Mas pelo modo como ela agiu, ela podia nem ter percebido. Quanto maior o desastre, tanto mais freneticamente ela se empenhava. Não havia como fazê-la parar de tentar, ou explicar. Será que era possível que uma garota soubesse tão pouco? Eles finalmente se separaram como se tudo tivesse transcorrido bem. E na manhã seguinte se disseram adeus na presença do pai e dos irmãos dela. Em pouco tempo começaram as cartas.

Ele se embebedou e tentou de novo, em Southampton. Mas a mulher disse: "Chega, meu filho, você está apagado".

Uma coisa de que ele não gostava era que as mulheres se enfeitassem. Luvas, chapéus, saias farfalhantes, com todas as exigências e os incômodos. Mas como ela podia saber? Verde-limão. Ele não tinha certeza se sabia que cor era essa. Soava como ácido.

Aí lhe ocorreu com toda tranquilidade que uma pessoa podia simplesmente não estar lá.

Será que ela diria para si mesma ou diria para os outros que devia ter se enganado com a data? Ele conseguia se forçar a acreditar que ela acharia alguma mentira, certeza. Ela era inventiva, afinal.

Agora que ela saiu para a rua, Jackson sente de fato um desejo de vê-la. Ele nunca ia conseguir perguntar ao proprietário como ela estava, se o cabelo era escuro ou grisalho, e se ela ainda era magrela ou tinha engordado. A voz dela, mesmo no meio da aflição, permanecia maravilhosamente igual. Atraindo toda a atenção para si própria, em seus níveis musicais, e ao mesmo tempo preparando seus sinto-muitíssimos.

Ela tinha vindo de longe, mas era uma mulher persistente. Dava para dizer isso.

E a filha ia voltar. Mimada demais para ficar longe dela. Qualquer filha de Ileane seria mimada, acomodando o mundo e a verdade às suas necessidades, como se nada pudesse contrariá--la por muito tempo.

Se ela o tivesse visto, será que o reconheceria? Ele achava que sim. Apesar das mudanças. E o teria perdoado, sim, ali mesmo. Para manter a opinião que tinha a seu próprio respeito, sempre.

No dia seguinte, toda e qualquer tranquilidade que ele tivesse experimentado diante da ideia de Ileane sumir de sua vida havia desaparecido. Ela conhecia aquele lugar, podia voltar. Podia se acomodar ali por um tempo, caminhando por aquelas ruas, tentando achar uma pista fresca. Inquirindo as pessoas com humildade, mas não humildade de fato, com aquela voz súplice, mas mimada. Era possível que ele topasse com ela bem ali diante da porta. Surpresa apenas por um momento, como se tivesse sempre esperado por ele. Apresentando as possibilidades da vida, como ela achava que podia fazer.

Dava para trancar as coisas, bastava alguma determinação. Quando ele tinha só seus seis ou sete anos, ele trancou as brincadeirinhas da madrasta, o que ela chamava de brincadeirinhas ou provocaçõezinhas. Ele tinha saído correndo na rua de noite e ela o pôs para dentro, mas viu que ele ia fugir de verdade se ela não parasse, e então parou. E disse que ele era terrível, porque ela nunca pôde dizer que alguém a odiava.

Ele passou mais três noites no edifício chamado Bonnie Dundee. Escreveu para o proprietário um relatório de cada apartamento e registrou quando se deveria cuidar da manutenção e no que ela consistiria. Disse que tinha sido chamado em algum lugar, sem indicar por que ou para onde. Esvaziou sua conta no banco e embalou as poucas coisas que possuía. À noite, tarde da noite, entrou no trem.

Ficou adormecendo e acordando a noite toda e num desses pedaços de sono viu os pequenos menonitas passando na carroça deles. E ouviu suas vozinhas cantando.

De manhã ele desceu em Kapuskasing. Podia sentir o cheiro das serrarias, e sentiu-se encorajado pelo ar mais fresco. Trabalhar ali, não ia faltar trabalho numa cidade madeireira.

Com vista para o lago

Uma mulher vai à médica para pegar outra receita de um remédio. Mas a médica não está. É seu dia de folga. Na verdade a mulher errou de dia, trocou segunda por terça.

Era sobre isso mesmo que ela queria conversar com a médica, além de pegar a receita. Ela anda se perguntando se a sua cabeça não está vacilando um pouco.

"Até parece", ela esperava que a médica dissesse. "A sua cabeça. Justo você."

(Não é que a médica a conheça assim tão bem, mas elas de fato têm amigos em comum.)

Em vez disso, a secretária da médica liga um dia depois para dizer que a receita está pronta e que marcou um horário para a mulher — seu nome é Nancy — com um especialista a respeito daquele problema de cabeça.

Não é a cabeça. É só a memória.

Enfim. O especialista lida com pacientes mais velhos.

Pois é. Pacientes mais velhos meio fora da casinha.

A menina ri. Finalmente, alguém ri.

Ela diz que o consultório do especialista fica numa cidadezinha chamada Hymen, a coisa de trinta quilômetros de onde Nancy mora.

"Ai Jesus, um especialista em casamento", diz Nancy.

A menina não entende, pede desculpas.

"Não faz mal, eu vou estar lá."

O que aconteceu nos últimos anos é que os especialistas estão espalhados por toda parte. A tomografia é numa cidade e o oncologista numa outra, problemas de pulmão, numa terceira, e assim por diante. Isso é para que as pessoas não tenham que ir para o hospital da cidade, mas o dispêndio de tempo pode ser o mesmo, já que nem todas essas cidadezinhas têm hospitais e é preciso descobrir onde o médico se enfiou ao chegar.

É por esse motivo que Nancy decide ir de carro até a cidadezinha do Especialista em Idosos — como ela decide chamá-lo — um dia antes da consulta. Isso lhe dará tempo suficiente para descobrir o endereço, de modo que não haverá perigo de ela chegar toda afobada ou até um pouco atrasada, criando uma má impressão já de cara.

O marido dela poderia ir junto, mas ela sabe que ele quer ver um jogo de futebol na televisão. Ele é um economista que assiste aos esportes durante metade da noite e trabalha no seu livro na outra metade, embora peça para ela dizer que está aposentado.

Ela diz que quer encontrar o lugar ela mesma. A moça do consultório da médica lhe deu instruções de como chegar à cidadezinha.

A tarde está linda. Mas quando sai da estrada, seguindo para oeste, ela descobre que o sol está baixo o bastante para ficar batendo na cara dela. Se ela sentar bem reta, e erguer o queixo, consegue ficar com os olhos na sombra. Além disso, ela está com uns óculos escuros muito bons. Ela consegue ler a placa, que lhe diz que ainda faltam dez quilômetros para a cidadezinha de Highman.

Highman. Então era isso, não era piada. 1553 habitantes. Por que eles se dão ao trabalho de colocar o 3?

Cada alma conta.

Ela tem o costume de dar uma olhada em alguns lugarejos só por diversão, para ver se conseguiria morar ali. Esse aqui parece preencher os requisitos. Um mercadinho decente, onde dá para comprar verduras frescas, apesar de elas provavelmente não serem dos campos das redondezas, café bacana. Aí uma lavanderia automática, e uma farmácia, que podia ter os remédios necessários, mesmo que faltassem as revistas de mais alto nível.

Claro que há sinais de que o lugar já viu dias melhores. Um relógio que não marca mais a hora zela por uma vitrine que promete Joias Finas, mas agora parece estar cheia apenas de uma porcelana qualquer, panelas e baldes e umas coroas de arames retorcidos.

Acontece de ela dar uma olhada em alguns desses badulaques, porque decidiu estacionar na frente da loja onde estão à mostra. Ela pensa que poderia muito bem ir procurar o consultório do médico a pé. E quase rápido demais para produzir qualquer satisfação ela acaba vendo um predinho escuro de tijolos, de um andar, no estilo utilitário do século passado, e é capaz de apostar que é ali. Médicos em cidades pequenas costumavam ter o consultório como parte da casa, mas depois tiveram que arranjar espaço onde os carros pudessem estacionar, e então se instalaram em lugares assim. Tijolos castanho-avermelhados, e evidentemente a placa, Médico/Dentista. Um estacionamento atrás do prédio.

No bolso ela tem o nome do médico e tira o papelzinho para verificar. Os nomes na porta de vidro fosco são dr. H. W. Forsyth, Dentista, e dr. Donald McMillen, Médico.

Esses nomes não estão no papelzinho de Nancy. E não é de admirar, porque ali não há nada escrito a não ser um número. É o número dos sapatos da irmã do marido dela, que está morta. O número é O 7½ . Ela leva um tempo para entender, o O indicando Olivia, mas rabiscado às pressas. Ela só consegue lembrar vagamente de ter comprado chinelos quando Olivia estava no hospital.

Mas ela não precisa mais dos chinelos mesmo.

Pode ser que o médico com quem ela vai se consultar tenha acabado de se mudar para aquele prédio e ainda não tenham trocado o nome na porta. Ela devia perguntar a alguém. Primeiro ela devia tentar a campainha caso alguém estivesse lá, trabalhando até mais tarde. Ela faz isso, e num certo sentido é bom que ninguém apareça, porque o nome do médico que ela está procurando acaba de escapar da superfície de sua memória.

Outra ideia. Não é bem possível que essa pessoa — o malucólogo, como ela decidiu se referir a ele mentalmente —, não é bem possível que ele (ou ela — como quase todo mundo da idade dela ela não conta automaticamente com essa possibilidade), que ele ou ela trabalhe numa casa? Faria sentido e seria mais barato. Não é necessário ter muita estrutura para praticar malucologia.

Então ela continua a se afastar da rua principal. O nome do médico que ela está procurando volta à memória, como essas coisas às vezes fazem quando o momento de crise acaba. As casas pelas quais ela passa foram em sua maioria construídas no século XIX. Umas de madeira, outras de tijolo. As de tijolo em geral de dois andares, as de madeira alguma coisa mais modestas, de um andar e meio com tetos inclinados nos quartos de cima. Algumas portas se abrem rente a poucos metros da calçada. Outras dão para amplas varandas, ocasionalmente envidraçadas. Um século atrás, num fim de tarde como esse, as pessoas estariam sentadas nas varandas ou talvez nos degraus da entrada. Donas de casa que tinham terminado de lavar a louça e de varrer a cozinha pela última vez naquele dia, homens que tinham enrolado as mangueiras depois de dar uma empapada na grama. Nada dessa mobília de jardim ali parada vazia como agora, se exibindo. Só os degraus de madeira ou umas cadeiras arrastadas da cozinha. Conversas sobre o tempo ou um cavalo que fugiu ou alguma pessoa que caiu de cama e que ninguém esperava que se recuperasse. Especulações sobre ela, quando não estivesse por perto.

Mas ela já não teria deixado todo mundo tranquilo, a essa altura, parando e perguntando Por favor, vocês poderiam me informar onde fica a casa do médico?

Novo assunto para conversa. Por que ela quer falar com o médico?

(Isso quando ela saiu de perto.)

Agora todo mundo está do lado de dentro com os ventiladores ligados, ou o ar-condicionado. Números aparecem nas casas, exatamente como numa cidade grande. Nem sinal de médico.

Onde a calçada termina há um grande prédio de tijolos com frontões e uma torre de relógio. Talvez uma escola, antes de as crianças serem levadas para algum centro de aprendizagem maior e mais lúgubre. Os ponteiros parados no doze, meio-dia ou meia-noite, que certamente não é a hora certa. Uma profusão de flores de verão que parecem profissionalmente dispostas — algumas tombando de um carrinho de mão e outras de um balde de leite ao lado dele. Uma placa que ela não consegue ler porque o sol está batendo bem em cima dela. Ela sobe no gramado para ver de outro ângulo.

Funerária. Agora ela vê a garagem anexa que provavelmente guarda o rabecão.

Não faz mal. É melhor seguir adiante.

Ela entra numa rua lateral onde há residências de fato muito bem cuidadas, provando que até uma cidadezinha desse tamanho pode ter seu subúrbio elegante. As casas são levemente diferentes umas das outras e no entanto de algum modo parecem todas iguais. Tijolos de cores suaves ou quase brancos, janelas com a parte de cima triangular ou arredondada, uma rejeição da aparência utilitária, do estilo de fazenda de décadas anteriores.

Aqui tem gente. Não estão todos trancados com o ar-condicionado. Um menino está andando de bicicleta, traçando rotas diagonais pela calçada. Algo nas suas pedaladas é estranho, e ela não consegue entender de início o que é.

Ele está pedalando de costas. É isso. Uma jaqueta jogada de um jeito que não dá para ver — ou ela não consegue ver — o que há de errado.

Uma mulher que pode ser velha demais para ser a mãe dele — mas que ainda assim é muito alinhada e jovial — está parada na rua olhando para ele. Ela está segurando uma corda de pular e conversando com um homem que não tem como ser seu marido — os dois estão sendo cordiais demais um com o outro.

É uma rua curva sem saída. Não há mais para onde ir.

Interrompendo os adultos, Nancy pede desculpas. Ela diz que está procurando um médico.

"Não, não", ela diz. "Não fiquem preocupados. Só o endereço. Eu achei que vocês pudessem saber."

Aí ela percebe que ainda não está bem certa do nome. Eles são educados demais para mostrar surpresa diante disso, mas não podem ajudá-la.

O menino numa de suas manobras perversas se aproxima virando para um lado e para o outro, quase atingindo os três.

Risos. Nada de bronca. Um completo selvagenzinho e eles parecem positivamente admirá-lo. Todos comentam a beleza do fim de tarde, e Nancy se vira para voltar por onde veio.

Só que ela não refaz o caminho todo, não alcança a funerária. Há uma rua lateral que ela ignorou na vinda, talvez porque não estava pavimentada e ela não tenha imaginado que um médico pudesse morar nessas circunstâncias.

Não há calçada, e as casas estão cercadas de lixo. Dois homens estão ocupados embaixo do capô de uma caminhonete, e ela acha que não seria bom interrompê-los. Além disso, ela entreviu uma coisa interessante à frente.

Há uma cerca viva que vem direto até a rua. Alta o suficiente para ela desistir de olhar por cima, mas talvez ela possa conseguir espiar por entre os ramos.

Não é preciso. Quando ultrapassa a cerca viva, ela descobre que o terreno — que tem mais ou menos o tamanho de quatro terrenos normais — é bastante aberto para a rua onde ela caminha. Parece ser algum tipo de parque, com trilhas calçadas cruzando em diagonais a grama podada e vicejante. Entre as trilhas, e irrompendo da grama, há flores. Ela conhece algumas delas — as margaridas ouro intenso e amarelo-claro, por exemplo, flox cor-de-rosa e vermelhinha ou branca de coração rubro — mas ela não é uma grande jardineira e sobram amostras reunidas ou dispersas de todas as cores que ela não sabe nomear. Algumas se enroscam em treliças, algumas se espalham livres. Tudo bem cuidado, mas nem um pouco rígido, nem o chafariz que se lança a quase dois metros antes de cair em sua piscina forrada de pedras. Ela veio da rua para sentir um pouco dos respingos frescos, e ali encontra um banco de ferro forjado, onde pode se sentar.

Um homem vem por uma das trilhas, carregando tesouras. Evidentemente as pessoas por aqui esperam que os jardineiros trabalhem até tarde. Se bem que para dizer a verdade ele não tem cara de trabalhador contratado. É alto e muito magro e usa uma camisa preta e calças bem agarradas no corpo.

Não ocorreu a ela que isso podia ser qualquer coisa menos um parque urbano.

"É muito lindo aqui", ela grita para ele com sua voz mais firme e aprovadora. "Vocês cuidam de tudo muito bem."

"Obrigado", ele disse. "Fique à vontade para descansar."

Informando por certo tom seco na voz que não se trata de um parque, mas sim de uma propriedade privada, e que ele próprio não é um funcionário do município, mas o proprietário.

"Eu devia ter perguntado antes."

"Tudo bem."

Concentrado, se abaixando para dar uma tesourada numa planta que está invadindo a trilha.

"Isso aqui é seu? Tudo?"

Depois de alguns instantes atarefado: "Tudo".

"Eu devia ter percebido. É imaginativo demais para ser público. Incomum demais."

Sem resposta. Ela quer perguntar se ele também gosta de ficar ali sentado, à tardinha. Mas melhor não incomodar. Ele não parece uma pessoa de quem é fácil se aproximar. Um daqueles que se orgulham, provavelmente, dessa exata característica. Daqui a pouquinho ela vai lhe agradecer e se levantar.

Mas em vez disso, daqui a pouquinho ele vem se sentar ao lado dela. Ele fala justamente como se uma pergunta tivesse sido dirigida a ele.

"Na verdade, eu só me sinto à vontade quando estou fazendo alguma coisa que precisa ser resolvida", ele diz. "Se eu sento, tento evitar olhar em volta, ou eu acabo vendo mais trabalho."

Ela devia ter visto logo de cara que ele era um sujeito que não gostava de jogar conversa fora. Mas ainda está curiosa.

O que era isso aqui antes?
Antes de ele fazer o jardim?
"Uma malharia. Todas as cidadezinhas por aqui tinham uma dessas, antes dava para se virar com aqueles salários miseráveis. Mas com o tempo ela faliu e apareceu um empreiteiro que achou que ia transformar a fábrica num asilo. Houve algum problema na época, a cidade não quis dar o alvará, eles ficaram achando que ia encher de velhos aqui e ia ficar tudo muito triste. Então ele ateou fogo no prédio ou demoliu, não sei."
Ele não é daqui. Até ela sabe que se fosse ele não falaria tão abertamente.
"Eu não sou daqui", ele diz. "Mas eu tinha um amigo que era, e quando ele morreu eu vim só vender a casa e me mandar."
"Aí eu consegui esse terreno bem barato porque o empreiteiro tinha deixado isso aqui praticamente um buraco no chão e era horrível de ver."
"Desculpe se eu estou me intrometendo."
"Tudo bem. Quando eu não quero explicar eu não explico."
"Eu nunca tinha vindo aqui", ela diz. "Claro que não, senão eu já teria visto esse ponto. Eu estava andando por aí procurando um lugar. Achei que podia procurar mais fácil se estacionasse e fosse a pé. Eu estava procurando o consultório de um médico, na verdade."
Ela explica que não está doente, só tem uma consulta amanhã, e não quer ficar correndo de um lado para outro de manhã procurando o lugar. Aí ela lhe diz que estacionou o carro e ficou surpresa porque o nome do médico que ela queria não estava registrado em lugar nenhum.
"Eu não tinha como olhar na lista de telefones também porque você sabe que as listas e os orelhões agora desapareceram todos. Ou você descobre que destruíram tudo por dentro. Estou começando a parecer uma tonta."

Ela fala o nome do médico, mas ele diz que não lhe soa conhecido.
"Mas eu não frequento médicos."
"Provavelmente você faz bem em não frequentá-los."
"Ah, eu não diria isso."
"De qualquer maneira, é melhor eu voltar para o meu carro."
Pondo-se de pé ao mesmo tempo que ela, ele diz que vai caminhar com ela.
"Para eu não me perder?"
"Não exatamente. Eu sempre tento esticar as pernas nessa hora do dia. Trabalhar no jardim pode deixar a gente todo encarquilhado."
"Tenho certeza que deve haver alguma explicação razoável para isso do médico. Você não pensa às vezes que antigamente existiam mais explicações razoáveis pras coisas do que hoje?"
Ele não responde. Pensando talvez no amigo que morreu. O jardim talvez seja um memorial ao amigo que morreu.
Em vez de ficar constrangida agora que falou e ele não respondeu, ela sente um frescor, uma paz na conversa.
Eles caminham sem encontrar vivalma.
Logo eles chegam à rua principal, com o prédio dos médicos a apenas uma quadra dali. A visão do prédio faz com que ela se sinta de alguma maneira menos à vontade, e ela não sabe por quê, mas dali a pouco entende. Ela tem uma ideia absurda, mas alarmante, provocada pela visão do prédio dos médicos. E se o nome certo, o nome que ela disse que não conseguia encontrar, estivesse ali à espera o tempo todo. Ela anda mais rápido, percebe que está trêmula, e aí, com sua visão bastante boa, lê os dois nomes inúteis exatamente como antes.
Ela finge que estava correndo para ver o mostruário na vitrine, bonecas com cabeça de porcelana e patins antigos e penicos e colchas já todas esfarrapadas.

"Triste", ela diz.
Ele não está prestando atenção. Ele diz que acabou de pensar uma coisa.
"Aquele médico", ele diz.
"Sim?"
"Será que ele não trabalha no asilo?"
Eles estão andando de novo, passando por dois rapazes sentados na calçada, um deles com as pernas esticadas de um jeito que os obriga a contorná-lo. O homem com ela não presta atenção neles, mas sua voz fica mais baixa.
"Asilo?", ela diz.
"A senhora não terá reparado se tiver vindo pela estrada. Mas se continuar para fora da cidade e na direção do lago a senhora passará por lá. Não dá um quilômetro. Passando a pilha de cascalho na lateral da estrada, e só um pouquinho adiante, do outro lado. Não sei se eles têm ou não têm um médico residente, mas faria sentido que tivessem."
"Podem ter", ela diz. "Faz sentido."
Aí ela torce para ele não pensar que ela o está imitando de propósito, fazendo uma brincadeira boba. A verdade é que ela quer ficar mais tempo conversando com ele, com ou sem brincadeiras bobas.
Mas agora vem outro dos seus problemas — ela tem que pensar no paradeiro das chaves, como tantas vezes antes de entrar no carro. Ela normalmente fica preocupada porque não sabe se trancou as chaves dentro dele ou as largou em algum lugar. Ela já pode sentir a chegada daquele pânico conhecido e cansativo. Mas aí encontra as chaves, no bolso.
"Vale dar uma tentada", ele diz, e ela concorda.
"Tem bastante espaço para sair da estrada e olhar. Se tiver um médico normalmente por lá, não tem por que ele ter o nome na cidade. Ou ela, se for o caso."

Como se ele também não estivesse totalmente ansioso pela separação dos dois.

"Eu tenho que lhe agradecer."

"Só um palpite."

Ele segura a porta enquanto ela entra, e depois a fecha, espera até ela virar na direção certa, e aí dá adeus.

Quando está saindo da cidadezinha, ela o vê de relance mais uma vez no retrovisor. Ele está abaixado, conversando com os meninos ou rapazes que estavam sentados na calçada, apoiados na parede da loja. Ele tinha ignorado os dois de tal maneira que ela fica surpresa de vê-lo falando com eles agora.

Quem sabe um comentário, uma piadinha sobre a desorientação ou a tolice dela. Ou só sobre a idade. Um registro contra ela, com aquele homem tão simpático.

Ela tinha achado que ia voltar pela cidade para lhe agradecer de novo e dizer se era o médico certo. Ela podia só diminuir a velocidade e rir e gritar pela janela.

Mas agora ela pensa que vai simplesmente pegar o caminho pela margem do lago e deixá-lo em paz.

Esqueça esse sujeito. Ela vê a pilha de cascalho aparecendo, tem que prestar atenção no caminho.

Bem como ele disse. Uma placa. Um anúncio da Casa de Repouso Vista do Lago. E de fato pode-se ver, dali, um pedaço do lago, uma linha azul-clara contra o horizonte.

Um estacionamento espaçoso. Uma grande ala com o que parecem ser compartimentos separados, ou pelo menos quartos de bom tamanho, com seus jardinzinhos ou lugares para sentar. Uma cerca de treliça bem alta diante de cada um deles para dar privacidade, ou segurança. Apesar de ninguém estar sentado ali agora, não que ela possa ver.

Claro que não. A hora de dormir é bem cedo nesses lugares.

Ela gosta de como as treliças dão um toque de fantasia. Os edifícios públicos andaram mudando nos últimos anos, exatamente como as casas particulares. Aquela aparência implacável e sem charme — a única permitida na juventude dela — desapareceu. Ela estaciona na frente de uma abóbada clara que tem uma aparência de acolhimento, de alegre excesso. Algumas pessoas achariam fajuto, ela imagina, mas não é exatamente isso que se quer? Todo aquele vidro deve dar uma animada no espírito dos velhinhos, ou até, quem sabe, de algumas pessoas não tão velhas, mas apenas meio desequilibradas.

Ela procura um botão para apertar, uma campainha para tocar, enquanto caminha até a porta. Mas não é necessário — a porta se abre sozinha. E quando ela entra há uma sensação ainda maior de espaço, de amplidão, com um tom azulado no vidro. O piso é todo de lajotas meio prateadas, do tipo em que as crianças adoram deslizar, e por alguns instantes ela pensa nos pacientes deslizando e escorregando para se divertir e a ideia deixa seu coração leve. Claro que não pode ser tão escorregadio quanto parece, ninguém quer que as pessoas fiquem quebrando o pescoço.

"Eu mesma não tive coragem", ela diz com uma voz encantadora para alguém na sua cabeça, talvez o marido. "Não teria sido adequado, né? Eu podia ter me visto na frente do médico, exatamente o médico que estava se preparando para testar a minha estabilidade mental. E aí o que é que ele teria a dizer?"

No momento não tem médico nenhum à vista.

Bom, mas não ia ter mesmo, né? Os médicos não ficam sentados atrás das mesas esperando os pacientes aparecerem.

E ela nem está ali para uma consulta. Ela vai ter que explicar mais uma vez que está conferindo a hora e o local apenas para o dia seguinte. Tudo isso faz com que se sinta bem cansada.

Há um balcão curvo, na altura da cintura dela, cujos painéis de madeira escura parecem ser de mogno, embora provavelmente não sejam. Ninguém ali por enquanto. Já passa da hora do expediente, claro. Ela procura uma campainha, mas não encontra. Aí ela tenta ver se acha uma lista com os nomes dos médicos ou o nome do médico encarregado. Também não encontra. Era de imaginar que seria possível achar alguém a quem pedir informações, por mais que fosse tarde. Alguém de plantão num lugar desses.

Nada de tralhas importantes atrás do balcão tampouco. Nada de computador ou telefone ou papéis ou botões coloridos para apertar. Claro que ela não conseguiu dar a volta no balcão, pode muito bem ser que houvesse uma tranca de algum tipo, ou compartimentos que ela não está conseguindo ver. Botões que uma recepcionista, não ela, alcançaria.

Ela desiste do balcão por um momento, e dá uma olhada mais detida no espaço onde se encontra. É um hexágono, com portas aqui e ali. Quatro portas — uma é a porta larga que deixa entrar a luz e os visitantes, outra é uma porta oficial e com cara de particular, atrás do balcão, de acesso não tão fácil, e as outras duas portas, exatamente iguais e uma de frente para a outra, obviamente levariam para as longas alas, para os corredores e os quartos onde os internos residem. Cada uma delas tem uma janela na parte de cima, e o vidro da janela parece transparente o bastante para alguém poder enxergar através dele.

Ela vai até uma dessas portas possivelmente acessíveis e bate, aí mexe na maçaneta e não consegue abrir. Trancada. Ela também não consegue ver direito pela janela. De perto o vidro é todo onduladinho e distorcido.

Na porta do outro lado há o mesmo problema com o vidro e o mesmo problema com a maçaneta.

O clique dos sapatos no chão, o truque do vidro, a inutilidade das maçanetas polidas, tudo isso a deixa mais desanimada do que ela gostaria de admitir.

Mas ela não desiste. Tenta de novo as portas na mesma ordem, e dessa vez chacoalha as duas maçanetas o máximo que pode e também grita "Oi?" com uma voz que de início soa trivial e boba, e então magoada, mas não mais esperançosa.

Ela se espreme atrás do balcão e bate forte naquela porta, praticamente sem esperanças. Nem tem maçaneta, só uma fechadura.

Não resta mais nada a não ser dar o fora daquele lugar e ir para casa.

Tudo muito alegre e elegante, ela pensa, mas não há nenhuma intenção aqui de servir ao público. Claro que eles metem os residentes ou pacientes ou sei lá como eles são chamados bem cedinho na cama, é a mesma história em toda parte, por mais que o ambiente seja glamoroso.

Ainda pensando nisso, ela dá um empurrão na porta de entrada. Pesada demais. Empurra de novo.

De novo. A porta não sai do lugar.

Ela consegue ver os vasos de flores lá fora a céu aberto. Um carro passando pela estrada. A doce luz do entardecer.

Ela tem que parar e pensar.

Não há luzes artificiais acesas ali. Vai ficar escuro. Já parece estar escurecendo, apesar da luz que resta lá fora. Ninguém vai aparecer, todo mundo completou os seus deveres, ou pelo menos os deveres que os trariam a essa parte do prédio. Onde quer que tenham se acomodado é onde vão ficar.

Ela abre a boca para gritar, mas parece que não vai sair grito algum. Ela está toda trêmula e, por mais que tente, não consegue fazer o ar chegar aos pulmões. É como se estivesse com um mata-borrão na garganta. Sufocação. Ela sabe que tem de agir de outra maneira, e mais que isso, tem de acreditar de outra maneira. Calma. Calma. Respire. Respire.

Ela não sabe se o pânico durou muito ou pouco. Seu coração está aos saltos, mas ela está praticamente em segurança.

* * *

Há uma mulher ali que se chama Sandy. O broche que ela usa diz isso, e de qualquer modo Nancy a conhece.

"O que é que a gente vai fazer com você?", diz Sandy. "A gente só quer te vestir a camisola. E você começa a gritar desse jeito que nem uma galinha que está com medo de ser comida no jantar."

"Você deve ter tido um pesadelo", ela diz. "O que foi que você sonhou?"

"Nada", diz Nancy. "Era no tempo em que o meu marido estava vivo e em que eu ainda dirigia."

"Você tem um carro bacana?"

"Volvo."

"Viu? Você está mais que lúcida."

Dolly

Naquele outono falou-se um pouco de morte. A nossa morte. O Franklin com oitenta e três anos e eu com setenta e um na época, nós naturalmente tínhamos planos para as cerimônias fúnebres (nenhuma) e os enterros (imediatos) num lote já adquirido. Tínhamos nos decidido contra a cremação, que era popular entre nossos amigos. Era só o ato efetivo de morrer que tinha sido deixado de fora, ou entregue ao acaso.

Um dia nós estávamos andando de carro pelo campo, não longe de onde moramos, e achamos uma estrada que não conhecíamos. As árvores, bordos, carvalhos e outras, eram mata secundária, apesar de terem um tamanho impressionante, que indicava que alguém tinha limpado aquela terra. Fazendas em algum momento, pastos e casas e celeiros. Mas nem sinal disso agora. A estrada não era pavimentada, mas tampouco intransitada. Parecia que podia ver vários veículos por dia. Talvez alguns caminhões a usassem como atalho.

Isso era importante, Franklin disse. De jeito nenhum a gente ia querer ficar ali um dia ou dois, ou quem sabe uma semana, sem ser descobertos. E a gente também não queria deixar o carro vazio, com a polícia tendo que abrir caminho pelas árvores em busca dos corpos que os coiotes já poderiam ter achado.

E, também, o dia não devia ser muito melancólico. Nada de chuva ou de neve precoce. As folhas amareladas, mas não muitas ainda pelo chão. Cobertas de ouro como estavam naquele dia. Mas talvez o sol não devesse estar brilhando, ou o ouro, o glamour do dia, podia nos deixar parecendo estraga prazeres.

Nós discordávamos quanto ao bilhete. Ou seja, se devíamos ou não deixar um bilhete. Eu achava que nós devíamos uma explicação a todo mundo. Eles deviam ficar sabendo que não havia uma doença fatal, nenhuma dor que eliminasse a possibilidade de uma vida decente. Eles deviam ter certeza de que se tratava de uma decisão tomada com as ideias muito claras, e, quase se poderia dizer, de coração leve.

Ir embora enquanto ainda íamos bem.

Não. Eu retirei essa parte. Leviandade. Uma ofensa.

A ideia de Franklin era que qualquer explicação seria uma ofensa. Não para os outros. Para nós mesmos. Nós pertencíamos a nós mesmos e um ao outro e toda explicação lhe parecia lamuriosa.

Eu entendia o ponto de vista dele, mas ainda estava inclinada a discordar.

E foi exatamente esse fato — nossa discordância — que pareceu tirar a possibilidade da cabeça dele.

Ele disse que era tudo bobagem. Tudo bem para ele, mas eu era muito jovem. Nós podíamos conversar de novo quando eu estivesse com setenta e cinco.

Eu disse que a única coisa que me incomodava, um pouco, era o fato de haver uma pressuposição de que nada mais ia acontecer na nossa vida. Nada importante para nós, nada que precisasse ainda ser resolvido.

Ele disse que nós tínhamos acabado de ter uma discussão, o que mais eu queria?
Foi civilizada demais, eu disse.

Eu nunca me senti mais nova que o Franklin, a não ser talvez quando a guerra aparece nas conversas — estou falando da Segunda Guerra Mundial —, e isso quase não acontece hoje em dia. Para começar, ele se exercita muito mais vigorosamente que eu. Em um dado momento ele foi o supervisor de um haras — me refiro ao tipo de haras em que as pessoas alugam cavalos para passear, não de cavalos de corrida. Ele ainda vai lá duas ou três vezes por semana, e monta seu próprio cavalo, e conversa com o encarregado que ocasionalmente pede conselhos. Embora em geral ele diga que tenta não interferir.

Ele na verdade é poeta. Ele é um poeta de verdade e um adestrador de cavalos de verdade. Teve empregos temporários em várias universidades, mas nunca tão longe daqui que não pudesse se manter em contato com os estábulos. Ele aceita dar palestras, mas só bem de vez em quando, como ele diz. Ele não sublinha a atividade poética. Às vezes me incomoda essa postura — eu chamo isso de sua persona ah-até-parece —, mas entendo o motivo. Quando você está ocupado lidando com cavalos todo mundo consegue ver que você está ocupado, mas quando você está ocupado inventando um poema parece que está num estado de inação e você se sente meio esquisito ou constrangido tendo que explicar o que está acontecendo.

Outro problema podia ser que apesar de ele ser um sujeito reticente, o poema que o deixou mais famoso é o que o pessoal por aqui — ou seja, onde ele se criou — tende a chamar de cru. Bem cru, eu ouvi ele mesmo dizer, sem querer se desculpar, mas talvez quem sabe alertando alguém. Ele tem uma percepção para a sensibilidade das pessoas que ele sabe que podem se sentir perturbadas por certas coisas, apesar de ser um grande defensor da liberdade de expressão em geral.

Não que não tenha havido mudanças por aqui, no que toca ao que se pode dizer em voz alta e ler por aí. Os prêmios ajudam, e ser mencionado nos jornais.

Durante todos os anos em que dei aulas no colegial, nunca lecionei literatura, como se poderia esperar, mas matemática. Aí, em casa, eu comecei a ficar inquieta e me dediquei a outra coisa — a escrever biografias cuidadosas e, espero, interessantes, de romancistas canadenses que foram injustamente esquecidos ou que nunca receberam a devida atenção. Não acho que teria conseguido esse trabalho se não fosse pelo Franklin, e a reputação literária de que nós não falamos — eu nasci na Escócia e na verdade não conhecia nenhum escritor canadense.

Eu nunca teria considerado o Franklin ou qualquer outro poeta merecedor da empatia que eu dedicava aos romancistas, digo, a suas figuras apagadas ou mesmo desaparecidas. Não sei bem por quê. Talvez eu ache que a poesia é mais um fim em si mesma.

Eu gostava do trabalho, achava que era válido, e depois de anos em sala de aula me agradavam o controle e a tranquilidade. Mas às vezes chegava uma hora, digamos lá pelas quatro da tarde, em que eu só queria relaxar e ter alguma companhia.

* * *

E foi mais ou menos nesse horário num dia pavoroso e nublado que apareceu uma mulher na minha porta com uma batelada de cosméticos. Em qualquer outro momento eu não teria ficado contente de vê-la, mas naquela hora fiquei. O nome dela era Gwen, e ela disse que não tinha passado antes para me ver porque haviam lhe dito que eu não era desse tipo.

"Seja lá o que isso queira dizer", ela disse. "Mas mesmo assim eu pensei, deixe ela se manifestar, ela só precisa dizer não."

Perguntei se ela queria uma xícara do café que eu tinha acabado de preparar e ela disse Claro.

Ela disse que estava bem na hora de encerrar o expediente mesmo. E largou seu fardo com um gemido.

"A senhora não usa maquiagem. Eu também não usaria se não estivesse no ramo."

Se ela não tivesse dito isso, eu teria achado que estava com a cara tão limpa quanto a minha. Limpa, pálida, e com um incrível ninho de rugas em volta da boca. Óculos que lhe aumentavam os olhos, que eram de um azul-claríssimo. A única coisa gritante nela era o cabelo fino acobreado cortado numa franja reta sobre a testa.

Talvez ela tivesse ficado desconfortável por ter sido convidada a entrar. Ela ficou dando umas olhadinhas rápidas em torno.

"Está um frio danado hoje", ela disse.

E aí, apressada: "Eu não estou vendo nenhum cinzeiro por aqui, não é?".

Achei um num armário. Ela puxou os cigarros e se afundou de novo na poltrona, aliviada.

"A senhora não fuma?"

"Fumava."

"Todo mundo, né?"

Eu lhe servi o café.

"Puro", ela disse. "Ah, isso não é uma maravilha? Espero não ter interrompido o que a senhora estava fazendo. Escrevendo cartas?"

E eu me vi contando a ela sobre os escritores negligenciados, e até dei o nome de uma em que eu estava trabalhando naquele momento. Martha Ostenso, que escreveu um livro chamado *Gansos selvagens* e mais uma porção de outros, todos esquecidos.

"A senhora quer dizer então que isso tudo vai ser publicado? Assim, no jornal?"

Em livro, eu disse. Ela bufou de um jeito um tanto dúbio, e eu percebi que queria lhe contar alguma coisa mais interessante.

"Dizem que o marido dela escreveu partes do romance, mas o mais esquisito é que o nome dele não aparece em lugar nenhum."

"Talvez ele não quisesse que os outros caras ficassem rindo dele", ela disse. "Tipo, sabe, o que é que eles vão achar do tipo de cara que fica escrevendo livros."

"Eu não tinha pensado nisso."

"Mas ele não ia se incomodar de ficar com o dinheiro", ela disse. "Sabe como são os homens."

Aí ela começou a sorrir e sacudir a cabeça e disse: "A senhora deve ser uma pessoa bem inteligente. Espera só eu contar pro pessoal lá em casa que vi um livro que ainda estava sendo escrito".

Para tirá-la desse assunto, que tinha começado a me constranger, perguntei a ela quem era o pessoal lá em casa.

Diversas pessoas cujo nome eu não entendi direito, ou talvez não tenha me dado ao trabalho de entender. Não sei direito a ordem em que foram mencionadas, a não ser que o marido foi o último, e que estava morto.

"Ano passado. Só que ele não era meu marido oficialmente. A senhora entende."

"O meu não era também", eu disse. "Não é, quer dizer."

"É mesmo? Tem tanta gente fazendo isso hoje em dia, né? Antes era assim, ai Jesus, que coisa horrorosa, e agora é só, e eu com isso? E aí tem ainda quem mora junto ano após ano e um dia fica tipo ah, vamos casar. Aí você pensa, mas pra quê? Pelos presentes, será, ou só pela ideia de ficar toda embonecadinha num vestido branco? É de dar risada, de matar."

Ela disse que tinha uma filha que passou por toda aquela festança daquele jeito e realmente foi muito bom para ela, que agora estava presa por tráfico. Imbecil. Foi o cara com quem ela casou que a colocou nessa. Então agora era necessário vender cosméticos além de cuidar das duas criancinhas da filha, que não tinham mais ninguém.

Durante todo o tempo em que me contava isso ela parecia estar extremamente bem-humorada. Foi quando entrou no assunto de outra filha muito bem-sucedida, uma enfermeira registrada que estava aposentada e morando em Vancouver, que ela começou a soar dúbia e meio aflita.

Essa filha queria que a mãe largasse todo aquele pessoal e fosse morar com ela.

"Mas eu não gosto de Vancouver. Todo mundo gosta, eu sei. Só que eu não gosto."

Não. O problema, de verdade, era que, se ela fosse morar com aquela filha, ia ter que parar de fumar. Não era Vancouver, era parar de fumar.

Eu paguei por um creme que me devolveria a juventude e ela prometeu que ia dar uma passada para entregá-lo da próxima vez que estivesse por ali.

Contei dela para o Franklin. Gwen, o nome dela era esse.

"É um outro mundo. Eu achei bem interessante", disse. Aí eu não gostei muito de mim mesma por ter dito isso.

Ele disse que talvez eu precisasse sair mais, e devia me inscrever para dar aulas como suplente.

* * *

Quando ela veio trazer o creme, pouco depois, fiquei surpresa. Afinal eu já tinha pagado. Ela nem tentou me vender mais coisas, o que lhe pareceu quase um alívio, e não uma tática. Fiz café de novo, e nossa conversa foi fácil, até atabalhoada, como antes. Eu lhe dei o exemplar de *Gansos selvagens* que estava usando para escrever sobre Martha Ostenso. Disse que ela podia ficar com ele, porque eu ia receber outro quando a série saísse.

Ela disse que ia ler. De um jeito ou de outro. Ela não sabia quando tinha lido um livro até o fim porque vivia sempre muito ocupada, mas dessa vez estava prometido.

Ela disse que nunca tinha conhecido uma pessoa como eu, tão educada e tão simples. Eu me senti meio lisonjeada, mas apreensiva ao mesmo tempo, como você fica quando percebe que algum aluno está apaixonado por você. E havia um constrangimento, como se eu não tivesse direito de ser tão superior.

Estava escuro quando ela saiu para ir embora de carro, e ela não conseguiu dar a partida. Tentou várias vezes e o motor fez um barulho bem-intencionado, e aí parou. Quando Franklin chegou à área da frente e deu com a passagem bloqueada, eu corri para lhe contar do problema. Ela saiu do banco do motorista quando viu que ele estava chegando, e começou a explicar, dizendo que aquele carro andava aprontando o diabo ultimamente.

Ele tentou ligá-lo, enquanto nós ficávamos ao lado da caminhonete dele, sem atrapalhar. Ele também não conseguiu. Entrou para ligar para a oficina da cidade. Ela não queria entrar de novo, apesar de estar frio lá fora. A presença do homem da casa parecia tê-la deixado reticente. Esperei com ela. Ele veio até a porta para nos dizer que a oficina estava fechada.

Não havia mais nada a fazer a não ser convidá-la a ficar para o jantar, e para passar a noite. Ela não parava de pedir desculpas, e aí ficou mais confortável, assim que se sentou com um novo cigarro. Comecei a pegar as coisas para fazer a comida. Franklin estava trocando de roupa. Perguntei se ela queria ligar para quem quer que estivesse na casa dela.

Ela disse, é, ela devia.

Eu estava pensando que talvez houvesse alguém que poderia vir pegá-la. Eu não estava com muita vontade de conversar a noite toda com o Franklin sentado ao lado, escutando. Claro que ele podia ir para o quarto — ele não aceitava chamá-lo de escritório —, mas eu ia ficar sentindo que essa expulsão tinha sido culpa minha. E também a gente ia querer ver o noticiário, e ela ia querer ficar falando o tempo todo. Até as minhas amigas mais inteligentes faziam isso, e ele detestava.

Ou ela podia ficar sentada quietinha e estranhamente confusa. Ruim também.

Pelo visto ninguém atendia. Então ela ligou para os vizinhos — era onde as crianças estavam —, e veio um grande número de pedidos risonhos de desculpa, e aí uma conversa com as crianças para lhes dizer que fossem bonzinhos, e aí mais garantias e mais agradecimentos sinceros às pessoas que iam cuidar delas. Acontecia, porém, que aqueles amigos tinham que ir a algum lugar no dia seguinte e aí as crianças teriam que ir com eles, o que não era assim tão prático.

Franklin estava voltando para a cozinha quando ela desligou o telefone. Ela se virou para mim e disse que eles podiam ter inventado aquilo de ter que sair, que era o jeito deles. Apesar de todos os favores que ela havia feito para eles quando eles precisaram.

Então tanto ela quanto Franklin congelaram ao mesmo tempo.

"Ai meu Deus", disse Gwen.

"Não é não", disse o Franklin. "Sou só eu."

E eles ficaram ali imobilizados. Como eles podiam não ter percebido, disseram. Se dando conta, eu imaginei, de que não seria adequado eles caírem nos braços um do outro. Em vez disso, fizeram uns movimentos estranhos e desconectados, como se tivessem que olhar direitinho em volta para se certificar de que aquilo era real. E também repetindo o nome um do outro em tons de certa jocosidade e espanto. Não os nomes que eu teria esperado que eles dissessem.

"Frank."

"Dolly."

Depois de um tempo eu percebi que Gwen, Gwendolyn, podia mesmo virar Dolly.

E que qualquer rapaz ia gostar mais de ser chamado de Frank, e não de Franklin.

Eles não se esqueceram de mim, ou Franklin não se esqueceu, a não ser por aquele único momento.

"Você já me ouviu falar da Dolly?"

A voz dele insistia para que nós voltássemos ao normal, enquanto a voz da Dolly ou Gwen insistia na piada imensa e quase sobrenatural que era os dois se encontrarem.

"Eu nem sei te dizer quando foi a última vez que alguém me chamou assim. Ninguém mais nesse mundo me conhece por esse nome. Dolly."

O estranho foi que então eu comecei a participar da alegria generalizada. Pois o pasmo teria que se transformar em alegria diante dos meus olhos, e era o que estava acontecendo. Toda a descoberta tinha que passar por essa rápida mudança. E eu parecia estar tão ansiosa para cumprir a minha parte que apareci com uma garrafa de vinho.

Franklin não bebe mais. Ele nunca bebeu muito, e sem alarde parou de vez. Então cabia a mim e a Gwen tagarelar e explicar, na nossa animação recém-descoberta, e ficar comentando aquela coincidência.

Ela me disse que era babá quando conheceu o Franklin. Estava trabalhando em Toronto, cuidando de duas criancinhas inglesas que tinham sido mandadas pelos pais ao Canadá para escapar da guerra. Havia mais criados na casa então ela tinha folga quase toda noite e podia sair para se divertir, e que mocinha não faria isso? Ela conheceu o Franklin quando ele estava na sua última licença antes de ir para a Europa, e eles pintaram o sete. Ele deve ter escrito uma ou duas cartas para ela, mas ela estava ocupada demais para responder. Aí quando a guerra acabou ela entrou num navio assim que foi possível para transportar as crianças inglesas para casa e nesse navio encontrou um homem com quem se casou.

Mas não durou, a Inglaterra estava tão melancólica depois da guerra que ela achou que ia morrer, e então voltou para casa.

Essa era uma parte da vida dela de que eu ainda não sabia. Mas eu sabia das duas semanas dela com o Franklin, e também, como eu disse, muitos outros sabiam. Pelo menos se liam poesia. Eles sabiam como ela era generosa com o seu amor, mas não sabiam, como eu, que ela achava que não podia engravidar porque tinha tido uma irmã gêmea e usava um cachinho do cabelo da irmã morta num medalhão no pescoço. Ela tinha inúmeras ideias desse tipo e deu para Franklin um dente mágico — que ele não sabia de quem era — para ele ficar protegido quando fosse para a Europa. Ele conseguiu perder o dente imediatamente, mas sua vida foi poupada.

Ela tinha uma regra também de que se descesse o meio-fio com o pé esquerdo o dia inteiro seria ruim para ela, então eles tinham que voltar e descer de novo. As regras dela o encantavam.

Para dizer a verdade, eu fiquei intimamente não encantada quando soube disso. Na época eu pensei no quanto os homens são atraídos por caprichos teimosos se a garota for bonitinha o suficiente. Claro que isso saiu de moda. Pelo menos eu espero que tenha saído. Todo esse deleite com o infantil cérebro feminino. (Quando eu comecei a dar aulas eles me disseram que houve um tempo, não muito distante, em que mulheres nunca davam aula de matemática. A fraqueza intelectual não lhes permitia.)

Claro que aquela garota, aquela sedutora cuja história eu tive que atormentar o Franklin para ele me contar, podia ser basicamente inventada. Ela podia ter sido criação de qualquer um. Mas eu não achava que fosse. Ela era resultado de suas próprias escolhas petulantes. Ela, que se amava tão completamente.

Lógico que eu fiquei de boca fechada sobre o que ele tinha me contado e o que estava no poema. E Franklin continuou calado sobre isso quase o tempo todo também, a não ser para dizer alguma coisa sobre a Toronto daqueles agitadíssimos dias da guerra, sobre as leis imbecis contra o álcool ou a farsa dos militares indo em desfile para a igreja. Se eu tinha pensado a essa altura que ele podia lhe dar de presente algo que havia escrito, parecia que eu estava enganada.

Ele se cansou e foi dormir. Gwen ou Dolly e eu fizemos a cama dela no sofá. Ela se sentou na beirada com o último cigarro, dizendo para eu não me preocupar, que ela não ia incendiar a casa, que nunca se deitava antes de acabar o cigarro.

O nosso quarto estava frio, as janelas muito mais abertas que o normal. Franklin estava dormindo. Ele estava dormindo mesmo, eu sempre sabia quando ele estava fingindo.

Eu odeio ir dormir sabendo que ficaram pratos sujos na mesa, mas tinha me sentido subitamente cansada demais para lavar a louça com a Gwen me ajudando, como eu sei que ela faria. Eu pretendia acordar cedinho para cuidar de tudo.

Mas acordei com o dia claro e ruídos na cozinha e o cheiro do café da manhã além do cheiro dos cigarros. Uma conversa, também, e era o Franklin falando, quando eu teria esperado que fosse Gwen. Eu ouvi que ela ria de alguma coisa que ele estava dizendo.

Levantei imediatamente e me vesti correndo e ajeitei o cabelo, trabalho a que eu normalmente não me dou assim tão cedo.

Toda a segurança e a alegria da noite tinham desaparecido para mim. Fiz bastante barulho descendo a escada.

Gwen estava diante da pia com uma fileira de potes de vidro cintilantemente limpos no escorredor.

"Lavei tudo à mão porque fiquei com medo de não me virar com a sua máquina", ela disse. "Aí eu vi esses potes ali em cima e achei que podia também dar um jeito neles, já que estava com a mão na massa mesmo."

"Faz um século que eles não são lavados", eu disse.

"É, foi o que eu pensei."

Franklin disse que tinha tentado de novo dar a partida no carro, mas nada. Mas havia conseguido falar com a oficina, e eles disseram que alguém viria dar uma olhada à tarde. Só que ele pensou que, em vez de ficar esperando, ele ia rebocar o carro até lá para que eles pudessem mexer nele de manhã.

"Para a Gwen ter uma chance de cuidar do resto da cozinha", eu disse, mas nenhum deles se interessou pela minha piada. Ele disse que não, que era melhor a Gwen ir com ele, que eles iam querer falar com ela, já que o carro era dela.

Eu percebi que ele tinha tido uma certa dificuldade para dizer o nome Gwen, tendo que descartar a Dolly.

Eu disse que estava brincando.

Ele perguntou se podia me preparar alguma coisa para o café e eu disse que não.

"É assim que ela mantém o peso", Gwen disse. E de alguma maneira esse elogio virou algo de que eles podiam rir juntos.

Nenhum dos dois deu qualquer sinal de perceber como eu estava me sentindo, apesar de me parecer que eu estava me comportando de maneira estranha, cada comentário que eu fazia saindo como algum tipo ríspido de gozação. Eles estão tão cheios de si, eu pensei. Era uma expressão que vinha não sei de onde. Quando o Franklin saiu para preparar o carro para ser rebocado, ela o seguiu, como se não quisesse perdê-lo de vista por um só momento.

Ao sair ela gritou por cima do ombro que nunca ia conseguir me agradecer o suficiente.

Franklin buzinou para me dar tchau, coisa que nunca fazia em circunstâncias normais.

Eu quis correr atrás deles, picar os dois em pedacinhos. Fiquei andando de um lado para o outro enquanto aquela agitação dolorosa ia tomando posse de mim. Não havia a menor dúvida quanto ao que eu devia fazer.

Em pouquíssimo tempo eu saí e entrei no meu carro, depois de empurrar a chave de casa pela fenda da porta de entrada. Eu estava com uma maleta ao meu lado, apesar de já ter mais ou menos esquecido o que tinha posto ali dentro. Eu havia escrito um bilhete sucinto que dizia que eu tinha que conferir algumas informações sobre Martha Ostenso e aí comecei a escrever um bilhete mais longo para o Franklin, mas não queria que a Gwen visse quando voltasse com ele, como certamente faria. Dizia que ele devia se sentir livre para fazer o que quisesse e que a única coisa que era insuportável para mim era o engano ou talvez se tratasse de autoengano. Não havia mais nada a fazer além de ele admitir o que desejava. Era ridículo e cruel me fazer assistir a tudo, então eu ia simplesmente sair da frente deles.

Eu ainda disse que mentira nenhuma, afinal, era mais violenta que as mentiras que nós contamos a nós mesmos e aí desgraçadamente temos que continuar contando para segurar aquele vômito todo no estômago, comendo a gente por dentro, como ele logo iria descobrir. E assim por diante, uma recriminação que mesmo num espaço tão pequeno acabou ficando meio repetitiva e digressiva e cada vez mais desprovida de dignidade ou elegância. Entendi então que aquilo teria que ser reescrito antes de chegar ao Franklin e que por isso eu tinha que levar o bilhete comigo e enviá-lo pelo correio.

Saindo da garagem, eu virei na direção oposta à da cidade e à da oficina, e em questão de segundos, pareceu, estava dirigindo por uma grande estrada. Para onde eu estava indo? Se não me decidisse, logo estaria em Toronto, e me parecia que, longe de encontrar um esconderijo, eu estava fadada a topar com lugares e pessoas ligados à minha antiga felicidade, e ao Franklin.

Para evitar que isso acontecesse, eu virei o carro e segui rumo a Cobourg. Uma cidade onde nunca tínhamos estado juntos.

Ainda não era nem meio-dia. Peguei um quarto num hotelzinho do centro da cidade. Passei pelas camareiras que estavam limpando os quartos que haviam sido ocupados na noite anterior. O meu, por não ter sido ocupado, estava muito frio. Liguei o aquecimento e decidi sair para caminhar. Aí quando abri a porta não consegui sair. Eu estava tremendo e sentindo arrepios. Tranquei a porta e fui para a cama inteiramente vestida, e ainda assim tremia tanto que puxei as cobertas até as orelhas.

Quando acordei, já era o meio de uma tarde luminosa e as minhas roupas estavam grudadas no corpo por causa do suor. Desliguei o aquecimento e achei umas roupas na maleta, que vesti, e então saí. Comecei a caminhar bem rápido. Estava com fome, mas sentia que nunca ia conseguir diminuir o passo ou me sentar para comer.

O que tinha acontecido comigo não era incomum, eu pensei. Nem nos livros, nem na vida. Devia haver, tinha que haver alguma maneira tradicional de lidar com aquilo. Andar como eu estava andando, claro. Mas era preciso parar, até numa cidadezinha desse tamanho era preciso parar, nos sinais e quando um carro passava. E também tinha gente andando por aí de formas tão destrambelhadas, parando e andando de novo, e bandos de criancinhas como as que eu mantinha em ordem na escola. Por que tantas e tão idiotas com aqueles gritinhos e choros e a redundância, a pura e simples inutilidade de sua existência. Por toda parte uma ofensa escancarada.

Como as lojas e suas placas eram uma ofensa, e o barulho dos carros parando e andando. Por toda parte a proclamação, isto é vida. Como se a gente precisasse de mais vida.

Onde as lojas finalmente minguaram havia uns chalés. Vazios, com tábuas pregadas nas janelas, esperando a demolição. Onde as pessoas passavam férias mais humildes, antes dos hoteizinhos. E aí eu lembrei que eu também já tinha ficado ali. Sim, num daqueles lugares quando eles eram limitados — talvez fosse fora de temporada —, limitados a aceitar pecadores vespertinos, e eu era um deles. Eu ainda era estagiária e não teria nem lembrado que foi nesta cidade se não fosse por alguma coisa naqueles chalés agora lacrados com tábuas. O homem, professor, mais velho. Uma esposa em casa, indubitavelmente filhos. Vidas para atrapalhar. Ela não podia saber, aquilo acabaria com ela. Eu não dava a mínima. Que acabe.

Eu podia lembrar mais se tentasse, mas não valia a pena. Exceto pelo fato de que aquilo me fez andar num ritmo mais normal e me reconduziu ao hotel. E ali na cômoda estava a carta que eu havia escrito. Lacrada, mas sem selo. Saí de novo, achei uma agência do correio, comprei um selo, larguei o envelope no seu devido lugar. Quase nenhum pensamento, nenhum receio. Podia ter deixado na mesa, qual era a diferença? Estava tudo acabado.

No caminho eu tinha notado um restaurante, descendo uns degraus. Achei o restaurante de novo, e olhei o cardápio do lado de fora.

O Franklin não gostava de comer fora. Eu gostava. Caminhei mais um pouco, num ritmo normal dessa vez, esperando que o restaurante abrisse. Vi uma echarpe que me agradou numa vitrine, e achei que podia entrar e comprá-la, que ia ser bom para mim. Mas quando a peguei nas mãos tive que largá-la. O toque da seda me dava enjoo.

    No restaurante eu bebi vinho e esperei bastante até a comida chegar. Quase não havia gente ali — a banda estava começando a se preparar para a noite. Fui ao toalete e me surpreendeu o quanto eu ainda me parecia comigo. Fiquei pensando se seria possível que algum homem — algum velho — sequer pensasse em me abordar. A ideia era grotesca — não por causa da possível idade dele, mas porque eu não podia pensar em homem algum além de Franklin, nunca.

    Eu mal consegui comer quando a comida enfim chegou. Não era culpa da comida. Só a estranheza de estar sozinha, de comer sozinha, a solidão gritante, a irrealidade.

    Eu tinha pensado em levar comprimidos para dormir, apesar de quase nunca usá-los. Na verdade eu os tinha comigo fazia tanto tempo que não sabia se ainda funcionavam. Mas funcionaram — peguei no sono e não acordei nem uma vez, não antes das seis da manhã.

    Uns caminhões enormes já estavam saindo das vagas do hotelzinho.

    Eu sabia onde estava, sabia o que tinha feito. E sabia que tinha cometido um equívoco terrível. Me vesti e, assim que pude, saí do hotel. Mal consegui suportar a conversinha amistosa da mulher da recepção. Ela disse que vinha neve por aí. Se cuide, ela me disse.

    O tráfego já estava ficando intenso na estrada. E aí teve um acidente que deixou tudo ainda mais lento.

    Pensei que o Franklin talvez estivesse procurando por mim. Um acidente podia acontecer com ele também. Nós podíamos nunca mais nos ver.

Eu não pensei em Gwen, a não ser como uma pessoa que tinha se intrometido e criado um problema absurdo. Aquelas perninhas roliças, aquele cabelo bobo, aquele ninho de rugas. Uma caricatura, dava para dizer, alguém que não dava para culpar e que nunca devia ter sido levado a sério.

Aí eu estava em casa. A nossa casa não tinha mudado. Entrei no gramado e vi o carro dele. Graças a Deus ele estava em casa.

Percebi que o carro não estava estacionado no lugar de sempre.

O motivo era que havia outro carro, o carro de Gwen, naquele lugar.

Não consegui assimilar aquilo. Durante todo o trajeto, eu tinha pensado nela, quando pensava nela, como uma pessoa que já teria sido posta de lado, que depois daquele primeiro transtorno não poderia se manter como uma personagem na nossa vida. Eu ainda estava plena do alívio de estar em casa e de ele estar em casa, a salvo. Essa tranquilidade tinha se espalhado tão densamente por mim que meu corpo estava pronto, ainda, para saltar do carro e correr para dentro de casa. Eu estava até tateando para encontrar a chave, tendo esquecido o que tinha feito com ela.

Eu não ia ter precisado dela, mesmo. Franklin estava abrindo a porta da nossa casa. Ele não gritou surpreso ou aliviado, nem quando eu saí do carro e estava indo em sua direção. Ele só desceu os degraus de um jeito contido, e suas palavras me detiveram quando cheguei até ele. Ele disse: "Espere".

Espere. Claro. Ela estava lá.

"Volte para o carro", ele disse. "A gente não pode conversar aqui fora, está frio demais."

Quando nós estávamos dentro do carro ele disse: "A vida é totalmente imprevisível".

A voz dele estava estranhamente delicada e triste. Ele não olhava para mim, mas fixamente para a frente na direção do para-brisa, e da nossa casa.

"Não adianta dizer que eu sinto muito", ele me disse.

"Você sabe", ele continuou, "não é nem a pessoa. É como que uma espécie de aura. É um feitiço. Bom, é claro que na verdade é a pessoa, mas isso as cerca e as incorpora. Ou são elas que incorporam — sei lá. Você está me entendendo? É uma coisa que simplesmente acontece, como um eclipse ou coisa do tipo."

Ele sacudia a cabeça baixa. Todo pasmo.

Ele estava morrendo de vontade de falar dela, dava para ver. Mas esse palavrório todo era certamente um coisa que o teria deixado nauseado, normalmente. Foi isso que me fez perder a esperança.

Senti que eu começava a ficar com um frio terrível. Eu ia perguntar se ele tinha alertado a outra envolvida nessa transformação. Aí achei claro que tinha e ela estava conosco, na cozinha com as coisas que tinha polido.

O encantamento dele era tão lúgubre. Era como o de todo mundo. Lúgubre.

"Não fale mais", eu disse. "Não fale."

Ele se virou e olhou para mim pela primeira vez e falou sem traço daquela surdina admirada na voz.

"Jesus, eu estou brincando", ele disse. "Eu achei que você ia entender. Tudo bem. Tudo bem. Ah, pelo amor de Deus, fique quieta. Escute."

Agora eu berrava de raiva e de alívio.

"Tá bom, eu fiquei meio bravo com você. Fiquei com vontade de te torturar um pouquinho. O que é que eu devia pensar quando cheguei em casa e você tinha dado o fora? Tudo bem, eu sou um idiota. Pare. Pare."

Eu não queria parar. Eu sabia que estava tudo bem agora, mas era um conforto tão grande gritar. E eu encontrei uma mágoa novinha.

"E o que o carro dela está fazendo aqui, então?"

"Eles não podem fazer nada com aquilo, é ferro-velho."
"Mas por que está aqui?"
Ele disse que era porque as peças que ainda não eram ferro--velho, e não era muita coisa, agora eram dele. Nossas.
Porque ele tinha comprado um carro para ela.
"Um carro? Novo?"
Novo o suficiente para andar melhor que o dela.
"O negócio é que ela quer ir para North Bay. Ela tem uns parentes ou coisa assim por lá e é para lá que ela quer ir quando conseguir um carro que possa levá-la."
"Ela tem parentes aqui. Ela mora aqui, não sei bem onde. E tem que tomar conta de umas criancinhas de três anos."
"Bom, aparentemente os de North Bay seriam melhores para ela. Eu não ouvi falar em ninguém de três anos de idade. Talvez ela leve as criancinhas junto."
"Ela pediu para você comprar o carro?"
"Ela não pediria nada."
"Então agora", eu disse. "Agora ela está na nossa vida."
"Ela está em North Bay. Vamos entrar em casa. Não estou nem de jaqueta."
No caminho, eu perguntei se ele tinha contado do poema. Ou talvez lido para ela.
Ele disse: "Ah, não, imagine, por que eu ia fazer uma coisa dessas?".
A primeira coisa que eu vi na cozinha foi o brilho dos potes de vidro. Puxei uma cadeira e subi nela para começar a colocar todos eles de volta em cima do armário.
"Você pode me ajudar aqui?", eu disse, e ele me passou os potes.
Eu fiquei pensando — será que ele podia estar mentindo sobre o poema? Será que ela podia tê-lo ouvido recitar para ela? Ou teria sido incumbida de lê-lo por conta própria?

Se esse foi o caso, a reação dela não tinha sido satisfatória. E a de quem jamais seria?

E se ela tivesse dito que era lindo? Ele teria odiado uma coisa dessas.

Ou ela podia ter pensado em voz alta como ele podia ter saído impune do que ele saiu impune. Aquela indecência, ela podia ter dito. Isso teria sido melhor, mas não tão melhor quanto pode parecer.

Quem poderá dizer ao poeta a coisa perfeita sobre sua poesia? E não demais nem de menos, só o bastante.

Ele me envolveu com os braços, me desceu da cadeira.

"A gente não pode se dar ao luxo de brigar", ele disse.

Não mesmo. Eu havia esquecido a nossa idade, esquecido tudo. Achando que tinha todo o tempo do mundo para sofrer e reclamar.

Agora eu via a chave, aquela que tinha metido pela fenda. Estava num espaço entre o capacho marrom felpudo e o limiar da porta.

Eu teria que ficar atenta por causa da carta também.

E se eu morresse antes de ela chegar? Você pode achar que está em boa forma e aí morrer, sem mais nem menos. Será que eu devia deixar um bilhete para o Franklin achar, só para garantir?

Se chegar uma carta minha para você, rasgue.

A questão era que ele faria o que eu pedisse. Eu não, no lugar dele. Eu ia abrir a carta, sem me importar com as promessas que tivessem sido feitas.

Ele ia obedecer.

Que mistura de fúria e admiração eu sentia, por ele estar disposto a isso. Isso perpassava toda a nossa vida juntos.

FINALE

Os últimos quatro textos deste livro não são exatamente contos. Eles formam uma unidade à parte, que é autobiográfica em espírito, apesar de não o ser inteiramente, às vezes, de fato. Acredito que eles sejam as primeiras e as últimas — e as mais íntimas — coisas que eu tenho a dizer sobre a minha vida.

O olho

Quando eu tinha cinco anos, de repente meus pais apareceram com um menininho, que minha mãe disse que era o que eu sempre quisera. De onde ela tirou essa ideia eu não sei. Ela deu uma bela enfeitada naquilo, tudo inventado, mas difícil de contrariar.

Aí um ano depois apareceu uma menininha, e de novo foi uma balbúrdia, mas menos que da primeira vez.

Até a época do primeiro bebê, eu não me lembro de ter sentido algo diferente do que aquilo que a minha mãe dizia que eu estava sentindo. E até aquela época, a casa toda era tomada pela minha mãe, pelos passos dela, pela sua voz, por aquele cheiro poeirento mas funesto que ocupava todos os cômodos mesmo quando ela não estava dentro deles.

Por que eu digo funesto? Eu não tinha medo. Não é que a minha mãe me dissesse exatamente como eu devia me sentir a respeito das coisas. Ela era uma autoridade no assunto, isso nem se questionava. Não só no caso de um irmão mais novo, mas também quanto ao cereal Red River, que me fazia bem e de que, portanto, eu devia gostar. E quanto à minha interpretação do quadro que ficava no pé da minha cama, que mostrava Jesus tolerando que as criancinhas viessem até ele. Tolerar significava outra coisa naquele tempo, mas não era nisso que a gente se concentrava. Minha mãe apontava a menininha meio escondida num canto porque queria ir até Jesus, mas era tímida demais para isso. Aquela era eu, minha mãe dizia, e eu achava que era, mas não teria entendido isso sem ela me dizer, e na verdade preferia que não fosse assim.

O que me deixava tristíssima mesmo era a Alice no país das maravilhas imensa e presa no buraco do coelho, mas eu ria, porque a minha mãe parecia estar adorando.

Mas foi com a chegada do meu irmão e com aquele falatório todo sobre como ele era um tipo de presente pra mim que eu comecei a aceitar o quanto as certezas que minha mãe tinha a meu respeito diferiam das minhas próprias.

Acho que isso tudo estava me preparando para o momento em que a Sadie veio trabalhar para nós. Minha mãe tinha se recolhido para sabe-se lá qual território que ela ocupava com os bebês. Sem ela por ali o tempo todo, eu podia pensar no que era verdade e no que não era. Eu já sabia o suficiente para não falar dessas coisas com ninguém.

A coisa mais estranha da Sadie — apesar de não ser muito comentada lá em casa — era que ela era uma celebridade. A nossa cidade tinha uma rádio onde ela tocava violão e cantava o tema de abertura da programação, que ela mesma tinha composto.

"Olá, olá, olá, todo mundo..."

E meia-hora depois era, "A-deus, a-deus, a-deus, todo mundo". Entre um e outro, ela cantava músicas que as pessoas pediam e também algumas que ela mesma escolhia. As pessoas mais sofisticadas da cidade tendiam a rir das músicas dela e da rádio toda, que diziam que era a menor do Canadá. Essas pessoas escutavam uma estação de Toronto que transmitia canções populares da época — "Three little fishes and a mommy fishy too..." — e Jim Hunter berrando as desesperadas notícias da guerra. Mas as pessoas das fazendas gostavam da rádio local e daquelas canções que a Sadie cantava. A voz dela era forte e triste e ela cantava sobre a solidão e a dor.

Apoiada na cerca fria
De um curral imenso
Olhando pela trilha ao fim do dia
É só em você que eu penso...

Quase todas as fazendas daquele canto do país tinham sido desmatadas e ocupadas havia coisa de cento e cinquenta anos, e de quase qualquer casa de fazenda dava para avistar outra casa de fazenda a poucos pastos de distância. Ainda assim, as músicas que os fazendeiros queriam ouvir falavam todas de vaqueiros solitários, do encanto e da decepção de lugares distantes, dos crimes horrorosos que faziam criminosos morrerem com o nome da mãe nos lábios, ou o de Deus.

Era isso que a Sadie cantava com tanto sentimento num tom de contralto encorpado, mas trabalhando com a gente ela era cheia de energia e de confiança, gostava de conversar e em especial de conversar sobre si própria. Normalmente não tinha ninguém para ouvir o que ela dizia, só eu. As ocupações dela e as da minha mãe as mantinham separadas quase o tempo todo e de qualquer forma eu acho mesmo que elas não teriam gostado de conversar. Minha mãe era uma pessoa séria, como já insinuei, que tinha dado aulas na escolinha antes de dar aulas para mim. Talvez ela tivesse gostado se Sadie fosse alguém que ela pudesse ajudar, ensinando a não dizer "Cês quer". Mas a Sadie não dava muitos indícios de querer ajuda de quem quer que fosse, ou de querer falar de um jeito diferente de como sempre falara.

Depois da ceia, que era a refeição do meio-dia, a Sadie e eu ficávamos sozinhas na cozinha. Minha mãe aproveitava para tirar uma soneca e, se estivesse num dia de sorte, os bebês dormiam também. Quando ela acordava, punha um vestido diferente, como se estivesse esperando uma tarde tranquila, mesmo que seguramente fosse haver mais fraldas para trocar e também mais daquela atividade desagradável que eu me esforçava para não ver, a menorzinha chupando um peito dela.

Meu pai também tirava uma soneca — talvez uns quinze minutos na varanda com o *Saturday Evening Post* cobrindo a cara antes de voltar para o celeiro.

A Sadie esquentava água no fogão e lavava a louça, com a minha ajuda e com as persianas baixadas para não deixar entrar o calor. Quando a gente acabava, ela esfregava o chão e eu secava, com um método que eu tinha inventado — patinando de um lado para outro com panos de chão nos pés. Aí a gente retirava as espirais de papel pega-mosca amarelo e grudento que tinham sido colocadas depois do café da manhã e que àquela altura já estavam pesadas, cheias de moscas pretas mortas ou que zumbiam quase mortas, e pendurava as espirais novinhas, que estariam cheias das recém-mortas na hora do jantar. Tudo isso enquanto a Sadie me falava da vida dela.

Nessa época eu não conseguia julgar com facilidade a idade dos outros. As pessoas eram crianças ou adultas e eu achava que ela era adulta. Talvez ela tivesse dezesseis, talvez dezoito ou vinte anos. Fosse qual fosse sua idade, ela anunciou mais de uma vez que não estava com pressa de casar.

Frequentava bailes todo fim de semana, mas ia sozinha. Sozinha e só para si, dizia.

Ela me falou dos salões de baile. Tinha um na cidade, perto da rua principal, onde ficava a pista de curling no inverno. Você pagava um dime por uma dança, aí subia e dançava numa plataforma com as pessoas te encarando em volta, mas não que ela se incomodasse com isso. Ela sempre gostava de pagar ela mesma o seu dime, para não ficar em dívida. Mas às vezes um sujeito chegava antes dela. Ele perguntava se ela queria dançar e a primeira coisa que ela dizia era: E você sabe? Você sabe dançar?, ela perguntava, seca. Aí ele dava uma olhada esquisita pra ela e dizia que sim, como quem quer dizer senão por que eu estaria aqui? E no fim o que ele chamava de dança em geral era um arrasta-pé com aquelas mãozonas carnudas agarrando a Sadie. Às vezes ela simplesmente deixava o sujeito ali perdido, saía dançando sozinha — que era o que ela gostava mesmo de fazer, afinal. Ela terminava a dança, que já estava paga, e se o camarada que pegava o dinheiro reclamasse e quisesse obrigá-la a pagar por dois quando ela era uma só, ela dizia para ele parar com isso. Eles podiam ficar todos rindo dela dançando sozinha se quisessem.

O outro salão de baile ficava logo na saída da cidade, na estrada. Lá você pagava na porta, e não era por uma dança, mas pela noite toda. O nome do lugar era Royal-T. Ela também pagava sozinha, ali. Normalmente tinha uma classe melhor de dançarinos, mas mesmo assim ela tentava dar uma olhada para ver como eles se viravam antes de deixar que a tirassem para dançar. Em geral eram uns sujeitos da cidade enquanto os do outro salão eram mais country. Com passos melhores — os da cidade —, mas não era sempre com os passos que você tinha que se preocupar. Era com onde eles queriam segurar. Às vezes ela tinha que mandar eles pastarem e dizer o que ia fazer com eles se não parassem com aquilo. Ela deixava bem claro que tinha ido ali dançar e tinha pagado ela mesma. Além de tudo ela sabia onde acertar uma pancada. Aquilo deixava eles bem certinhos.

Às vezes eram bons de dança e ela conseguia se divertir. Aí quando tocavam a última dança ela corria direto pra casa.

Ela não era como as outras, dizia. Ela não queria ser fisgada.

Fisgada. Quando ela dizia isso, eu via um anzol imenso descendo, com umas criaturinhas malvadas na ponta te enganchando de um jeito que você nunca mais poderia sair. A Sadie deve ter visto algo assim no meu rosto porque disse para eu não ficar com medo.

"Você não precisa ter medo de nada nesse mundo, só se cuide."

"Você e a Sadie vivem conversando," minha mãe disse.

Eu sabia que viria alguma coisa que merecia cuidado, mas não sabia o quê.

"Você gosta dela, né?"

Eu disse que sim.

"Bom, claro que gosta. Eu também gosto."

Eu torci para aquilo ter acabado e por um momento pensei que tinha mesmo.

Aí: "Você e eu não ficamos muito juntas agora que a gente teve os nenês. Eles não deixam muito tempo pra gente, né?"

"Mas a gente ama os nenês, né?"

Disse logo que sim.

Ela disse: "De verdade?".

Ela não ia parar se eu não dissesse de verdade, então eu disse.

* * *

Minha mãe queria muito alguma coisa. Será que eram boas amigas? Mulheres que jogavam bridge e tinham maridos que iam trabalhar de terno com colete? Não exatamente, e nem adiantava esperar por isso mesmo. Será que era eu como eu era antigamente, com os cachinhos no cabelo que eu não me incomodava de ficar bem quietinha enquanto ela ajeitava, ou o catequismo que eu fazia direitinho? Ela não tinha mais tempo para cuidar dessas coisas agora. E uma parte de mim estava ficando traiçoeira, embora ela não soubesse por quê, e eu também não sabia. Eu não tinha feito amigos da cidade na catequese. Em vez disso, eu idolatrava a Sadie. Ouvi minha mãe dizer para o meu pai. "Ela idolatra a Sadie."

Meu pai disse que a Sadie era um presente de Deus. O que isso queria dizer? Ele parecia animado. Talvez quisesse dizer que não ia defender nem uma nem outra.

"Eu queria que a gente tivesse calçadas decentes para ela," minha mãe disse. "Talvez se a gente tivesse calçadas decentes ela aprendesse a patinar e fizesse uns amigos."

Eu queria mesmo ter patins. Mas agora, sem saber por quê, eu sabia que nunca ia admitir que queria.

Aí minha mãe disse alguma coisa sobre ficar melhor quando as aulas começassem. Algo sobre eu ficar melhor ou algo a respeito da Sadie que ia ficar melhor. Eu não queria ouvir.

A Sadie estava me ensinando umas músicas dela e eu sabia que eu não cantava muito bem. Eu torcia para não ser aquilo o que tinha de ficar melhor ou acabar. Eu não queria, de verdade, que aquilo acabasse.

Meu pai não tinha muito pra dizer. Eu era problema da minha mãe, a não ser mais tarde quando acabei ficando bem boca-suja e tinha que ficar de castigo. Ele estava esperando meu irmão ficar mais velho e passar a ser problema dele. Menino não tinha como ser tão complicado.

E claro que o meu irmão não foi. Ele cresceu bem tranquilo.

* * *

Agora as aulas começaram. Começaram tem umas semanas, antes de as folhas ficarem vermelhas e amarelas. Agora elas tinham quase todas ido embora. Eu não estou com o meu casaco da escola, mas com o melhor, aquele com os debruns de veludo escuro no punho e no colarinho. Minha mãe está com o casaco que ela usa para ir à igreja, e com um turbante que cobre quase todo o cabelo dela.
Minha mãe está dirigindo para sabe-se lá onde é que nós estamos indo. Ela não dirige muito, e sua direção é sempre mais solene e no entanto mais incerta que a do meu pai. Ela buzina em tudo quanto é esquina.
"Isso", ela diz, mas leva um tempo para colocar o carro na vaga.
"Então chegamos". Aparentemente, a voz dela quer ser encorajadora. Ela encosta na minha mão para me dar uma chance de segurar a dela, mas eu finjo que não percebo e ela tira a mão.
A casa não tem jardim nem calçada. É bacana, mas meio feia. Minha mãe ergueu a mão enluvada para bater na porta, mas no fim nem precisamos. Abrem para nós. Minha mãe acabou de começar a me dizer alguma coisa encorajadora — alguma coisa meio: Vai ser mais rápido do que você pensa —, mas ela não termina. O tom em que ela falou comigo foi algo severo, mas levemente tranquilizador. Ele muda quando abrem a porta e vira uma coisa mais contida, mais baixinha, como se ela estivesse curvando a cabeça.
A porta foi aberta para um pessoal sair, e não só para a gente entrar. Uma das mulheres que estão saindo fala por sobre o ombro com uma voz que não passa nem perto de tentar ser suave.
"É para ela que a moça trabalhava, e para a menininha ali."
Aí uma mulher que está vestida bem elegante vem falar com a minha mãe e ajuda a tirar o casaco dela. Isso feito, minha

mãe tira o meu casaco e diz para a mulher que eu gostava especialmente da Sadie. Ela espera que seja tudo bem ter me trazido.

"Ah, coitatinha", a mulher diz e a minha mãe encosta de levinho em mim para me fazer dizer oi.

"A Sadie adorava criança", a mulher disse. "Adorava mesmo."

Eu percebo que tem mais duas crianças ali. Meninos. Eu conheço os meninos da escola, sendo um deles da primeira série, comigo, e o outro mais velho. Eles estão espiando lá de onde provavelmente é a cozinha. O mais novo está enfiando um biscoito inteirinho na boca de um jeito cômico e o outro, mais velho, está fazendo uma cara de nojo. Não para o enfiador de biscoito, mas para mim. Eles me odeiam, claro. Os meninos ou te ignoravam quando te encontravam num lugar que não fosse a escola (eles te ignoravam lá também) ou faziam essas caretas e te xingavam de uns nomes horrorosos. Quando eu tinha que chegar perto de um deles eu travava e não sabia o que fazer. Claro que era diferente quando tinha gente adulta por perto. Esses meninos ficaram quietos, mas eu me senti um pouquinho mal até alguém puxar os dois para dentro da cozinha. Aí eu me dei conta da voz especialmente delicada e interessada da minha mãe, mais educada até que a da porta-voz com quem ela estava falando, e pensei que talvez a careta tivesse sido para ela. Às vezes as pessoas imitavam a voz dela quando ela ia me chamar na escola.

A mulher com quem ela estava falando e que parecia ser a encarregada de tudo ali estava levando a gente para uma parte da sala onde um homem e uma mulher estavam sentados num sofá, com cara de quem não sabia o que estava fazendo ali. Minha mãe se abaixou e falou com eles de um jeito muito respeitoso e me apontou para os dois.

"Ela gostava demais da Sadie", ela disse. Eu sabia que era para eu dizer alguma coisa nessa hora, mas antes que eu conseguisse a mulher sentada ali explodiu num urro. Ela não olhou para nenhuma de nós duas e o som que ela fazia parecia o som que você faz quando algum animal te morde ou te rói. Ela batia nos braços como se estivesse tentando se livrar daquela coisa, mas a coisa não ia embora. Ela olhava para a minha mãe como se a minha mãe fosse a pessoa que tinha que fazer alguma coisa para resolver aquilo.

O velho disse para ela se acalmar.

"Está sendo muito duro para ela", disse a mulher que estava conduzindo a gente. "Ela não sabe o que está fazendo." Ela se curvou ainda mais e disse: "Ai-ai-ai, você vai assustar a menininha".

"Vai assustar a menininha", o velho disse obediente.

Quando ele terminou de dizer isso, a mulher não estava mais fazendo aquele barulho e dava tapinhas nos braços arranhados como se não soubesse o que havia acontecido com eles.

Minha mãe disse: "Coitada".

"E também filha única", disse a guia. Para mim ela disse: "Não se incomode".

Eu estava incomodada, mas não com os urros.

Eu sabia que a Sadie estava em algum lugar e eu não queria vê-la. Minha mãe não tinha chegado a dizer de fato que eu ia ter que ver, mas também não havia dito que não.

A Sadie tinha morrido voltando do salão de bailes Royal-T. Tinha sido atropelada por um carro naquela estradinha de pedra entre o estacionamento lá do salão e o começo da calçada de verdade da cidade. Ela devia estar correndo como sempre, e com certeza achou que dava para os carros verem que ela estava ali, ou que ela tinha tanto direito de estar ali quanto eles, e talvez o carro atrás dela tenha dado uma guinada ou talvez ela não estivesse bem onde achava que estava. Ela foi pega por trás. O carro que a atropelou estava saindo da frente do carro que vinha atrás, e esse segundo carro estava tentando fazer o primeiro entrar numa rua da cidade. O pessoal tinha bebido no salão, apesar de não ter bebida à venda lá dentro. E sempre tinha gente buzinando e gritando e saindo rápido demais quando a dança acabava. A Sadie apressada sem nem ter farol ia agir como se os outros é que tivessem que sair da frente dela.

"Uma menina sem namorado indo nos bailes a pé", disse a mulher que continuava sendo simpática com a minha mãe. Ela falou bem baixinho e minha mãe murmurou alguma coisa lamentosa.

Era pedir para alguma coisa dar errado, a mulher simpática disse mais baixo ainda.

Eu tinha ouvido umas conversas em casa que não tinha entendido. Minha mãe queria que fizessem alguma coisa que possivelmente tinha a ver com a Sadie e o carro que a atropelou, mas meu pai disse para ela deixar de lado. A gente não tem nada que se meter com as coisas da cidade, ele disse. Eu nem tentei entender isso tudo porque estava tentando nem pensar na Sadie, muito menos no fato de ela estar morta. Quando eu percebi que a gente estava indo para a casa da Sadie eu quis não ir, mas não vi jeito de escapar a não ser me comportando de um jeito imensamente feio.

Agora, depois do ataque da mulher, parecia que a gente podia dar meia-volta e ir para casa. Eu nunca ia ter que admitir a verdade, e a verdade era que eu morria de medo de qualquer cadáver.

Bem quando pensei que isso podia ser possível, ouvi minha mãe e a mulher com quem agora ela parecia estar tramando alguma coisa falarem do pior de tudo.

Ver a Sadie.

Sim, minha mãe estava dizendo. Claro, a gente tem que ver a Sadie.

Sadie morta.

Eu tinha ficado com os olhos bem abaixadinhos, vendo quase nada além daqueles dois meninos que mal eram mais altos que eu, e os velhos que estavam sentados. Mas agora minha mãe estava me levando pela mão em outra direção.

Tinha um caixão na sala o tempo todo mas eu estava achando que era outra coisa. Por causa da minha falta de experiência eu não sabia exatamente a cara de uma coisa dessas. Uma prateleira de acomodar flores, podia ser isso aquele objeto de que a gente estava se aproximando, ou um piano fechado.

Talvez as pessoas que estavam em volta tivessem dado algum jeito de disfarçar o tamanho e o formato e a função real daquilo. Mas agora as pessoas estavam respeitosamente abrindo caminho e minha mãe falou com uma nova voz, muito baixinha.

"Agora, vem", ela me disse. A delicadeza dela me soou odiosa, triunfante.

Ela se abaixou para olhar meu rosto, e isso, eu tinha certeza, era para evitar que eu fizesse exatamente o que havia acabado de me ocorrer — ficar com os olhos bem apertados. Aí ela desviou o olhar de mim mas ficou com minha mão bem presa na sua. Eu acabei conseguindo baixar as pálpebras assim que ela tirou os olhos de mim, mas não fechei até o fim por medo de tropeçar ou de que alguém me empurrasse bem para onde eu não queria ir. Pude ver só um borrão das flores rígidas e o brilho da madeira envernizada.

Aí eu ouvi minha mãe fungando e senti que ela se afastava. A bolsa dela se abriu com um estalo. Ela tinha que pôr a mão lá dentro, então me soltou um pouco e eu consegui me libertar. Ela estava chorando. Foi ela ter que cuidar das lágrimas e da fungadeira que me deixou escapar.

Olhei bem para o caixão e vi a Sadie.

O acidente tinha poupado o pescoço e o rosto dela, mas eu não vi tudo isso de uma vez. Só tive a impressão geral de que nada nela estava tão feio quanto eu tinha temido. Fechei os olhos bem rápido, mas percebi que não conseguia evitar olhar de novo. Primeiro a almofadinha amarela que estava embaixo do pescoço dela e que também dava um jeito de cobrir a garganta e o queixo e a bochecha que eu podia ver com facilidade. O truque era ver um pouquinho dela depressa, aí voltar para a almofada, e na próxima vez dar conta de mais um pouquinho que não desse medo. E aí era a Sadie, ela toda ou pelo menos tudo que eu podia esperar ver do lado que estava à mostra.

Alguma coisa se mexeu. Eu vi, a pálpebra dela que estava do meu lado mexeu. Não estava abrindo ou abrindo pela metade, nada assim, mas erguendo só um nadinha como que para permitir, se você fosse ela, se você estivesse lá dentro dela, que você conseguisse enxergar por entre os cílios. Só para distinguir talvez o que era claro lá fora e o que era escuro.

Eu não fiquei surpresa na hora e nem um pouco assustada. Imediatamente, essa visão se encaixou em tudo que eu sabia da Sadie e de alguma maneira, também, no que quer que a experiência me reservasse de especial. E eu nem sonhei em chamar a atenção de mais alguém para o que estava ali, porque não era para eles, era completamente para mim.

Minha mãe tinha pegado a minha mão de novo e disse que estava na hora de a gente ir. Falaram mais umas coisas, mas antes que qualquer tempo passasse, pelo que me pareceu, a gente já estava lá fora.

Minha mãe disse: "Parabéns". Ela deu um apertão na minha mão e disse: "Então. Passou". Ela teve que parar para conversar com mais alguém que estava chegando na casa, e aí a gente entrou no carro para voltar pra casa. Passou pela minha cabeça que ela ia gostar que eu dissesse alguma coisa, ou quem sabe até que eu contasse alguma coisa para ela, mas não falei nada.

Nunca mais houve uma ocorrência desse tipo e na verdade a Sadie desapareceu bem depressa da minha memória, com o choque da escola, onde eu acabei dando algum jeito de me virar com uma estranha mistura de viver morta de medo e viver me exibindo. A bem da verdade, um pouco da importância dela havia desaparecido naquela primeira semana de setembro quando ela disse que tinha que ficar na casa dela agora para cuidar do pai e da mãe, então ela não ia mais trabalhar para nós.

E aí minha mãe descobriu que ela estava trabalhando na loja de laticínios.

Mas mesmo assim, por bastante tempo, quando eu pensava nela, eu nunca questionava o que eu achava que me tinha sido revelado. Bem, bem depois disso, quando eu não estava mais nada interessada em feitos sobrenaturais, eu ainda mantinha em mente que uma coisa daquelas tinha acontecido. Só que eu simplesmente acreditava, como você pode acreditar e na verdade até lembrar que um dia teve dentes de leite, desaparecidos hoje, mas mesmo assim reais. Até que um dia, um dia quando talvez já estivesse na adolescência, eu soube como que com um buraco esquisito nas entranhas que agora já não acreditava mais.

Noite

Quando eu era criança, parecia que nunca havia um parto, ou um apêndice supurado, ou qualquer outro evento físico mais drástico que não ocorresse ao mesmo tempo que uma nevasca. As estradas estariam fechadas, de qualquer modo não havia como encontrar um carro, e tinha-se que atrelar uns cavalos para conseguir chegar ao hospital. A sorte era que houvesse cavalos por ali — no curso normal dos acontecimentos eles simplesmente não seriam mais usados, mas a guerra e o racionamento de gás tinham mudado tudo, ao menos por um tempo.

Quando comecei a sentir dor na barriga, portanto, isso tinha que ser às onze da noite, e tinha que estar caindo uma nevasca, e como não estávamos com cavalos no estábulo naquele momento, tiveram que convocar a parelha dos vizinhos para me levar ao hospital. Um trajeto de não muito mais de dois quilômetros, mas mesmo assim uma aventura. O médico estava esperando, e não foi surpresa para ninguém quando ele se preparou para tirar meu apêndice.

Mais apêndices tinham que ser tirados naquela época? Eu sei que ainda acontece, e é necessário — eu até sei de uma pessoa que morreu porque isso não foi feito a tempo — mas pelo que lembro a operação era uma espécie de rito pelo qual bastante gente da minha idade teve que passar, não em grande número, mas não se tratava de algo assim tão inesperado, e talvez nem tão lamentável, porque significava férias da escola e dava certo status — a criança era destacada, brevemente, como alguém tocado pela asa da mortalidade, em um momento da vida em que isso podia ser uma vantagem.

Então lá fiquei eu, sem apêndice, alguns dias olhando por uma janela de hospital para a neve melancolicamente peneirada pelas coníferas. Não suponho que tenha passado pela minha cabeça me perguntar como o meu pai iria pagar por essa distinção. (Acho que ele vendeu um terreno com árvores para derrubada, que tinha mantido quando se desfez da fazenda do pai. Ele teria preferido usá-lo para colocar armadilhas de caça, ou extrair seiva de bordo. Ou talvez ele sentisse uma nostalgia indizível.)

Aí eu voltei para a escola, e tive o prazer de ser liberada da educação física por um período maior do que o necessário, e numa manhã de sábado quando eu e minha mãe estávamos a sós na cozinha ela me disse que o meu apêndice havia sido removido no hospital, como eu sabia, mas que não tinha sido a única coisa retirada. O médico tinha visto por bem tirá-lo já que estava ali, mas sua preocupação principal havia sido um nódulo. Um nódulo, disse a minha mãe, do tamanho de um ovo de peru.

Mas não se preocupe, ela disse, está tudo bem agora.

A ideia de um câncer nem me passou pela cabeça nem ela a mencionou. Eu não acho que hoje em dia possa haver uma revelação como essa sem algum tipo de pergunta, alguma sondagem sobre se é ou não é. Canceroso ou benigno — nós íamos querer saber imediatamente. A única maneira que encontro para explicar o fato de termos deixado de falar do assunto é que devia haver uma nuvem em torno dessa palavra como a nuvem em torno das menções ao sexo. Pior, até. Sexo era repulsivo mas devia ter alguma recompensa — e de fato nós sabíamos que tinha, apesar de as nossas mães não terem consciência disso —, enquanto a mera palavra câncer fazia você pensar em alguma sinistra criatura putrescente e fedorenta que você não ia querer olhar nem enquanto a tirava do caminho.

Então eu não perguntei e não me disseram nada e só posso imaginar que era benigno ou foi eliminado com extrema competência, pois estou aqui hoje. E eu penso tão pouco nisso que durante toda a minha vida até aqui, quando preciso listar as minhas cirurgias, eu automaticamente digo ou escrevo apenas "Apêndice".

Essa conversa com a minha mãe provavelmente ocorreu no feriado da Páscoa, quando todas as nevascas e as montanhas cobertas teriam desaparecido e os riachos transbordavam, tomando conta de tudo que podiam alcançar, e o verão destemido começava a apontar no horizonte. Nosso clima não tinha delongas nem piedade.

No calor de princípios de junho eu parei de ir às aulas, já tendo tirado notas que me livravam dos exames finais. Eu estava com boa aparência, fazia tarefas domésticas, lia livros como sempre, ninguém sabia que podia haver alguma coisa errada comigo.

Agora eu tenho que descrever como se organizava o quarto em que dormíamos eu e a minha irmã. Era um quarto pequeno que não podia acomodar duas camas de solteiro lado a lado, então a solução era um beliche, com uma escadinha disposta de modo que quem estivesse dormindo na cama de cima pudesse subir por ela. Era eu. Quando eu era mais nova e dada a provocações, eu erguia o cantinho do meu colchão fino e ameaçava cuspir na minha irmã mais nova deitada indefesa na cama de baixo. Claro que a minha irmã — o nome dela era Catherine — não ficava de fato indefesa. Ela podia se esconder embaixo das cobertas, mas o meu joguinho era ficar olhando até que a falta de ar ou a curiosidade a tirasse dali, e naquele momento cuspir ou fingir direitinho que cuspia no seu rosto descoberto, o que a enfurecia.

Eu estava bem grandinha para essas bobagens, certamente bem grandinha nessa época. Minha irmã tinha nove anos quando eu estava com catorze. A relação entre nós era sempre instável. Quando eu não estava atormentando a Catherine, provocando-a de algum jeito imbecil, eu assumia o papel de sofisticada conselheira ou narradora arrepiante. Eu vestia a minha irmã com alguma das roupas velhas que tinham sido guardadas no baú do enxoval de minha mãe, por serem finas demais para cortar e fazer colchas de retalhos e fora de moda demais para alguém usá-las. Eu passava nela o ruge velho e endurecido da minha mãe e um pouco de pó de arroz e lhe dizia como ela estava linda. Ela era linda, sem a menor dúvida, embora o jeito como eu a maquiava a deixasse com a aparência de uma estranha boneca estrangeira.

Não quero dizer que tinha total controle sobre ela, nem que nossas vidas estavam constantemente interligadas. Ela tinha os seus próprios amigos, suas próprias brincadeiras. Estas tendiam mais para a domesticidade que para o glamour. Levava bonecas para passear em seus carrinhos de bebê, ou às vezes vestia gatinhos e saía com eles para passear no lugar das bonecas, sempre desesperados para escapar. Também havia brincadeiras em que alguém era professor e podia dar tapas no pulso dos outros e fazê-los fingirem chorar, por diversas infrações e tolices.

No mês de junho, como eu disse, eu estava livre da escola e fiquei por conta própria, como não me lembro de ter ficado, não naquele grau, em qualquer outro momento da minha infância.

Eu fazia algumas tarefas domésticas, mas a minha mãe devia estar bem de saúde, ainda, para cuidar de quase todo o trabalho. Ou talvez nós simplesmente estivéssemos com dinheiro naquela época para pagar o que ela — a minha mãe — chamaria de empregada, embora todo mundo dissesse que tinha uma moça. Eu não lembro, de qualquer maneira, de ter que enfrentar nenhum dos trabalhos que se acumularam sobre mim em verões posteriores, quando lutei com alguma disposição para manter a decência da nossa casa. Parece que o misterioso ovo de peru tinha conferido a mim uma espécie de status de inválida, de modo que eu podia passar parte do meu tempo andando por ali como uma visita.

Ainda que não perseguindo brancas nuvens. Ninguém na nossa família teria o direito de fazer isso. Era tudo interno — a inutilidade e a estranheza que eu sentia. E não era uma inutilidade contínua também. Eu me lembro de me agachar para desbastar as folhas das cenourinhas como a gente tinha que fazer toda primavera, para a raiz poder crescer até um tamanho razoável para ser comida.

Deve ter sido só que não era todo momento do dia que era preenchido com tarefas, como em verões de antes e de depois.

Então talvez tenha sido esse o motivo de eu ter começado a ter dificuldade para dormir. De início, eu acho, isso significava ficar acordada quem sabe até cerca de meia-noite e me espantar com quanto estava desperta, o resto da casa dormindo. Eu teria lido, e me cansado como sempre, e apagado a luz e esperado. Ninguém teria gritado antes, dizendo para eu apagar a luz e ir dormir. Pela primeira vez na vida (e isso também deve ter sido sinal de um status especial) eu podia decidir sozinha uma coisa como essa.

Demorava um pouco para a casa abandonar a luz do dia e as lâmpadas acesas do fim da noite. Deixando para trás o alarido das coisas que tinham que ser feitas, penduradas, acabadas, ela se tornava um lugar mais estranho onde as pessoas e o trabalho que lhes ditava as vidas desapareciam, o emprego que tinham para tudo à sua volta desaparecia, toda a mobília se recolhia a si própria e não existia mais por causa da atenção de alguém.

Alguém podia pensar que se tratava de uma libertação. De início, talvez fosse. A liberdade. A estranheza. Mas à medida que a minha incapacidade de pegar no sono se prolongava, e à medida que ela finalmente se instalava de vez até a aurora, eu ia ficando cada vez mais incomodada. Eu comecei a recitar versinhos, e aí poesia de verdade, primeiro para me fazer adormecer mas aí quase que involuntariamente. A atividade parecia rir de mim. Eu ria de mim mesma, enquanto as palavras viravam disparates, viravam a fala aleatória mais tola.

Eu não era a mesma.

Eu tinha ouvido isso sendo dito de várias pessoas, a vida toda, sem pensar no que podia significar.

Então quem você pensa que é, hein?

Eu tinha ouvido isso também, sem ligar à frase nenhuma ameaça real, considerando-a apenas uma espécie de zombaria rotineira.

Pense duas vezes.

A essa altura não era o sono que eu buscava. Eu sabia que o mero sono não era uma probabilidade. Talvez nem fosse desejável. Alguma coisa estava tomando conta de mim e era problema meu, e esperança minha, me defender dela. Eu tinha a noção de que devia fazer isso, mas só muito tenuemente, ao que parecia. Fosse o que fosse, aquilo estava tentando me mandar fazer coisas, não exatamente por qualquer motivo, mas só para ver se esses atos eram possíveis. Estava me informando de que motivos não eram necessários.

Só era necessário ceder. Que coisa mais estranha. Não por vingança, ou por qualquer razão normal, mas só porque você tinha pensado numa coisa.

E eu de fato pensava. Quanto mais espantava aquela ideia, mais ela voltava. Não era vingança, nem ódio — como eu disse, não havia razão, a não ser que algo como uma ideia profunda e totalmente fria que mal era uma ânsia, era mais uma contemplação, podia tomar posse de mim. Eu não devia nem pensar naquilo, mas o fato é que pensava.

A ideia estava ali e balançava na minha cabeça.

A ideia de que eu podia estrangular a minha irmã mais nova, que dormia na cama embaixo da minha e que eu amava mais do que qualquer pessoa no mundo.

Eu podia fazer isso não por ciúme, por maldade, ou por raiva, mas por loucura, que podia estar deitada ali bem do meu lado durante a noite. Não uma loucura incontrolável, também, mas algo que podia ser quase provocante. Uma sugestão preguiçosa, insinuante, meio letárgica que parecia ter estado à espera por muito tempo.

Ela podia estar dizendo por que não. Por que não tentar o pior?

O pior. Aqui no lugar mais familiar de todos, o quarto onde tínhamos dormido a vida toda e nos considerado completamente seguras. Eu podia fazer isso por nenhum motivo que eu ou alguém pudesse compreender, exceto o de que eu não podia evitar.

O que eu precisava era levantar, sair daquele quarto e da casa. Eu desci os degraus da escadinha e nem lancei um olhar para a minha irmã ali onde ela dormia. Aí desci em silêncio a escada da casa, ninguém se mexia, e entrei na cozinha onde tudo era tão familiar para mim que eu podia andar sem acender a luz. A porta da cozinha não estava trancada de verdade — eu não sei nem se nós tínhamos uma chave. Uma cadeira estava encostada logo abaixo da maçaneta de modo que alguém que tentasse entrar faria um barulhão. Uma lenta e cuidadosa remoção da cadeira era algo que se podia fazer sem qualquer ruído.

Depois da primeira noite eu conseguia cumprir esses atos sem vacilar, de modo que podia estar fora, ao que parecia, em questão de poucos segundos.

Claro que não havia postes de luz — nós estávamos longe demais da cidade.

Tudo era maior. As árvores em volta da casa eram sempre chamadas pelo nome — a faia, o olmo, o carvalho, os bordos sempre mencionados no plural e sem distinções entre eles, porque ficavam todos juntos. Agora eram todos intensamente negros. E também o lilás branco (agora já sem flores) e o roxo — sempre chamados de árvores e não de arbustos porque tinham crescido demais.

Os gramados da frente e dos lados da casa eram bem transitáveis porque eu mesma os tinha aparado com a ideia de nos dar certa respeitabilidade urbana.

O lado leste da nossa casa e o lado oeste davam para dois mundos diferentes, ou assim me parecia. O lado leste era o lado da cidade, muito embora não fosse possível ver cidade alguma. A nem três quilômetros dali, havia casas enfileiradas, com postes de luz e água encanada. E apesar de eu ter dito que não era possível ver nada disso, a bem da verdade não tenho certeza se, olhando fixamente por um tempo, não dava para perceber um leve brilho.

Para oeste, a longa curva do rio e os campos e as árvores e os crepúsculos não tinham o que os interrompesse. Nada a ver com pessoas, na minha cabeça, ou com a vida comum, jamais.

Eu andava para cá e para lá, primeiro perto da casa e em seguida me arriscando aqui e ali à medida que ganhava confiança nos meus olhos e podia contar que não ia trombar com a alavanca da bomba d'água ou a plataforma que sustentava o varal. Os pássaros começavam a se agitar, e aí a cantar — como se cada um tivesse pensado nisso por si só, lá no alto das árvores.

Eles acordavam bem mais cedo do que eu teria considerado possível. Mas logo depois desses cantos precocíssimos, havia certo clarão no céu. E de repente eu me via caindo de sono. Voltava para casa, onde de repente havia escuridão por todo lado, e muito decente, cuidadosa e silenciosamente, punha a cadeira inclinada sob a maçaneta, e subia sem fazer barulho, lidando com portas e degraus com a necessária cautela, apesar de já parecer estar semiadormecida. Eu caía no travesseiro e acordava tarde — tarde lá em casa era algo em torno das oito horas.

Eu me lembrava de tudo quando acordava, mas era tão absurdo — a parte ruim era de fato tão absurda — que eu me livrava daquilo com bastante facilidade. O meu irmão e a minha irmã já tinham ido para a aula na escola pública, mas os pratos deles ainda estavam na mesa, restinhos de cereal de arroz boiando no excesso de leite.

Absurdo.

Quando a minha irmã voltava da escola a gente se balançava na rede, uma em cada ponta.

Era naquela rede que eu passava boa parte do dia, o que possivelmente explicava o fato de eu não conseguir dormir à noite. E como eu não falava das minhas dificuldades noturnas, ninguém vinha com a simples informação de que era melhor eu me mexer mais durante o dia.

Os meus problemas voltavam com a noite, claro. Os demônios tomavam posse de mim novamente. Eu já sabia que era melhor levantar de uma vez e sair da cama sem querer fingir que as coisas iam melhorar e que eu ia de fato pegar no sono se me esforçasse o suficiente. Eu caminhava para fora da casa tão cautelosamente como antes. Conseguia me deslocar com mais facilidade; até a parte de dentro dos cômodos foi ficando mais visível para mim e no entanto mais estranha. Conseguia discernir o teto de lambris da cozinha instalado quando a casa foi construída talvez cem anos antes, e a esquadria da janela norte parcialmente mastigada por um cachorro que tinha ficado trancado do lado de dentro, uma noite bem antes de eu nascer. Eu lembrava o que tinha esquecido por completo — que eu tinha uma caixinha de areia ali, colocada onde a minha mãe pudesse ficar me olhando por aquela janela norte. Um grande arbusto de buquê-de-noiva estava em flor ali agora e mal se podia ver alguma coisa da janela.

A parede leste da cozinha não tinha janelas, mas tinha uma porta que dava para uma varandinha onde a gente ficava para pendurar as peças recém-lavadas pesadas de umidade, e depois puxá-las para dentro quando estavam secas e com um cheiro fresco e congratulatório, de lençóis brancos a macacões escuros e pesados.

Naquela varandinha eu às vezes detinha os meus passos noturnos. Eu nunca me sentava, mas me deixava mais calma olhar para a cidade, talvez apenas para inalar a sua sanidade. Todas aquelas pessoas que iam acordar dali a pouco, que tinham seus locais de trabalho aos quais ir, suas portas a destrancar e garrafas de leite para levar para dentro de casa, suas ocupações.

Uma noite — eu não sei dizer se podia ser a vigésima ou a décima segunda ou só a oitava ou nona em que eu levantava e saía andando — eu fiquei com a impressão, tarde demais para andar mais rápido, de que tinha alguém logo ali. Tinha alguém esperando um pouco adiante e eu não podia fazer nada além de continuar caminhando. Eu seria apanhada se desse as costas, e seria pior assim do que ser confrontada.

Quem era? Apenas o meu pai. Ele também estava sentado na varandinha olhando para a cidade e aquela improvável luz tênue. Estava inteiramente vestido — calças de trabalho escuras, quase a mesma coisa que um macacão, mas não exatamente, e uma camisa escura e grossa, e botas. Estava fumando um cigarro. Que ele mesmo enrolava, claro. Talvez a fumaça do cigarro tenha me alertado para outra presença, apesar de ser possível que naqueles dias o cheiro da fumaça de tabaco estivesse em todos os lugares, dentro e fora dos prédios, de modo que não havia como percebê-lo.

Ele disse bom-dia, de um jeito que poderia ter parecido natural a não ser pelo fato de que não havia ali nada de natural. Nós não estávamos acostumados a essas saudações na nossa família. Não havia nisso nada de hostil — só achávamos desnecessário, acho, já que nos veríamos o dia inteiro.

Eu disse bom-dia também. E o dia devia estar mesmo se aproximando ou o meu pai não ia estar vestido para trabalhar daquele jeito. O céu podia estar ficando claro, mas ainda oculto atrás das árvores pesadas. Os pássaros cantando, também. Eu tinha começado a ficar fora da cama até cada vez mais tarde, muito embora não conseguisse mais o mesmo alívio que conseguia antes. As possibilidades que um dia tinham habitado apenas o meu quarto, o beliche, estavam ocupando todos os cantos do mundo.

Parando agora para pensar nisso, por que o meu pai não estava de macacão? Ele estava vestido como se tivesse alguma coisa para fazer na cidade, logo cedo.

Eu não podia continuar andando, o ritmo todo dos meus passos tinha sido interrompido.

"Está difícil dormir?", ele disse.

O meu impulso foi dizer não, mas aí eu pensei nas dificuldades de explicar que estava só andando à toa, então eu disse sim.

Ele disse que aquilo acontecia muito no verão.

"Você vai para a cama bem cansada e aí bem quando acha que vai cair no sono você vê que está bem acordada. Não é assim?"

Eu disse que era.

Eu sabia agora que ele não tinha me ouvido levantar e andar por ali só naquela noite. A pessoa cujo gado está por perto, cuja fonte de renda, por mais minguada, estava toda ali ao lado, e que guardava um revólver no criado-mudo, certamente iria despertar com o menor ruído nas escadas e com o giro mais suave de uma maçaneta.

Eu não sei bem que conversa ele queria ter então, no que se refere a eu estar acordada. Ele parece ter declarado que ficar acordado era um estorvo, mas isso seria tudo? Eu certamente não pretendia lhe contar mais coisas. Se ele tivesse dado a mais leve indicação de que sabia que havia mais, se ele tivesse meramente insinuado que tinha ido até ali querendo ouvir, eu não acho que ele teria conseguido arrancar alguma coisa de mim. Eu tinha que quebrar o meu silêncio por vontade própria, dizendo que não conseguia dormir. Tinha que sair da cama e caminhar.

Por que isso?

Eu não sabia.

Não eram pesadelos?

Não.

"Pergunta besta", ele disse. "Você não ia sair da cama se fosse algum sonho bom."

Ele me deixou esperar para continuar, não perguntou nada. Quis recuar, mas continuei falando. A verdade foi dita com uma mínima modificação.

Quando falei da minha irmã mais nova eu disse que estava com medo de machucá-la. Eu achava que seria o suficiente, que ele ia saber direitinho o que eu queria dizer.

"Estrangular", eu disse então. Eu não podia me deter, afinal.

Agora eu não podia desdizer, eu não podia voltar a ser a pessoa que era antes.

O meu pai tinha ouvido. Ele tinha ouvido que eu me achava capaz de, sem qualquer motivo, estrangular a minha irmãzinha adormecida.

Ele disse: "Ora".

Aí ele disse para eu não me preocupar. Ele disse: "A gente às vezes tem esses pensamentos".

Ele disse isso com toda a seriedade e sem qualquer tipo de medo ou surpresa alarmada. A gente tem esses pensamentos, ou esses medos se você quiser, mas não tem por que se preocupar de verdade com isso, não passa de um sonho, dá para dizer.

Ele não disse, especificamente, que eu não corria o risco de fazer uma coisa dessas. Parecia mais estar dando por certo que aquilo não iria acontecer. Efeito do éter, ele disse. Do éter que te deram no hospital. Tem tanto sentido quanto um sonho. Não podia acontecer, assim como um meteoro não podia atingir a nossa casa (claro que podia, mas a probabilidade de isso acontecer o colocava na categoria do não podia).

Mas ele não me culpou por pensar naquilo. Não se espantou comigo, foi o que ele disse.

Havia outras coisas que ele podia ter dito. Ele podia ter me feito mais perguntas sobre minha atitude para com a minha irmã ou as minhas insatisfações com a minha vida em geral. Se isso acontecesse hoje, ele podia ter marcado uma consulta para mim com um psiquiatra. (Acho que era o que eu poderia ter feito por um filho, uma geração e uma classe social à frente.)

A questão é que o que ele fez deu certo. Aquilo me recolocou, mas sem zombaria ou alarme, no mundo em que vivíamos.

A gente pensa umas coisas que preferia não pensar. Acontece na vida.

Se você viver tempo suficiente como pai ou mãe hoje em dia, você descobre que cometeu erros que nem quis conhecer além daqueles dos quais tomou perfeito conhecimento. Você fica algo mais humilde, às vezes sentindo repulsa de si próprio. Eu não acho que o meu pai sentisse alguma coisa assim. O que eu sei é que se eu tivesse ido cobrar dele o quanto ele usou em mim a correia de afiar navalha ou o cinto, ele podia ter dito algo como é pegar ou largar. Aquelas surras, então, teriam ficado na cabeça dele, se é que ficaram, apenas como a necessária e adequada correção de uma criança boquirrota que achava que podia governar a casa.

"Você se achava espertinha demais", era o que ele podia ter dado como motivo para os castigos, e de fato se ouvia muito essa explicação naquele tempo, com a espertoza figurando como um diabete irritante que tinha de apanhar para virar gente. Caso contrário havia o risco de ele crescer achando que era inteligente. Ou ela, conforme o caso.

Contudo, naquela manhã que nascia ele me deu exatamente o que eu precisava ouvir e o que eu logo esqueceria.

Eu pensei que ele estava com suas melhores roupas porque tinha um compromisso matutino no banco, para ficar sabendo, sem grandes surpresas, que não iriam conceder uma prorrogação do empréstimo. Ele tinha trabalhado duro mas o mercado não iria se recuperar e ele teria que achar um novo jeito de sustentar a família e pagar o que devia ao mesmo tempo. Ou ele pode ter descoberto que os tremores da minha mãe tinham nome e não iriam parar. Ou que ele estava apaixonado por uma mulher impossível.

Não faz mal. Dali em diante eu consegui dormir.

Vozes

Quando minha mãe era criança, ela e toda sua família iam a bailes. Eles aconteciam na escola, ou às vezes em uma casa de fazenda com sala grande o suficiente. Jovens e velhos compareciam. Alguém tocava piano — o piano da casa ou o da escola — e alguém aparecia com um violino. As quadrilhas tinham padrões ou passos complicados, que uma pessoa conhecida por sua habilidade especial no assunto entoava a plenos pulmões (era sempre um homem) e com uma pressa estranha e meio desesperada que não adiantava para nada a não ser que você já conhecesse a dança. Como todos os que estavam ali, que tinham aprendido todas elas aos dez ou doze anos de idade.

Casada agora, com três filhos, minha mãe ainda teria a idade e o temperamento para gostar desses bailes se morasse no interior de verdade, onde eles ainda aconteciam. Ela teria gostado também das danças de casal, que estavam suplantando o estilo antigo em considerável medida. Mas ela estava numa situação estranha. Nós estávamos. Nossa família vivia fora da cidade, mas não exatamente no campo.

Meu pai, que era muito mais estimado que a minha mãe, era um homem que acreditava em aceitar as cartas que lhe caíssem nas mãos. Minha mãe, não. Ela tinha ascendido da sua vida de menina de fazenda para se tornar professora, mas isso não era o bastante, não tinha lhe dado a posição de que ela gostaria, ou os amigos que gostaria de ter na cidade. Ela estava morando no lugar errado e não tinha dinheiro, mas de qualquer maneira não estava preparada. Ela sabia jogar euchre, mas não bridge. Ficava ofendida pela visão de uma mulher fumando. Tenho a impressão de que as pessoas a achavam intrometida e excessivamente gramatical. Ela dizia coisas como "independente disso" e "deveras". Ela soava como se tivesse crescido numa família esquisita que sempre falava dessa maneira. E não tinha. Eles não falavam assim. Lá na fazenda, as minhas tias e tios falavam como todo mundo. E eles não gostavam muito da minha mãe também.

Eu não quero dizer que ela passava o tempo todo querendo que as coisas não fossem como eram. Como qualquer outra mulher que tinha que carregar banheiras para a cozinha e não tinha água encanada e precisava passar o verão quase todo preparando comida para o inverno, não lhe faltava com que se ocupar. Ela não podia nem devotar o tempo que de outra maneira teria devotado a ficar desapontada comigo, pensando por que eu não estava trazendo o tipo certo de amigas para casa, ou qualquer amiga para casa, quando vinha da escola. Ou por que eu fugia das recitações da escola dominical, coisa a que antes eu me lançava avidamente. E por que eu chegava em casa com os rolinhos do cabelo desfeitos — um sacrilégio que eu tinha aprendido a fazer ainda antes de entrar na escola, porque ninguém usava o cabelo do jeito que ela deixava o meu. Ou de fato por que eu tinha aprendido a apagar até aquela memória prodigiosa que um dia tive para recitar poesia, me recusando a usá-la de novo para me exibir.

* * *

Mas eu não estou sempre cheia de mau humor e de implicâncias. Ainda não. Aqui estou com coisa de dez anos, toda ansiosa para me enfeitar e acompanhar minha mãe a um baile.

O baile era em uma das casas perfeitamente decentes mas não exalando prosperidade da nossa rua. Uma casa grande de madeira habitada por gente de quem eu não sabia nada, a não ser que o marido trabalhava na fundição, apesar de ter idade para ser meu avô. Naquela época você não saía da fundição, você trabalhava enquanto podia e tentava poupar dinheiro para quando não pudesse. Era uma desgraça, até no meio do que eu depois aprendi a chamar de Grande Depressão, se ver tendo que pedir a Pensão dos Velhos. Era uma desgraça para os filhos crescidos ter de permitir uma coisa dessas, por mais que estivessem eles mesmos em dificuldades.

Algumas perguntas agora me ocorrem que na época não me ocorriam.

Será que as pessoas que moravam naquela casa estavam dando o baile simplesmente para criar um ambiente animado? Ou estavam cobrando? Elas podiam ter se visto em maus lençóis, mesmo que o homem estivesse empregado. Contas de médico. Eu sabia quão horrivelmente elas podiam sobrecarregar uma família. Minha irmã era delicada, como as pessoas diziam, e as amídalas dela já tinham sido removidas. Meu irmão e eu sofríamos de uma bronquite espetacular todo inverno, o que resultava em visitas do médico. Médicos custavam dinheiro.

A outra coisa que eu podia ter me perguntado era por que eu era a escolhida para acompanhar a minha mãe, em vez do meu pai. Mas na verdade isso nem é um enigma. Meu pai não gostava de dançar, e minha mãe gostava. Além disso, havia duas crianças pequenas em casa para cuidar, e eu ainda não tinha idade para fazer isso. Não me lembro dos meus pais jamais terem contratado uma baby-sitter. Não tenho nem sequer certeza se o termo era conhecido naquele tempo. Quando cheguei à adolescência eu ganhei algum dinheiro assim, mas os tempos já tinham mudado.

    Nós estávamos muito bem-arrumadas. Nos bailes do interior de que a minha mãe se lembrava, nunca aparecia alguém com aquelas roupinhas assanhadas de dançar quadrilha que depois a gente passou a ver na televisão. Todo mundo usava sua melhor roupa, e não fazer isso — aparecer com qualquer coisa parecida com aqueles babados e lencinhos no pescoço que supostamente eram o figurino dos caipiras — teria sido um insulto para os donos da casa e para todo mundo. Eu estava com um vestido que a minha mãe tinha feito para mim, de lã macia. A saia era rosa e a parte de cima era amarela, com um coração de lã rosa costurado onde o meu seio esquerdo um dia estaria. Meu cabelo estava penteado e umedecido e ajeitado naqueles rolinhos em formato de salsicha de que eu me livrava todo dia a caminho da escola. Eu tinha reclamado por ter de usar os rolinhos no baile com o argumento de que ninguém mais os usava. A réplica da minha mãe foi que ninguém mais tinha essa sorte. Eu abandonei a queixa porque queria muito ir, ou talvez porque achei que ninguém da escola fosse estar no baile, então não fazia diferença. Era o ridículo dos meus colegas de escola o que eu sempre temia.

    O vestido da minha mãe não era feito em casa. Era o melhor que ela tinha, elegante demais para a igreja e festivo demais para funerais, e portanto quase nunca era usado. Era de veludo preto, com mangas até o cotovelo, e um decote bem fechado. O que ele tinha de maravilhoso era uma proliferação de continhas, douradas e prateadas e de várias cores, costuradas em todo o corpete, refletindo a luz, mudando sempre que ela se mexia ou apenas respirava. Ela tinha trançado o cabelo, que ainda era quase todo preto, para depois prendê-lo todo formando uma tiara justa no alto da cabeça. Se ela fosse qualquer outra pessoa que não a minha mãe, eu teria achado que ela estava linda de arrepiar. Acho que pensei mesmo isso, mas assim que nós chegamos à casa estranha eu tive que perceber que o melhor vestido dela não lembrava em nada o vestido das outras mulheres, embora elas também devessem estar com o que tinham de melhor.

As outras mulheres de que falo estavam na cozinha. Foi aí que nós paramos e vimos as coisas dispostas numa mesa grande. Tudo quanto era tipo de torta e biscoito e doces e bolos. E minha mãe também pôs ali alguma coisa chique que tinha feito e começou a dar umas mexidas no quitute para ele ficar com uma cara melhor. Ela exclamou que tudo aquilo dava água na boca.

Eu tenho mesmo certeza de que ela disse isso — água na boca? O que quer que ela tenha dito, não pareceu muito bem. Eu quis naquela hora que o meu pai estivesse ali, sempre soando perfeitamente adequado à ocasião, até quando falava gramaticalmente. Ele faria isso em casa, mas quase nunca fora. Ele se insinuava em qualquer conversa que estivesse acontecendo — ele entendia que a coisa a fazer era nunca dizer nada especial. Minha mãe era exatamente o contrário. Com ela tudo era nítido e sonoro e servia para chamar a atenção.

Era o que estava acontecendo agora e eu ouvi a risada dela, deliciada, como que para compensar o fato de ninguém estar falando com ela. Ela estava querendo saber onde podíamos deixar nossos casacos.

Podíamos largá-los em qualquer lugar, mas se nós quiséssemos, alguém disse, dava para deixá-los na cama no andar de cima. Era preciso subir uma escada comprimida entre duas paredes, e não havia luz, a não ser no alto. Minha mãe me mandou ir na frente, ela estaria lá em um minuto, e foi o que fiz.

A pergunta que caberia aqui é se de fato foi preciso pagar alguma coisa para participar do baile. A minha mãe pode ter ficado para trás para cuidar disso. Por outro lado, será que as pessoas tiveram que pagar e ainda levar toda aquela comida? E será que a comida era tão farta quanto eu me lembro? Com todo mundo tão pobre? Mas talvez eles já não estivessem se sentindo tão pobres, com os empregos da guerra e o dinheiro que os soldados mandavam para casa. Se eu tinha mesmo dez anos, e eu acho que tinha, então essas mudanças estariam acontecendo havia dois anos.

A escada saía da cozinha e também da sala da frente, formando um único lance que subia para os quartos. Depois de me livrar do meu casaco e das botas no quarto arrumadinho, eu ainda podia ouvir a voz da minha mãe ressoando na cozinha. Mas também podia ouvir a música que vinha da sala da frente, então fui nessa direção.

A sala tinha sido esvaziada de toda a mobília exceto o piano. Persianas escuras de tecido verde, do tipo que eu achava particularmente lúgubre, estavam baixadas nas janelas. Mas não, a atmosfera na sala não era lúgubre. Muita gente estava dançando, se apoiando uns nos outros decorosamente, arrastando os pés ou se balançando em círculos. Algumas meninas que ainda estavam na escola dançavam de um jeito que estava começando a ficar popular, se mexendo uma de frente para a outra e às vezes dando as mãos, às vezes não. Elas até deram um sorriso para me cumprimentar quando me viram, e eu me derreti de prazer, como tendia a fazer quando qualquer menina mais velha e confiante prestava alguma atenção em mim.

Havia uma mulher naquela sala que não se podia deixar de notar, uma cujo vestido certamente poria o da minha mãe no chinelo. Ela devia ser bem mais velha que a minha mãe — tinha o cabelo branco, penteado num arranjo perfeito e sofisticado daquilo que se chamava de ondulado Marcel, bem colado no crânio. Era uma mulher grande com ombros nobres e quadris largos, e estava usando um vestido de tafetá laranja-ouro, com decote quadrado bem ousado e saia que só lhe cobria os joelhos. As mangas curtas eram bem agarradas aos braços cuja carne era pesada e lisa e branca, como toucinho.

Era uma visão impressionante. Eu não teria pensado que fosse possível uma pessoa parecer ao mesmo tempo velha e elegante, pesada e graciosa, ousadíssima e ainda assim extremamente digna. Seria possível dizer que ela era atrevida, e talvez minha mãe tenha dito isso depois — era o tipo de palavra que ela usaria. Alguém menos indisposto contra ela poderia ter dito sobranceira. Ela não estava de fato se exibindo, a não ser pela cor e pelo corte do vestido. Ela e o homem que estava com ela dançavam de um jeito respeitoso, meio ausente, como cônjuges.

Não sabia o nome dela. Nunca tinha visto aquela mulher antes. Não sabia que ela era notória na nossa cidade, e talvez até nas redondezas.

Acho que se estivesse escrevendo ficção e não me recordando de uma coisa que aconteceu, eu nunca teria dado aquele vestido a ela. Uma espécie de anúncio de que ela não precisava.

Claro, se eu morasse na cidade, em vez de apenas ir e vir todo dia, por causa da escola, eu poderia saber que ela era uma famosa prostituta. Eu certamente a teria visto, ainda que não com aquele vestido laranja. E eu não teria usado a palavra prostituta. Mulher perdida, mais provavelmente. Eu saberia que havia nela algo repulsivo e perigoso e excitante e ousado, sem saber exatamente o que era. Se alguém tivesse tentado me dizer, acho que eu não teria acreditado.

Tinha muita gente na cidade com aparência incomum e quem sabe ela me parecesse só mais uma. Havia o corcunda que esfregava todo dia as portas da prefeitura e até onde eu sei não fazia mais nada. E a mulher de aspecto bastante adequado que nunca parava de falar sozinha em voz alta, repreendendo pessoas que não estavam à vista.

Com o tempo eu viria a saber o nome dela e acabaria descobrindo que ela realmente fazia as coisas que eu não podia acreditar que fizesse. E que o homem que eu vi dançando com ela e cujo nome eu talvez nunca soube era o dono do salão de bilhar. Um dia quando eu estava no colegial umas meninas me desafiaram a entrar no bilhar quando passávamos por lá, e eu entrei, e lá estava ele, o mesmo homem. Apesar de agora estar mais calvo e mais gordo, e usando roupas mais vagabundas. Eu não lembro se ele me disse alguma coisa, mas não precisou dizer. Eu disparei de volta para a companhia das minhas amigas, que não eram exatamente amigas no fim das contas, e não lhes disse nada.

Quando eu vi o dono do salão de bilhar, toda a cena do baile voltou à minha mente, o piano martelado e a música da rabeca e o vestido laranja, que eu naquela altura teria chamado de ridículo, e o surgimento repentino da minha mãe com o casaco que ela provavelmente nem tinha chegado a tirar.

Lá estava ela, chamando o meu nome por sobre a música com aquele tom que eu particularmente detestava, o exato tom que parecia me lembrar de que era graças a ela que eu estava neste mundo.

Ela disse: "Cadê o seu casaco...?". Como se eu o tivesse perdido.

"Lá em cima."

"Bom, então vá lá pegar."

Ela teria visto o casaco lá em cima se tivesse subido a escada. Ela não deve nem ter passado da cozinha, deve ter ficado por lá mexendo na comida com o seu casaco desabotoado mas ainda vestido, até olhar para a sala onde estavam dançando e perceber quem era a dançarina de laranja.

"Não demore", ela disse.

Eu não pretendia demorar. Abri a porta que dava para a escada e subi correndo os primeiros degraus e descobri que onde a escada fazia a curva tinha gente sentada, bloqueando o meu caminho. Eles não me viram chegar — estavam absortos, ao que parecia, em alguma coisa séria. Não uma discussão, exatamente, mas um tipo urgente de comunicação.

Dois deles eram homens. Rapazes com uniformes da Força Aérea. Um sentado num degrau, um inclinado para a frente, num degrau mais baixo, com a mão no joelho. Havia uma garota sentada um degrau acima deles, e o homem mais próximo dela lhe dava tapinhas reconfortantes na perna. Achei que ela devia ter caído naquela escada estreita e se machucado, pois estava chorando.

Peggy. O nome dela era Peggy. "Peggy, Peggy", os rapazes diziam, com suas vozes persuasivas e até delicadas.

Ela disse alguma coisa que eu não consegui entender. Falava com uma voz infantil. Estava reclamando, como se reclama quando alguma coisa não é justa. Se repete que alguma coisa não é justa, mas com uma voz desesperançada, como se não se esperasse que a coisa injusta fosse corrigida. Ruim é outra palavra a se empregar nessas circunstâncias. É muito ruim. Alguém foi muito ruim.

Ouvindo a minha mãe conversar com o meu pai quando nós chegamos em casa eu descobri uma parte do que tinha acontecido, mas o sentido me escapou. A sra. Hutchison tinha aparecido no baile, levada pelo homem do bilhar, que eu então não conhecia como o homem do bilhar. Eu não sei por qual nome a minha mãe se referia a ele, mas ela estava triste e pasma com o comportamento dele. A notícia do baile tinha corrido e uns meninos de Port Albert — ou seja, da base da Força Aérea — tinham decidido dar as caras também. Claro que não haveria problema com isso. Os rapazes da Força Aérea eram bons meninos. A sra. Hutchison é que era a desgraça. E a garota.

Ela tinha levado uma das suas meninas.

"Vai ver ela só estava com vontade de dar uma saída", o meu pai disse. "Vai ver é só que ela gosta de dançar."

A minha mãe parecia nem ter ouvido isso. Ela disse que era uma vergonha. Você esperando se divertir, esperando um belo baile decente com a sua vizinhança, e aí tudo arruinado.

Eu tinha o costume de avaliar a aparência das meninas mais velhas. Eu não tinha achado a Peggy particularmente bonita. Talvez a maquiagem dela tivesse escorrido com o choro. O cabelo castanho-claro enroladinho tinha se soltado de alguns grampos. As unhas dela estavam pintadas, mas ainda assim tinham aspecto de roídas. Ela não parecia muito mais adulta que algumas daquelas meninas mais velhas chatinhas e choramingas, perpetuamente reclamando, que eu conhecia. Mesmo assim os rapazes a tratavam como se ela fosse alguém que merecia nunca ter passado um mau pedaço, alguém que tinha o direito de ser acariciada e agradada e de receber reverências.

Um deles lhe ofereceu um cigarro pronto. Isso por si só eu já vi como um mimo, já que o meu pai enrolava os dele assim como todos os homens que eu conhecia. Mas Peggy sacudiu a cabeça e retrucou com aquela voz magoada que não fumava. Aí o outro homem lhe ofereceu um chiclete, e ela aceitou.

O que estava acontecendo? Eu não tinha como saber. O rapaz que tinha oferecido o chiclete notou a minha presença, enquanto remexia no bolso, e disse: "Peggy? Peggy, tem uma menininha que eu acho que quer subir".

Ela baixou a cabeça para eu não poder olhar no seu rosto. Eu senti cheiro de perfume ao passar. Senti também o cheiro dos cigarros deles e daqueles uniformes viris de lã, daqueles coturnos engraxados.

Quando eu desci já de casaco eles ainda estavam ali, mas dessa vez esperavam por mim, então ficaram todos quietos enquanto eu passava. Mas Peggy fungou sonoramente, e o rapaz mais próximo dela continuou passando a mão na sua coxa. A saia dela estava puxada para cima e eu vi a liga que lhe segurava a meia.

Por bastante tempo eu me lembrei das vozes. Refleti sobre as vozes. Não a da Peggy. As dos homens. Eu sei agora que alguns dos homens da Força Aérea que estavam em Port Albert no começo da guerra eram da Inglaterra, e estavam lá fazendo treinamento para combater os alemães. Então eu fico pensando se o sotaque de alguma região da Grã-Bretanha foi o que eu achei tão delicado e encantador. Certamente era verdade que eu nunca na vida tinha ouvido um homem falar daquele jeito, tratando uma mulher como se ela fosse uma criatura tão admirável e valiosa que qualquer coisa, qualquer falta de gentileza que a tivesse afetado, era de alguma maneira como infringir uma lei, era um pecado.

O que será que eu achava que tinha acontecido para fazer a Peggy chorar? A pergunta não me interessou muito na época. Eu mesma não era muito corajosa. Na época da minha primeira escola, eu chorava quando corriam atrás de mim me jogando pedrinhas no caminho de volta para casa. Eu chorei quando a professora na escola da cidade me escolheu, na frente da classe toda, para expor a absurda desordem da minha carteira. E quando ela telefonou para a minha mãe por causa do mesmo problema e a minha mãe chorou ela própria ao desligar o telefone, sofrendo porque eu não era motivo de orgulho para ela. Parecia que algumas pessoas eram corajosas por natureza e outras não. Alguém deve ter dito alguma coisa à Peggy, e lá estava ela fungando, porque como eu ela não era casca-grossa.

Aquela mulher do vestido laranja é que deve ter sido ruim, eu achei, sem qualquer motivo especial. Tinha que ter sido uma mulher. Porque se tivesse sido um homem, um dos consoladores da Força Aérea teria dado um jeito nele. Dito para ele cuidar daquela boca suja, talvez o arrastado para fora e lhe dado uma surra.

Então não era na Peggy que eu estava interessada, não nas lágrimas dela, na sua cara amassada. Ela me remetia demais a mim mesma. Eram os consoladores dela que me maravilhavam. Como eles pareciam se curvar e se declarar diante dela.

O que eles estavam dizendo? Nada especial. Tudo bem, eles diziam. Está tudo bem, Peggy, eles diziam. Ora, Peggy. Tudo bem. Tudo bem.

Tanta delicadeza. Que alguém pudesse ser tão delicado.

É verdade que aqueles rapazes, trazidos ao nosso país para serem treinados para missões de bombardeio em que muitos deles seriam mortos, podiam estar falando com seus sotaques normais da Cornuália ou Kent ou Hull, ou da Escócia. Mas para mim eles pareciam incapazes de abrir a boca sem enunciar alguma bênção, uma bênção para aquele momento. Não me ocorreu que o futuro deles estava cercado pela desgraça, ou que suas vidas comuns tinham voado pela janela e se estatelado no chão. Eu só pensava na bênção, na maravilha que era ser a pessoa que a recebia, em quão estranhamente sortuda e não merecedora era aquela Peggy.

E, por não sei quanto tempo, fiquei pensando neles. No escuro frio do meu quarto eles me acalantavam. Eu podia atraí-los, convocar seus rostos e suas vozes — mas, ah, muito mais, agora as vozes deles se dirigiam a mim e não a qualquer terceira parte desnecessária. As mãos deles abençoavam minhas próprias coxas magrelas e as vozes deles me garantiam que eu também era digna de amor.

E enquanto povoavam minhas fantasias, ainda não de todo eróticas, eles se foram. Alguns, muitos, para sempre.

Vida querida

Quando jovem eu morava no fim de uma rua comprida, ou de uma rua que me parecia comprida. Bem longe atrás de mim, quando eu voltava da escola primária para casa, e depois do colegial, ficava a cidade de verdade com sua atividade e suas calçadas e seus postes de luz para quando escurecia. Marcando o fim da cidade ficavam as duas pontes que cruzavam o rio Maitland: uma estreita ponte de ferro, onde os carros às vezes se complicavam para decidir qual ia encostar e esperar o outro passar, e uma passarela de madeira que vez por outra tinha uma tábua faltando, de modo que dava para olhar para baixo e ver a água apressada e brilhante. Eu gostava disso, mas alguém sempre acabava vindo trocar a tábua.

Aí tinha uma baixada suave, umas casinhas frágeis que eram inundadas toda primavera, mas aonde algumas pessoas — gente diferente — sempre vinha morar mesmo assim. E aí outra ponte, por cima do canal do moinho, que era estreito, mas fundo o bastante para você se afogar. Depois disso, a rua se dividia, com uma parte indo para o sul morro acima e passando de novo pelo rio

para virar uma estrada de verdade, e a outra contornando o antigo terreno da feira até virar para o oeste.
A rua que seguia rumo a oeste era a minha.
Havia também uma rua no sentido norte, que tinha uma calçada curta, mas de verdade, e várias casas bem juntinhas, como se estivessem na cidade. Uma delas tinha uma placa na janela que dizia "Salada Tea", prova de que um dia lá tinham sido vendidos secos e molhados. Aí havia uma escola, que eu frequentei por dois anos da minha vida e desejei nunca mais ver de novo. Depois desses anos, a minha mãe tinha feito o meu pai comprar um barracão antigo na cidade para ele começar a pagar impostos municipais e eu poder frequentar a escola da cidade. No fim, ele nem precisaria ter feito isso, pois no mesmo mês em que eu comecei a frequentar a escola na cidade, a guerra foi declarada contra a Alemanha e, como que por mágica, a escola antiga, a escola onde os valentões tinham levado o meu almoço embora e ameaçado me bater e onde ninguém parecia aprender nada no meio da baderna, se aquietou. Logo ela só tinha uma sala e uma professora, que provavelmente nem trancava as portas no recreio. Parecia que os mesmos meninos que sempre ficavam me perguntando retórica e assustadoramente se eu queria trepar estavam tão loucos para conseguir um emprego quanto seus irmãos mais velhos estavam para entrar no Exército.
Não sei se os banheiros da escola estavam melhores ou não nessa época, mas tinham sido a pior coisa de lá. Não que a gente não tivesse que usar uma casinha no quintal da nossa casa, mas era limpa e tinha até piso de linóleo. Naquela escola, por desprezo ou sei lá o quê, ninguém parecia se dar ao trabalho de mirar no buraco. Em vários sentidos não era fácil para mim na cidade, também, porque todo mundo ali estava junto desde a primeira série, e havia muitas coisas que eu ainda não tinha aprendido, mas era um conforto ver os assentos sem manchas da minha escola nova e ouvir o nobre som civilizado das descargas.

No meu tempo na primeira escola, eu fiz uma amiga, no entanto. Uma menina que eu vou chamar de Diane chegou na metade do meu segundo ano. Ela tinha mais ou menos a minha idade, e morava em uma daquelas casas com calçada. Ela me perguntou um dia se seu sabia dançar o *Highland fling*, e quando eu disse que não ela se ofereceu para me ensinar. Com isso em mente, nós fomos até a casa dela depois da aula. A mãe dela tinha morrido e ela tinha ido morar com os avós. Para dançar o *Highland fling*, ela me disse, era preciso ter sapatos de sapateado, que ela tinha e, claro, eu não, mas os nossos pés eram quase do mesmo tamanho, então a gente podia trocar enquanto ela tentava me ensinar. Nós acabamos ficando com sede e a avó dela nos deu água, mas era uma água horrorosa de um poço cavado, exatamente como na escola. Eu expliquei que a gente pegava uma água bem melhor em casa, de um poço perfurado, e a avó dela disse, sem se ofender nem um pouco, que gostaria de ter um desses também.

Mas aí, cedo demais, a minha mãe estava lá fora, depois de passar na escola e descobrir o meu paradeiro. Ela buzinou para me chamar e nem respondeu ao aceno simpático da avó. A minha mãe não dirigia com muita frequência, e quando o fazia, a ocasião tinha uma solenidade nervosa. No caminho, ela me disse para nunca mais entrar naquela casa. (No fim isso não foi difícil, porque a Diane parou de aparecer na escola uns dias depois — tinha sido mandada para algum lugar.) Eu disse à minha mãe que a mãe da Diane estava morta e ela disse que sim, que sabia. Eu lhe contei do *Highland fling*, e ela disse que eu podia aprender a dança direito um dia, mas não naquela casa.

Eu não descobri na época — e não sei quando foi que eu descobri — que a mãe da Diane fora prostituta e tinha morrido de algum mal que parece que as prostitutas pegavam. Ela quis ser enterrada em casa, e o pastor da nossa própria igreja havia conduzido o funeral. Houve certa controvérsia quanto ao texto que ele teria usado. Algumas pessoas achavam que ele devia ter pulado aquela parte, mas a minha mãe achava que ele tinha feito a coisa certa.

O salário do pecado é a morte.

A minha mãe me contou tudo isso bem mais tarde, ou o que pareceu ser bem mais tarde, quando eu estava no estágio de odiar quase tudo que ela dizia, e particularmente quando ela usava aquela voz de uma convicção trêmula, quase empolgada.

Continuei topando vez por outra com a avó. Ela sempre dava um sorrisinho para mim. Dizia que era maravilhoso eu continuar indo à escola, e me contava da Diane, que também tinha continuado na escola por um tempo considerável, onde quer que estivesse — ainda que não tanto quanto eu. Segundo sua avó, ela conseguiu então um emprego num restaurante de Toronto, onde usava uma roupa com lantejoulas. Eu já era grandinha o suficiente a essa altura, e má o suficiente para supor que se tratava provavelmente de um estabelecimento em que também se tirava a roupa de lantejoulas.

A avó da Diane não era a única que achava que eu estava há tempo demais na escola. Na minha rua, havia várias casas mais espaçadas do que seriam na cidade, mas que ainda assim não tinham grandes terrenos ocupados em volta. Uma delas, num morrinho baixo, pertencia a Waitey Streets, um veterano da Primeira Guerra Mundial que não tinha um braço. Ele criava ovelhas e tinha uma esposa que eu só vi uma vez em todos aqueles anos, quando estava na bomba enchendo o balde de água para beber. O Waitey gostava de fazer piadas sobre o longo tempo que eu já havia passado na escola e sobre como era uma pena eu nunca ter conseguido passar nas provas para acabar logo com aquilo. E eu devolvia a piada, fingindo que ele tinha razão. Eu não sabia bem no que ele acreditava de fato. Era assim que você conhecia as pessoas da rua, e elas te conheciam. Você dizia oi, e elas diziam oi e alguma coisa sobre o tempo, e se tinham carro e você estava a pé, elas te davam carona. Não era como o interior de verdade, onde as pessoas normalmente conheciam as casas umas das outras por dentro e todo mundo ganhava a vida mais ou menos do mesmo jeito.

Eu não estava demorando mais para terminar o colegial do que qualquer outra pessoa que cumprisse todas as cinco séries. Mas poucos alunos cumpriam. Ninguém esperava naquele tempo que o mesmo número de pessoas que entrava no colegial na nona série fosse sair, forrado de conhecimento e de uma gramática correta, no fim da décima terceira. As pessoas começavam a trabalhar em tempo parcial e gradualmente esses empregos viravam trabalhos em tempo integral. As meninas se casavam e tinham filhos, nessa ordem ou na inversa. Na décima terceira série, com cerca de um quarto da turma original apenas, havia uma sensação de erudição, de uma importante conquista, ou talvez apenas um tipo especial de serena impraticabilidade que perdurava, independente do que pudesse acontecer depois.

Eu me sentia como se estivesse há uma vida de distância da maioria das pessoas que tinha conhecido na nona série, quem dirá naquela primeira escola.

Num canto da nossa sala de jantar ficava uma coisa que sempre me surpreendia um pouco quando eu pegava o aspirador de pó para limpar o chão. Eu sabia o que era — uma sacola de golfe que parecia muito nova, com os tacos e as bolas dentro dela. Eu me perguntava o que aquilo estava fazendo na nossa casa. Eu mal entendia do jogo, mas tinha as minhas ideias sobre o tipo de gente que se dedicava a ele. Não era gente que usava macacão, como o meu pai, apesar de ele vestir calças melhorzinhas de trabalho quando ia para o centro da cidade. Eu conseguia, em certa medida, imaginar a minha mãe entrando nas roupas esportivas que é preciso usar para jogar, prendendo uma echarpe no cabelo fino e esvoaçante. Mas não tentando de fato acertar uma bolinha num buraco. A frivolidade de tal ato seguramente estava além da capacidade dela.

Um dia ela deve ter pensado diferente. Ela deve ter achado que ela e o meu pai iriam se transformar em um tipo diferente de gente, gente que dispõe de horas livres. Golfe. Jantares. Talvez ela tivesse se convencido de que certas fronteiras não estavam ali. Ela tinha conseguido sair de uma fazenda no estéril Escudo Canadense — uma fazenda muito mais desoladora que aquela de onde vinha o meu pai — e tinha se tornado professora, falando de um jeito que deixava os seus próprios parentes desconfortáveis perto dela. Ela pode ter achado que depois de tanta luta ela seria bem-vinda em qualquer lugar.

Meu pai tinha outra opinião. Não que ele achasse que as pessoas da cidade ou quaisquer outras pessoas fossem de fato melhores que ele. Mas talvez ele acreditasse que era assim que elas pensavam. E preferia nunca lhes dar uma chance de mostrar isso.

Parecia que, no que se referia ao golfe, foi o meu pai quem venceu.

Não que ele fosse ficar contente de viver como seus pais esperavam que ele vivesse, assumindo a modesta fazenda deles. Quando ele e a minha mãe deixaram as suas comunidades e compraram aquele lote de terra no fim de uma rua perto de uma cidade que não conheciam, a ideia deles era quase certamente prosperar criando raposas prateadas e, mais tarde, visons. Quando menino, meu pai se descobriu mais feliz revistando as armadilhas do que ajudando na fazenda ou indo para o colegial — e mais rico, também, do que jamais tinha sido — e essa ideia o assaltara e ele a encampara, conforme imaginava, para toda a vida. Ele pôs todo o dinheiro que tinha poupado nisso, e a minha mãe contribuiu com suas economias de professora. Ele construiu todos os cercados e abrigos onde os animais ficariam, e ergueu as paredes de arame que iriam conter suas vidas de cativos. O terreno, de doze acres, era do tamanho certo, com um campo de feno e pasto suficiente para a nossa vaca e quaisquer cavalos velhos esperando para virar ração de raposa. O pasto se estendia até o rio e continha doze olmos fazendo sombra.

Havia muita matança, se agora eu paro para lembrar. Os cavalos velhos tinham que ser transformados em carne e os animais de pele tinham que ser mortos todo outono para deixar só os reprodutores. Mas eu estava acostumada e podia ignorar tudo isso com facilidade, construindo para mim mesma uma cena purificada que se assemelhasse a alguma coisa saída dos livros de que eu gostava, como *Anne of Green Gables* ou *Pat of Silver Bush*. Eu tinha a ajuda dos olmos, que cobriam a pastagem, e do rio reluzente, e a surpresa de uma fonte que vinha da encosta e se espalhava pelo pasto, proporcionando água para os cavalos condenados, para a vaca e também para mim, numa caneca de lata que eu levava comigo. Havia sempre esterco fresco em volta, mas eu ignorava aquilo, como a Anne deve ter feito em Green Gables.

Naqueles dias, eu tinha que ajudar o meu pai às vezes, porque meu irmão ainda era pequeno. Eu bombeava água fresca e caminhava para cima e para baixo pela fileira dos cercados, limpando as latinhas de água dos animais e enchendo-as de novo. Eu gostava disso. A importância do trabalho e a frequente solidão eram exatamente o que me agradava. Mais tarde, eu tive que ficar em casa para ajudar a minha mãe, e me enchi de ressentimento e de comentários hostis. "Respondona", era o que eles diziam. Eu a magoava, ela dizia, e o resultado era que ela ia até o celeiro me denunciar para o meu pai. Aí ele tinha que interromper o trabalho para me dar uma surra de cinto. (O que não era um castigo incomum na época.) Depois disso, eu ficava chorando na cama e fazia planos de fugir de casa. Mas essa fase também passou, e na minha adolescência me tornei tratável, e até alegre, conhecida por contar de jeitos divertidos o que tinha ouvido na cidade ou o que tinha acontecido na escola.

Nossa casa era de um tamanho decente. Não sabíamos exatamente quando ela havia sido construída, mas tinha que ter menos de um século de idade, porque 1858 era o ano em que o primeiro colono tinha parado num lugar chamado Bodmin — que agora tinha desaparecido —, construído uma balsa e descido o rio para derrubar as árvores da terra que depois viraria toda uma cidade. Aquela primeira cidadezinha logo tinha uma serraria e um hotel e três igrejas e uma escola, a mesma escola que foi a minha primeira, tão temida por mim. Aí construíram uma ponte sobre o rio, e as pessoas começaram a perceber que seria bem mais conveniente morar do outro lado, em terreno mais alto, e a colônia original foi minguando até virar a meia cidade de má reputação, e àquela altura apenas singular, de que já falei.

A nossa casa não teria sido uma das primeiras daquela colônia original, porque era coberta de tijolos, e as primeiras eram todas só de madeira, mas provavelmente tinha sido erguida não muito tempo depois. Ela dava as costas para a cidade; ficava virada para oeste, para campos levemente descendentes que seguiam até a curva oculta onde o rio fazia o que chamavam de Big Bend. Além do rio, havia um trecho de coníferas escuras, provavelmente cedro, mas distantes demais para que se pudesse saber. E ainda mais longe, numa outra encosta, ficava outra casa, bem pequena vista daquela distância, de frente para a nossa, que nós nunca íamos visitar ou conhecer e que era para mim como a casa de um anão num conto. Mas nós sabíamos o nome do homem que morava lá, ou tinha morado lá num dado momento, pois ele podia já estar morto àquela altura. Roly Grain, esse era o nome dele, e sua participação não se estenderá no que estou escrevendo agora, apesar desse nome de troll, porque isto não é um conto, apenas vida.

Minha mãe sofreu dois abortos antes de me dar à luz, então quando eu nasci, em 1931, deve ter havido certa satisfação. Mas os tempos estavam ficando cada vez menos promissores. A verdade era que meu pai tinha entrado no ramo de peles um tantinho tarde demais. O sucesso que ele esperava teria sido mais provável na metade dos anos 1920, quando as peles eram uma novidade popular e as pessoas tinham dinheiro. Mas ele não tinha começado nessa época. Ainda assim, nós sobrevivemos naqueles anos, durante a guerra, e mesmo no fim da guerra deve ter havido um surto encorajador, porque foi naquele verão que o meu pai consertou a casa, acrescentando uma camada de tinta marrom aos tradicionais tijolos vermelhos. Havia algum problema no encaixe de tijolos e tábuas; o frio penetrava mais do que devia. Pensava-se que uma cobertura de tinta ajudaria, mas eu não me recordo de ter de fato ajudado. Além disso, nós tínhamos um banheiro, e o elevador de pratos sem uso virou armário de cozinha, e a grande sala de jantar com a escadaria aberta foi transformada numa sala normal com uma escada fechada. Aquela mudança me confortou de um modo insondado, porque as surras do meu pai tinham acontecido na sala antiga, onde eu ficava querendo morrer de tristeza e de vergonha daquilo tudo. Agora a mudança no cenário havia até tornado difícil de imaginar que uma coisa daquelas tivesse acontecido. Eu estava no colegial e me saía melhor a cada ano, à medida que atividades como fazer barras e escrever com uma caneta básica iam ficando para trás, e os estudos sociais viravam história e dava para aprender latim.

Depois do otimismo daquela temporada de redecoração, no entanto, nossos ganhos encolheram de novo, e dessa vez não se recuperaram. Meu pai esfolou todas as raposas, e aí os visons, e pegou a quantia miserável que conseguiu em troca, e aí passava o dia derrubando os abrigos onde aquela empreitada tinha nascido e morrido, antes de sair para assumir o turno de vigia das cinco na fundição. Ele só voltava para casa perto da meia-noite.

Assim que eu chegava da escola, ia fazer a marmita do meu pai. Eu fritava duas fatias grossas de presunto e colocava bastante ketchup nelas. Enchia a garrafa térmica dele de chá preto bem forte. Acrescentava um muffin de aveia com geleia, ou talvez um pedaço grande de torta feita em casa. Às vezes aos sábados eu fazia uma torta, e às vezes minha mãe fazia, apesar de que as dela estavam começando a ficar pouco confiáveis.

Havia acontecido uma coisa que era ainda mais inesperada para nós e se tornaria mais devastadora do que a perda de renda, embora nós ainda não soubéssemos disso. Era a manifestação precoce da doença de Parkinson, que surgiu quando minha mãe tinha menos de cinquenta anos.

De início, não era tão ruim assim. Só muito raramente os olhos dela reviravam na cabeça de um jeito meio pensativo, e mal se via a fina escuma de um excesso de saliva nos lábios. Ela conseguia se vestir de manhã se alguém a ajudasse, e ainda era capaz de fazer uma ou outra tarefa doméstica. Ela se agarrou a alguma força interior por um período surpreendentemente longo.

Muitos diriam que isso tudo era demais. O negócio acabado, a saúde da minha mãe acabando. Não funcionaria em ficção. Mas o que é estranho é que eu não me lembro desses anos como uma época infeliz. Não havia um clima especialmente desesperado em casa. Talvez não estivesse claro na época que a minha mãe não iria melhorar, só piorar. Quanto ao meu pai, ele tinha a sua força e ainda a teria por muito tempo. Ele gostava dos homens que trabalhavam com ele na fundição, que eram, na sua maioria, homens como ele, que tinham passado por algum tipo de revés ou tinham que suportar algum fardo adicional na vida. Ele gostava do trabalho desafiador que fazia, além do fato de ser o vigia da primeira metade da noite. Esse trabalho envolvia verter metal derretido em moldes. A fundição fazia fogões à moda antiga que eram vendidos no mundo todo. Era um serviço perigoso, mas cada um era responsável por si, como meu pai dizia. E o pagamento era decente — o que era novidade para ele.

Acho que ele ficava feliz de ficar um pouco fora, mesmo que fosse para fazer esse trabalho pesado e arriscado. Sair de casa e ficar na companhia de outros homens que tinham seus próprios problemas, mas tentavam fazer o melhor possível.

Quando ele saía, eu começava a lidar com o jantar. Eu podia fazer umas coisas que achava que eram exóticas, como espaguete ou omelete, desde que fossem baratas. E depois de lavados os pratos — minha irmã tinha que secá-los e meu irmão tinha que ser pressionado para ir jogar a água usada no campo escuro (eu podia fazer isso, mas gostava de dar ordens) —, eu me sentava com os pés dentro do fogão morno, que tinha perdido a porta, e lia os romances volumosos que pegava na biblioteca da cidade: *Gente independente*, que era sobre a vida na Islândia, bem mais difícil que a nossa, mas com uma grandiosidade desesperada, ou *Em busca do tempo perdido*, que era sobre nada que eu conseguisse entender, mas não por isso um livro a ser abandonado, ou *A montanha mágica*, sobre tuberculose e com uma grande discussão entre o que de um lado parecia ser uma concepção de vida simpática e progressista e, de outro, um desespero sombrio e de alguma maneira excitante. Eu nunca fazia a lição de casa nesses momentos preciosos, mas quando chegavam as provas eu me concentrava e ficava acordada quase a noite inteira, entupindo a cabeça do que quer que fosse requerido saber. Eu tinha uma prodigiosa memória de curto prazo, e isso funcionava direitinho para o que se esperava de mim.

Contra várias probabilidades, eu me via como uma pessoa de sorte.

Às vezes eu e a minha mãe conversávamos, em geral sobre a sua juventude. Eu raramente tinha objeções agora ao jeito como ela via as coisas.

Várias vezes, ela me contou uma história que tinha a ver com a casa que agora era do veterano de guerra chamado Waitey Streets — o homem que se espantava com a minha demora para terminar a escola. A história não era sobre ele, mas sobre alguém que tinha morado na casa bem antes dele, uma velha louca chamada sra. Netterfield. A sra. Netterfield recebia suas compras em casa, como todos nós, depois de fazer a encomenda pelo telefone. Um dia, a minha mãe disse, o merceeiro se esqueceu de incluir a manteiga, ou ela se esqueceu de pedi-la, e quando o entregador estava abrindo a caçamba da caminhonete ela percebeu o engano e ficou transtornada. E estava preparada, de certa forma. Estava com uma machadinha que ergueu como que para castigar o entregador — embora, claro, não fosse culpa dele — e ele correu para o banco do motorista e saiu em disparada sem nem fechar a porta da caçamba.

Algumas coisas nessa história eram intrigantes, embora eu não tenha pensado nelas na época, nem a minha mãe. Como a velha pôde logo de cara ter certeza de que a manteiga estava faltando no pacote das compras? E por que ela teria saído com uma machadinha antes de saber que um erro havia sido cometido? Será que ela andava com aquilo o tempo todo, para se prevenir de provocações em geral?

Diziam que a sra. Netterfield tinha sido uma verdadeira dama quando mais jovem.

Havia outra história sobre a sra. Netterfield que tinha mais interesse porque eu estava nela, e aconteceu em volta da nossa casa.

Era um lindo dia de outono. Eu tinha sido posta para dormir no meu carrinho de bebê no gramadinho novo. O meu pai tinha saído e ia passar a tarde fora — talvez ajudando o pai na fazenda antiga, como às vezes fazia — e a minha mãe estava lavando roupa na pia. Para um primeiro bebê havia uma montoeira celebratória de tricôs, fitinhas, coisas que precisavam ser cuidadosamente lavadas à mão, com água filtrada. Não havia janelas diante da minha mãe enquanto ela lavava e torcia as coisinhas na pia. Para olhar para fora, era preciso atravessar a cozinha e ir até a janela norte. Isso dava uma vista da entrada, que se estendia da caixa de correio até a casa.

Por que a minha mãe decidiu parar de lavar e de torcer para dar uma espiada na entrada? Ela não estava esperando visitas. Meu pai não estava atrasado. É possível que ela tivesse pedido para ele comprar alguma coisa na mercearia, algo de que ela precisava para o que quer que ela fosse fazer para o jantar, e estava se perguntando se ele ia chegar a tempo. Ela era uma cozinheira bem rebuscada naquela época — bem mais, na verdade, que sua sogra e as outras mulheres da família do meu pai achavam necessário. Parasse você e visse o preço, elas diziam.

Ou pode não ter tido nada a ver com o jantar, mas ter envolvido um corte de roupas que ele estava escolhendo, ou um pedaço de tecido para um vestido novo que ela queria fazer para si própria.

Ela nunca disse por que tinha feito aquilo.

Temores quanto à culinária da minha mãe não eram o único problema com a família do meu pai. Deve ter havido discussões sobre as roupas dela também. Estou pensando em como ela tinha o costume de usar um vestido social para o dia, mesmo que estivesse apenas lavando coisas na pia. Ela tirava uma soneca de meia hora depois da refeição do meio-dia e sempre punha um vestido diferente quando acordava. Quando eu via fotografias anos depois, achava que a moda daquele tempo não lhe caía bem, ou não caía bem em ninguém. Os vestidos eram sem forma, e o cabelo enrolado com bobes não combinava com o rosto redondo e delicado da minha mãe. Mas essa não teria sido a objeção das mulheres da família do meu pai que moravam perto o suficiente para ficar de olho nela. O erro dela era não aparentar ser aquilo que era. Ela não tinha a aparência de quem tinha sido criado numa fazenda, ou de quem pretendia continuar numa fazenda.

Ela não viu o carro do meu pai descendo a rua. Em vez disso, viu a velha, a sra. Netterfield. A sra. Netterfield deve ter vindo a pé de casa. A mesma casa onde, muito mais tarde, eu veria o homem de um braço só que me provocava, e uma única vez sua mulher de cabelo enroladinho, na bomba. A casa de onde, muito antes de eu saber qualquer coisa a seu respeito, a louca tinha expulsado o entregador com uma machadinha, por causa da manteiga.

Minha mãe deve ter visto a sra. Netterfield inúmeras vezes antes de vê-la descendo a nossa rua. Talvez elas nunca tivessem conversado. Mas é possível que tivessem. Minha mãe pode ter feito questão, apesar de meu pai lhe dizer que não era necessário. Podia até dar problema era o que provavelmente teria dito. Minha mãe tinha simpatia por gente que era como a sra. Netterfield, desde que se tratasse de gente decente.

Mas agora ela não estava pensando em boa vontade ou decência. Agora estava correndo pela porta da cozinha para me arrancar do carrinho de bebê. Ela deixou o carrinho e as cobertas onde estavam e entrou correndo na casa, tentando trancar a porta da cozinha. Com a porta da frente ela nem precisava se preocupar — estava sempre trancada.

Mas havia um problema com a porta da cozinha. Até onde sei, ela nunca teve uma fechadura de verdade. Havia o costume, à noite, de empurrar uma das cadeiras da cozinha contra a porta, deixando-a inclinada com o encosto embaixo da maçaneta de modo que quem a empurrasse faria um tremendo estardalhaço. Uma maneira bem improvisada de manter a segurança, ao que me parece, e nada coerente, diga-se de passagem, com o fato de que o meu pai tinha um revólver na gaveta do criado-mudo. Havia ainda um rifle e duas espingardas, como era natural na casa de um homem que regularmente tinha que matar cavalos. Descarregados, claro.

Será que minha mãe pensou em armas, depois de ter travado a maçaneta? Será que ela alguma vez na vida segurou ou carregou uma arma?

Será que lhe passou pela cabeça que a velha podia estar só fazendo uma visita de vizinhos? Acho que não. Deve ter havido alguma diferença nos seus passos, uma determinação na aproximação de uma mulher que não era uma visita descendo a rua, não era alguém se aproximando amigavelmente.

É possível que a minha mãe rezasse, mas ela nunca falou disso.

Ela sabia que houve uma investigação dos cobertores do carrinho, porque logo antes de baixar a persiana da porta da cozinha, viu um desses cobertores ser arremessado e aterrissar no chão. Depois disso, ela não tentou baixar a persiana de nenhuma outra janela, mas ficou comigo no colo num canto onde não podia ser vista.

Não houve batida decente na porta. Mas não houve empurrão na cadeira, tampouco. Não houve pancadas ou estardalhaços. Minha mãe escondida perto do elevador de pratos, esperando que o silêncio miraculosamente significasse que a mulher tinha mudado de ideia e ido para casa.

Mas não. Ela estava andando em volta da casa, esperando, e parando em cada janela do térreo. As janelas de tela, claro, não estavam colocadas agora, no verão. Ela podia pressionar o rosto contra todos os vidros. As persianas estavam todas bem erguidas, por causa do dia bonito. A mulher não era muito alta, mas não precisava se esticar para enxergar lá dentro.

Como a minha mãe soube disso tudo? Não era que ela estivesse correndo por ali comigo no colo, se escondendo atrás de um móvel e logo atrás de outro, espiando, aterrorizada, para dar com os olhos fixos e quem sabe com um sorriso perturbado.

Ela ficou ao lado do elevador de pratos. O que mais ela podia fazer?

Tinha o porão, claro. As janelas eram pequenas demais para alguém passar por elas. Mas não havia tranca por dentro na porta do porão. E teria sido mais terrível, de alguma maneira, ficar presa ali embaixo no escuro, se a mulher conseguisse finalmente forçar a entrada na casa e descer a escada do porão.

Tinha também os quartos do primeiro andar, mas para chegar até lá a minha mãe teria que atravessar a grande sala principal — aquela sala onde as surras aconteceriam no futuro, mas que perdeu sua malevolência depois que a escada foi fechada.

Eu não sei quando minha mãe me contou essa história pela primeira vez, mas me parece que era aí que as primeiras versões se detinham — com a sra. Netterfield pressionando o rosto e as mãos contra o vidro enquanto a minha mãe se escondia. Mas nas versões posteriores isso de ficar só olhando tinha um fim. A impaciência ou a raiva tomava o controle e aí começavam os estardalhaço e as pancadas. Nenhuma menção a gritos. A velha podia não ter fôlego para eles. Ou talvez tenha esquecido o que queria ali, assim que sua força acabou.

De qualquer modo, ela desistiu; e foi tudo o que fez. Depois de ter dado a volta por todas as portas e janelas, ela foi embora. Minha mãe finalmente tomou coragem para olhar em volta naquele silêncio e concluiu que a sra. Netterfield tinha ido para algum outro lugar.

Mas ela não tirou a cadeira de debaixo da maçaneta da porta até meu pai chegar em casa.

Não quero sugerir que a minha mãe falava sempre disso. Não era parte do repertório que fui conhecendo e que, no geral, achava interessante. A luta dela para chegar ao colegial. A escola onde deu aulas, em Alberta, e onde as crianças chegavam a cavalo. As amigas que tinha no curso normal, as brincadeiras inocentes entre elas.

Eu sempre conseguia entender o que ela estava dizendo, embora muitas vezes, depois que a voz dela ficou pastosa, outras pessoas não conseguissem. Eu era a intérprete dela, e às vezes sofria demais quando tinha que repetir frases complexas ou o que ela achava que eram piadas, e podia ver que aquelas pessoas simpáticas que paravam para conversar estavam morrendo de vontade de sumir dali.

A visita da velha sra. Netterfield, como ela a chamava, não era algo de que alguma vez eu tenha sido solicitada a falar. Mas devo ter conhecido a história desde sempre. Eu me lembro de lhe perguntar num dado momento se ela sabia o que tinha sido feito daquela mulher depois.

"Eles levaram ela embora", ela disse. "Ah, acho que foi isso. Não deixaram ela morrer sozinha."

Depois que eu me casei e me mudei para Vancouver, eu ainda recebia o jornal semanal que era publicado na cidade onde cresci. Acho que alguém, talvez o meu pai e sua segunda esposa, garantiram que eu tivesse uma assinatura. Normalmente eu mal olhava o jornal, mas uma vez, quando olhei, vi o nome Netterfield. Não era o nome de alguém que morava na cidade naquele momento, mas tinha aparentemente sido o nome de solteira de uma mulher de Portland, Oregon, que tinha escrito uma carta para o jornal. Essa mulher, como eu, ainda tinha uma assinatura do jornal da sua cidade natal, e tinha escrito um poema sobre sua infância ali.

Conheço uma colina
Por sobre um rio tão claro
Lugar de paz tranquila
Lembrança, e afeto raro...

Havia diversas estrofes, e enquanto lia eu comecei a entender que ela estava falando dos mesmos baixios de rio que eu achava que eram meus.

"Os versos que incluo nesta foram escritos a partir de lembranças daquela velha colina", ela dizia. "Se merecerem um pouco do espaço deste venerando jornal, eu lhes agradeço."

O sol no rio brincava
Em centelhas, em cores,
E lá na outra margem
Mil coloridas flores...

Era a nossa margem do rio. A minha. Outra estrofe era sobre um bosque de bordos, mas nesse caso eu acho que ela estava lembrando errado — eram olmos, que tinham todos morrido de grafiose àquela altura.

O resto da carta deixava as coisas mais claras. A mulher dizia que o seu pai — o nome dele era Netterfield — tinha comprado um pedaço de terra do governo em 1883, no que depois passou a ser chamado de Lower Town. A terra se estendia até o rio Maitland.

A sombra destes bordos
Cobre a íris dos remansos
E neste campo aquático
Alimentam-se os gansos

Ela tinha deixado de fora, bem como eu teria feito, o modo como a fonte ficava enlameada e turva por causa dos cascos dos cavalos. E, claro, tinha deixado de fora o esterco.

A bem da verdade, eu mesma tinha feito uns poemas uma vez, de natureza muito semelhante, muito embora eles tenham se perdido, e talvez nunca tenham sido colocados no papel. Estrofes que louvavam a Natureza, e depois eram meio difíceis de terminar. Eu devia ter composto esses versos mais ou menos na época em que estava sendo tão intolerante com a minha mãe, e em que meu pai estava me arrancando essa rispidez a pancadas. Ou me dando umas boas sovas, como as pessoas diriam alegremente naqueles dias.

Essa mulher dizia que tinha nascido em 1876. Ela tinha passado a juventude, até se casar, na casa do pai. Era onde a cidade acabava e o campo aberto começava, e tinha vista para o pôr do sol.

A nossa casa.

Será possível que a minha mãe nunca tenha sabido disso, nunca tenha sabido que a nossa casa era onde a família Netterfield tinha morado e que a mulher estava olhando pelas janelas do que um dia fora sua casa?

É possível. Na minha velhice, eu me interessei a ponto de gastar tempo com registros e com a tarefa tediosa de verificar informações, e descobri que várias famílias diferentes foram donas daquela casa entre a época em que os Netterfield a venderam e a época em que os meus pais se mudaram. Alguém poderia se perguntar por que eles decidiram dispor da casa quando aquela mulher ainda tinha um tempo considerável de vida pela frente. Será que ela ficou viúva, sem dinheiro? Quem sabe? E quem foi que veio levá-la embora, como disse minha mãe? Talvez tenha sido a filha, a mesma mulher que escrevia poemas e morava em Oregon. Talvez aquela filha, adulta e distante, fosse aquela que ela estava procurando no carrinho de bebê. Logo depois que a minha mãe me arrancou dali, como ela dizia, para salvar a minha vida, vida querida.

Por certo tempo, a filha não morou muito longe de mim na minha vida de adulta. Eu podia ter escrito para ela, quem sabe feito uma visita. Se eu não estivesse tão ocupada com a minha jovem família e com a minha própria literatura invariavelmente insatisfatória. Mas a pessoa com quem eu realmente teria gostado de falar naquele momento era a minha mãe, o que não era mais uma possibilidade.

* * *

Eu não voltei para casa para a última recaída ou para o funeral da minha mãe. Eu tinha dois filhos pequenos e ninguém em Vancouver com quem pudesse deixá-los. Nós mal poderíamos ter pagado a viagem, e o meu marido tinha certo desprezo por comportamentos formais, mas por que pôr a culpa nele? O meu sentimento era o mesmo. Nós dizemos de certas coisas que elas não podem ser perdoadas, ou que nunca vamos nos perdoar. Mas perdoamos — perdoamos o tempo todo.

1ª EDIÇÃO [2013] 5 reimpressões

ESTA OBRA FOI COMPOSTA EM ELECTRA PELO ACQUA ESTÚDIO E
IMPRESSA PELA GRÁFICA PAYM EM OFSETE SOBRE PAPEL PÓLEN DA
SUZANO S.A. PARA A EDITORA SCHWARCZ EM MAIO DE 2024

A marca FSC® é a garantia de que a madeira utilizada na fabricação do papel deste livro provém de florestas que foram gerenciadas de maneira ambientalmente correta, socialmente justa e economicamente viável, além de outras fontes de origem controlada.